캠퍼스 드림

캠퍼스 드림

김사열 교수의
대학과 지역 돌아보기

Campus Dream

한티재

"꿈꾸는 자들이 함께 만드는 대학과 지역의 변화!"

인간 역사의 진전에는 보수와 진보의 역할이 각각 필요합니다. 일반적으로 보수가 전통적 가치를 지키는 데 주력한다면, 진보는 새로운 것을 받아들여 사회를 변혁하는 데 관심을 주로 쏟습니다. 그래서 대학에서도 이상적 가치를 지켜가는 이들과 현실적 가치의 도입을 중시하는 이들이 모두 협력해야 바람직한 발전을 이뤄갈 수 있지요. 크게 두 가지 유형의 대학 구성원들은 서로 다른 종류의 꿈을 꾸고, 대체로 그 꿈들이 융합하여 한 시기의 대학 수준을 가늠하게 됩니다. 『캠퍼스 드림(Campus Dream)』은 대학 식구들이 공동체 행복의 드림(dream)을 가지도록 그들을 드리머(dreamer)로 키우고, 그 꿈꾸는 자들이 결국 대학과 지역, 세상을 새롭게 만들어 가길 원합니다.

필자는 국립대학교 이공학계 교수 중 한 사람이지만, 청년 시기에 연극

문화운동에 몸담았던 이유로 2005년 이래 대구의 진보적 문화단체·기관이나 시민운동단체의 일을 함께 맡아왔습니다. 그래서 여러 언론매체로부터 사회현상이나 교육 혹은 문화 분야와 관련된 글쓰기를 자주 요청 받아 왔습니다. 나름대로 기준을 가졌던 즐거운 글쓰기였지만, 능력의 한계를 인정할 수밖에 없었던 것도 솔직한 고백입니다. 한편으로, 다른 직업을 가진 아마추어 활동가여서 조금 색다른 시각으로 사회나 문화 현상에 대하여 가끔 용감한 발언을 할 수 있었습니다. 오히려 학술적으로 깊이 들어가지 않는다는 점에서 대중적 눈높이에 머물 수 있었던 점은 긍정적인 면이라 할 수 있겠습니다.

솔직히 필자가 문화나 사회 현상을 바라보는 관점은 '합리성과 비판'을 바탕에 두고 '공존과 대안' 제시라는 틀을 자주 적용합니다. 그것은 결국 '주체적 정체성'과 세상과의 '진정성 있는 소통'과 연결되어 있기도 합니다. 그리하여 미래에는 일터와 지역 사회가 보다 긍정적 방향으로 진화하게 되길 소망하고 있습니다.

여기 모은 글들은 대부분 『경북대신문』의 사설과 대학시론, 경북대교수회의 인터넷 홈페이지 사랑방 게시판이나 『경북대교수회보』, 『기독교방송』의 '세상읽기 칼럼'과 『영남일보』의 '문화 칼럼', 『매일신문』과 『경향신문』, 싸이월드나 페이스북 등에 발표되거나 기고되었던 것입니다. 실제 게재 당시에는 일부 편집자가 교정한 것도 여기서는 가능하면 원문을 실었습니다.

필자가 다소 늦은 나이로 질풍노도의 시대를 지나면서 고통을 겪고 있었을 때 말없이 격려해 주었던 부모님과 형제·자매를 포함한 가족들에게 다소 늦었지만 이제라도 감사의 뜻을 전하고 싶습니다. 부족한 원고에도 불구하고 책 만들기에 신명을 받쳐준 도서출판 한티재 일꾼들께도 감사의 말씀을 올립니다.

"대학과 지역의 변화는 내가 꿈꾸는 자가 되어야 비로소 시작될 수 있다"는 입장에 공감하는 사람들과 이 책의 내용을 깊이 나누고 싶습니다.

2012년 12월
경북대학교 산격동캠퍼스에서
김사열 드림

| 차례 |

프롤로그 "꿈꾸는 자들이 함께 만드는 대학과 지역의 변화!" · 005

제1장 *Spring Campus* / 대학 문화

1. 대학생에게 하고 싶은 말 · 017
대학 입학은 종착점이 아니다 | 자부심을 가지고 도전하라 | 가족 소중함 알고 가정 회복하는 5월이어야 | 진정한 청춘의 도전하는 방학

2. 대학 문화의 현장 · 026
아름다운 대학을 꿈꿔보자 | 이제 대학 문화를 살려보자 | 일탈과 의미로서의 '주막놀이' | 개교 60주년 — 자부심과 도전 | 한 시기의 마무리와 새로운 시작

3. 캠퍼스 베이직 · 037
학력과 실력이 상부하는 대학인 | 가치 지향으로 약동하는 대학이어야 | 대학구성원의 선거 참여 | 학업보다 어려운 수강신청? | 인종차별 — '후세인'과 '왓슨' | '스승의 은혜' 어떻게 보답하나 | 재즈가 있는 퇴임

4. 교수 문화 · 060
'신임교수 대학생활 가이드북' 마련 제안 | '북클럽 일청담'과 '목요책마당' | 새로운 대안적 교수 모임의 출범 | 초상사진문화를 살려 세계적 대학이 된다? | 대학선거문화를 개선하자 | 지위 이용한 선거운동은 자제되어야

5. 그린 캠퍼스 · 077
탁아소가 있는 교정 풍경 | 장애인 편의시설, 모든 것에 우선해야 | 차 다니지 않는 그린 캠퍼스 만들자 | 아름다운 가을 교정에서 자전거를 타자 | 대학 교정에 숲을 살리자

제2장 *Summer Campus* / 대학 교육

1. 21세기와 교육 • 089

   '공존과 협력'을 가르치는 교육 | '한문서당'과 '영어캠프' 사이? | 이공계 연구실 베이직 | 생명복제 — 허용 한계와 윤리 및 교수법

2. 대학의 기초학문 • 102

   '기초학문 살리기'는 가능한가 | 경북대에서 노벨상 받을 수 있을까 | 생명과학자가 본 인문학 | '낮은 자세'로 '낯선 곳' 향하는 인문학? | 이공학계 글쓰기, 어떻게 하면 좋은가

3. 대학입시와 신입생 교육 • 120

   교육인적자원부와 '삼불정책'의 진실? | '경북대 입학사정관제 특별전형 방안'의 긍정성과 허점 | 예비대학생 및 신입생 교육프로그램 개발

4. 지역 대학의 위상과 대학 평가 • 130

   지역 대학의 위상 | 새로운 대학 평가 체제 제안

제3장 *Autumn Campus* / 대학 구조와 자치

1. 대학 구조의 현실 · 143

대학 구조개혁은 해야 하는가 | 빛 좋은 개살구 '국립대 법인화' | 내실 있는 대학 만들기?

2. 대학 자치의 현실 ― 대학 살림 · 156

원칙이 바로 서야 대학이 산다 | 성과급적 연봉제 도입은 신중해야 한다

3. 대학 자치의 현실 ― 등록금 문제 · 162

대학 등록금 협상의 대안? | 우와, '등록금 없는 KNU'?

4. 대학 자치의 현실 ― 지배구조 · 169

총장 직선제, 팔아도 되는가 | 대학 민주화와 대학 공공성의 틀에서 바라본 총장 선출 문제 | 변화 환경에 대응하는 바람직한 대학 지배구조 제안

제4장 *Winter Campus* / 대학 정치와 역사

1. 대학 구성원의 정치 참여 — 학내 • 189

   총장에게 바란다 — 대학을 질적으로 발전시키는 총장이길 | 총학생회장에게
   바란다 — 전문성과 대안을 가진 신임 총학생회이길 | 나와 17대 교수회 — 대
   학 교육 민주주의의 실현 현장에 서다

2. 대학 구성원의 정치 참여 — 학외 • 196

   청년 · 대학생의 현실과 정치 참여? | 교수의 정치활동은 학내 지위 정리가 선
   결돼야

3. 대학과 역사 • 202

   역사 앞에 서야 하는 '학생의 날' | '인혁당 재건위' 사건과 경북대 동문들 | 대
   학 내 공존의 지평 넓히기 | 경북대 동문 — 박정희와 여정남

제5장 *Over Campus* / 대학 너머

1. 광장문화와 역사의식 • **215**

누가 '포럼 세상'을 두려워하는가 | '메이 퀸'과 '메이 전' | 역사 앞에 아름다운 4월 | '인혁'의 푸른 정신을 되살리자

2. 체인지 대구? • **226**

대구는 어떻게 바꿔가야 하나 | 대구희망기금? | 축하, 『웹진 체인지대구』 시작! | 꽃처럼 피어나는 마을도서관? | 나의 첫사랑이여! | DGIST를 살려야 한다? | DGIST, 이대로 좋은가

3. 지도자들에게 하고 싶은 말 • **247**

'인재전문분야할당제'를 제안합니다 | 새해, 새 정부가 잘해야 겨레가 산다 | 머슴은 곳간을 지켜라 | 김 시장은 신뢰부터 회복해야

4. 활동가들에게 하고 싶은 말 • **257**

열정과 헌신을 자기 성찰과 미래 준비로 | 시민단체 열 개가 의로우면 | 주위를 변화시키려면 나부터 바꿔야 한다 | 비판보다 대안 제시하는 전교조이길 | '풀뿌리 후보자'가 쑤욱 자라나는 지역 되었으면

5. 잊지 말아야 할 평화와 민주주의 정신 • **266**

부도덕의 태극기 휘날리며 | 미얀마의 민주시민투쟁을 지지합니다!

부록

● 동창회는 본교의 소중한 울타리

　　총동창회 사무처장 김사열 교수 인터뷰 · 273

● 내 인생의 전환점이 된 11·7

　　그때 그 사람 ― 11·7과 김사열 교수 · 276

● 시민단체연대회의, 아낌없는 지원군 역할로 거듭나야

　　초대석 ― 김사열 대구시민단체연대회의 공동대표 · 279

제1장
Spring Campus
대학 문화

1. 대학생에게 하고 싶은 말

대학 입학은 종착점이 아니다

해마다 대학의 봄학기는 새내기들로 붐벼 들떠 있다. 대학 혹은 학생회에서 제공하는 예비대학, 입학식, 모꼬지 등뿐 아니라 동아리나 동문회의 다양한 프로그램이 그들을 즐겁고 유익하게 해 주기 때문이다. 실제로 지난 2월 충주지역에서 실시되었던 본교의 신입생 예비대학에서 제공되었던 프로그램 중에서도 신선한 것들이 적지 않았다.

그렇게 입학 시기에 배치되어 있는 대학의 문화행사는 몇 가지 장점을 가져서 권장할 만한 면이 있다. 우선 그러한 프로그램은 새내기들에게 기존 대학 사람 혹은 시스템과 소통하는 문화의 틀을 제공해 준다. 처음 그 환경에 온 이에게 여러 가지 정보를 제공하여 공동체의 일원이 되도록 안내하고 배려하는 것은 어느 인간 집단에서나 볼 수 있고 대학 사회도 예외가 아닌 셈이다.

그리고 새내기가 기존 문화를 이해한 후 해당 공동체에 기여하게 될 긍정적 기대감을 고려하면 새로운 구성원에 대한 그러한 문화적 투자는 할 만한 가치가 있게 된다. 대학 문화의 발전도 '있던 것 지키기'와 '새로 받아들이기'가 합력하여 이뤄질 수 있음이 어느 정도 알려져 있기 때문이다.

일반적으로 대학 문화는 주 구성원인 학생들의 순환 구조 때문에 발전 속도가 더디고 그 수준에 있어서 아마추어리즘을 극복하기가 어려운 측면이 있다. 그래도 대학 문화가 한국 사회의 문화 속에서 나름대로 자기 영역을 인정받아 온 것은 아마도 대학 문화 생산자 및 수용자의 순수하고 정의로운 자세와 새로운 문화를 적극적으로 수용하려는 태도 때문일 것이다.

20세기 후반 한국문화사에서 특유의 영역과 진취성을 인정받았던 대학 문화가 최근 여러 가지 면에서 우려를 자아내고 있음도 사실이다. 새내기들에게 제공되는 문화 소통 기반이 대체로 수용 가능하지만, 가끔 선배들에 의하여 생각 없이 저질러지는 폭력적인 후배 길들이기 문화는 자못 퇴행적이다. 또한 대학이 취업준비나 고시준비 장소로 전락하여, 역사나 겨레, 인류가 처한 보편적 가치문제에 대한 숙고가 부족한 것도 안타까운 현실이다.

새내기들은, 최근 세계 최고의 대학 입학률을 가진 우리나라에서 대학 입학이 더 이상 미래에 대한 '보증수표'는 아니며, 오히려 '백지수표'와 같다는 것을 알아야 할 것이다. 구체적으로 대학이나 대학원 재학 기간 동안 열심히 땀을 흘려 공부한 학생에게는 졸업시 지성의 '무한 액수 수표'가 주어지고, 무절제하게 술이나 게임, 외모 치장 등에 탐닉했던 학생에게는 자성의 '공수표'가 주어질 것이다. 그런 점에서 대학 입학식은 종착점이 아니라 출발점일 수밖에 없다.

새내기들이여, 아름다운 산수유꽃이 만발한 3월의 교정에서 대학이나 대학원 입학으로 들떠 있는 당신에게는 앞으로 어떻게 대학생활을 꾸려갈 것인가, 진지한 고민이 필요하다. 대저 큰 꿈은, 꾸고 치열하게 실천하는 자에게만 실현되기 때문이다.

『경북대신문』 사설, 2007년 3월 12일

자부심을 가지고 도전하라

경북대학교가 개교 57주년을 맞이하였다. 크게 축하할 일이다. 여러모로 환경이 척박한 지방에서 경북대학교는 그간 13만 명에 달하는 인재를 배출하였고, 역사의 고비마다 중요한 역할을 감당해 왔기 때문이다. 서구 대학에서 볼 수 있듯이, 오랜 역사는 대학의 발전을 위한 잠재적 자양일 수 있다.

대학을 평가할 시, 가끔 재학생이나 졸업한 동창생에 대한 이미지로 회자되기도 한다. 경북대 출신하면 어떤 특징이 떠오르는가? 우선 '능력이 있다', 맡은 일에 대하여 '성실하다', 혹은 연봉 따라 쉽게 직장을 옮기지 않아 '안정적이다'라는 등의 말을 듣는다.

그렇다면 경북대 학생에게 문제점은 없는가? '있다'! 그것은 대체로 두 가지가 지적된다. 무엇보다 자신과 소속 대학에 대한 자부심과 도전 정신이 부족하다는 것이다. 사실 개인의 경우에도 능력이 있고 성실하고 안정적이라 하더라도, 자부심과 도전 정신이 희박하다면 기존체계에 대한 순응적 인물로만 제한될 수 있다. 무릇 모든 시대가 선구자적 지도자를 필요로 한다면 경북대 출신은 그런 점에서 큰 결핍을 가지게 된다 하겠다.

근년에 대학 입시에서 수도권 집중 현상과 내신과 수능 성적 순의 '줄 서기' 정책 때문에 경북대학교 입학생은 갈수록 '한풀' 죽고 있다. 그래서 자부심이 부족하여 가진 능력의 발휘조차 제대로 이루어지지 못한다. 그 럴수록 경북대 학생은 지금 발을 딛고 있는 소속 학과에서 자신의 확고한 정체성을 구축하는 것이 필요하다. '수능 성적순'이 개인의 '행복'이나 공동체에 대한 '기여도'와 반드시 직결되는 것은 아니지 않은가? 고등학교 시절에 한눈을 판 엉뚱한 사람이 오히려 창의적 인물일 수 있다고 여겨지는 것은 상식이기 때문이다. 한껏 자부심을 가진 창의적 인물만이 새로운 역사를 주도해 감은 잘 알려진 사실이다. 그런데 능력이 있다 하더라도 새로운 가치에 도전하지 않는다면 자부심은 자만심에 그칠 공산이 크다.

"Be proud and challenge!" 그러한 시각은 비단 학생 개인에게만 국한되는 것은 아닐 것이다. 유기적 존재라 할 만한 대학도 자부심을 지니고 줄기차게 도전해야 발전할 수 있다. 모든 대학 구성원들이 패배주의적 시각으로, 안주하는 자세로, 대안 제시 없이 비난만 열거하고 있을 때 그

대학의 희망이라는 태양은 결국 지고 말 것이다. 높은 학년이라고, 오래 근무했다고, 오랜 역사라고 반드시 자랑스러울 수는 없다. 개인적으로 스스로를 성찰하고, 대학도 지나온 역사를 정확하게 반성해야만 그것을 바탕으로 다가올 미래의 태양을 찬연하게 솟구치게 할 수 있을 것이다.

『경북대신문』 사설, 2003년 5월 26일

가족 소중함 알고 가정 회복하는 5월이어야

5월 하면 '가정의 달'임이 저절로 떠오른다. 행복 추구를 목표로 살아가는 인간에게 보편적으로 '가정의 행복'은 그 기본 단위가 된다. 가정이 있든 해체되었든 누구에게나 가정 단위의 행복이라는 조건은 공통적이다. 자신의 뿌리로서 출발점이 되었던 가정 공동체의 유지와 행복은 바로 자기의 존재와 연결되기 때문이다.

그래서 먼저 가정이 온전한 사람은 '가족의 소중함'을 알아야 한다. 대학에 와서 부모로부터 점차 독립해 가야 하는 과정에 있는 대학생들에게서도 여전히 가족의 소중함은 강조될 필요가 있다. 인간은 세상을 살아가면서 이런저런 사정으로 가정으로부터 분리되게 되고 그때 누구나 가족의 소중함을 깨닫게 된다. 그렇게 되기 전에 그 소중함을 알고 실천하는 지식인이 지혜로운 존재라 할 수 있겠다.

또한, 가정이 해체된 사람에게는 가정의 회복이 필수적이다. 일반적으로 해체 가정에서 가장 큰 피해자는 어린아이일 수밖에 없다. 우리나라에서도 현재 약 100만 명 정도의 빈곤가정 아이들이 발생한 것으로 알려져 있다. 최근 빈부격차가 심화되어 가면서 그 숫자가 급증해 가고 있다니 큰 우려가 아닐 수 없다. 구체적으로 해마다 2,000명 내외의 아이들에 대한 해외 입양이 여전히 이루어지고 있다. 고아원과 같은 대형시설에서도 여전히 집단적 숫자의 아이들이 양육되고 있다.

그나마 다행스러운 일은 우리 사회에서 다양한 유형의 대안가정이 확대되어가고 있다는 점이다. 대안가정은 부모 이혼, 가출, 학대, 빈곤 등을 이유로 가정을 상실한 아이들에게 대리가정을 제공하는 것이다. 구체적으로 입양가정, 위탁가정 외에도 엄마 역할을 하는 보육사가 5명 내외의 아이들을 한 가정 단위로 하여 양육하는 '소규모 그룹 홈' 제도도 그러한 대안가정 중 하나로 볼 수 있다.

지난주 2011년 4월 26일 저녁 7시 반 대구 봉산문화회관에서는 〈해맑은 아이들과 함께하는 사운드 오브 뮤직〉 공연이 있었다. 영화 〈사운드 오브 뮤직〉 속의 곡을 바탕으로 하여 관현악과 성악을 전문으로 하는 음악인들에 의한 연주와 대안가정 '해맑은 아이들의 집'에서 엄마 역할을 하는 큰 엄마와 큰 이모가 아이들과 지난 수개월간 연습한 노래와 율동을 두루 선보이는 내용이었다.

그날 저녁 억수같이 쏟아지던 장대비를 뚫고 와서 객석을 가득 메웠던 500여 명의 관객은 공연 후 가슴 가득 감동을 안고 집으로 돌아갈 수 있었다. 그것은 그들이 거기서 다름 아닌 회복된 가정과 행복한 아이들을 볼 수 있었기 때문일 것이다. 그날 무대에서 불려졌던 "조국을 영원히 축복해 주세요"라는 노랫말은 바로 "가정을 영원히 축복해 주세요"로 바꿔 불려질 수 있을 것이다. 가족 단위가 행복해야 소속 사회와 모국도 행복할 수 있기 때문임은 자명한 일이 아니겠는가! 이번 5월엔 가족의 소중함을 지키고 해체 가정의 회복을 도와주는 운동이 봄꽃처럼 피어 번져 갔으면 한다.

『경북대신문』 사설, 2011년 5월 2일

진정한 청춘의 도전하는 방학

한국의 대학에서 5월은 더 이상 '계절의 여왕'을 선발하던 한가로운 시절이 아니다. 대학을 졸업해도 취직이 보장되지 않는 사회적 현실의 암울함이 교정 구석구석에도 드리워져 있기 때문이다. 새벽부터 밤늦게까지 열심히 공부하도록 강요받았지만 돌아온 보상은 벌판에 서서 찬바람이나 맞는 일이다. '별일 없이 산다', '느리게 걷자'고 너스레를 떨며 노래하지만 오늘날 청춘의 현실은 오히려 그러하지 못함을 드러내는 것이기도 하다.

이 시대 대학생의 5월은 아카시아 향기에 취하기보다는 각종 시험을 준비하고 치르는 것이 현실이다. 개인 과제, 조별 과제의 암초를 헤쳐가야 하는 것도 만만치 않다. 취직을 위해 자격증 관리를 꾸준히 해야 하지만 그것이 취업을 더 이상 보장해주지 못한 지는 한참이나 되었다. 매년

5월 말마다 치러 온 '일탈의 대동제'는 이제는 새로운 모습으로 거듭나야 한다는 비판을 받아 이중고 속에 있다.

올해는 그 5월이 채 다 지나가기도 전에 고 노무현 전 대통령의 국민장과 북한 핵실험과 미사일 발사로 한반도가 지구촌 이목의 한가운데 있다. 그 한가운데 나라에서 과연 대학생은 무엇을 해야 하는지? 별일 없을 수도 없고, 무한정 느리게 걸을 수도 없지 않은가! 그러다가 보니 벌써 6월이 바로 코앞에 와 있다. 그러면 기말시험에 이어 여름방학이 이어질 것 아닌가! 어쨌든 얼마 남지 않은 2009년 전학기를 자신의 방식으로 각자가 제대로 마무리해야 할 것이다.

솔직히 사회적 현실과 대학의 현실이 안겨주는 어려움은 어느 시대나 있기 마련이지만 대학생들은 여전히 미래를 튼튼하게 준비해야 한다. 그것은 개인의 미래와 사회의 미래를 함께 아우르는 것이어야 한다. 대학인으로서 미래를 준비하는 데 방학은 매우 소중한 시기이다. 실제로 대학에서 방학은 기본적으로 여덟 차례 허용된다. 구체적으로 여름·겨울방학 기간은 일 년에 약 두 달 반씩이나 된다.

다른 직업인들에게는 허락되지 않는 특별한 방학 기간을 대학생은 무엇을 위해 사용할 것인가? 물론 이 기간 또한 계절학기 수업을 들으며 평소 밀렸던 학습을 보충할 수도 있다. 그렇지만 이 시기에 미래를 위해 평소에 해보지 못했던 새로운 도전을 할 수 있길 강권한다. 예를 들면, 전혀 다른 분야의 지식이나 경험 쌓기, 신체관리, 여행, 시민단체나 복지단체의 무료봉사, 인턴십, 경제활동, 정치활동 등과 같은 다양한 분야에 대한 도전이 가능할 것이다.

일반적으로 '도전'은 대저 쉬운 일이 아니므로 청춘의 시기에 잘 어울린다. 그런 관점에서 도전하지 않는 청춘은 진정한 청춘이 아니라고도 할 수 있겠다. 모든 대학생은 자신이 평소에 해보고 싶었던 도전을 이번 여름방학에 한번 과감히 시도해 보라! 당신의 생애에서 가장 소중한 때가 '2009년 여름방학'으로 기록될 수 있도록!

「경북대신문」 사설, 2009년 6월 1일

2. 대학 문화의 현장

아름다운 대학을 꿈꿔 보자

그 무덥던 여름방학이 지나가고, 새 학기가 왔다. 어느새 교정은 학생들로 붐비고 활기가 가득하다. 여러 가지 공사로 방학 내내 파헤쳐졌던 대학 전역은 다시 제 모습을 찾아가고 있다. 수리되거나 새로이 완성된 건물로 한결 나아진 느낌을 가진 이가 있는가 하면, 한편 좁아진 녹색 공간으로 답답하게 느끼는 이도 있을 것이다. 아마도 이른바 '대학의 아름다움'은 그러한 조화로운 생태적 혹은 조경적 공간뿐 아니라 효율적 시스템, 고양된 구성원의 수준 등을 두루 아우르는 의미일 것이다. 그런 의미에서 우리 대학은 과연 아름다운가?

먼저 본교의 산격동 캠퍼스 공간은 비교적 아름다운 외관을 가진 것으로 평가되고 있다. 작년 태풍 매미의 급습으로 많은 수의 수목이 훼손되었지만, 여전히 해묵은 나무들이 뿜어대는 위용과 조화로운 경관이 만만 치 않기 때문일 것이다. '수목 기증운동'으로 '그린 캠퍼스 만들기'가 이 뤄지고 있으며, 3만 명의 구성원에 불과 20만 평이라는 좁은 공간을 해결 하기 위하여 다양한 형태의 제2캠퍼스 만들기가 시도되고 있다. 나아가 교정의 정문과 북문에 집중적인 지하 주차시설을 만들어 차가 다니지 않 는 '클린 캠퍼스'를 만들어 가는 것도 해볼 만한 과제로 여겨진다.

둘째로 대학에서 보다 효율적 운용 시스템의 구축은 지속적으로 이루 어져야 한다. 합리적 운용 시스템의 구축은 후속 세대에게 교육적인 모델 로 작용하므로 반드시 마련되어야 한다. 국제 교류나 지역 혁신에 앞장서 는 인물을 배출하기 위해서 당연히 대학은 다양하고 특성화된 최첨단의 교육 및 연구 시스템이 갖춰져야 한다. 또한 실력 있는 구성원의 투명한 선발, 친절하고 유연한 행정 지원, 구성원의 창의적 아이디어에 대한 과감 한 수용 등을 위한 체제의 완비도 필요하다. 실제로 샌드위치나 글로벌 챌 린지 프로그램, 트랙이나 자율전공부 제도뿐 아니라, '무인 경비'나 '무선 랜', '차 번호판 자동 인식에 의한 출입' 시스템 등의 도입은 돋보인다. 게 다가 한 가지 카드로 모든 것을 해결하는 '캠퍼스 원 카드'제의 도입, 장애 우 시설 보완이나 탁아소 설치 등이 해결되면 금상첨화일 것이다.

마지막으로 아름다운 캠퍼스 만들기는 아름다운 환경과 더불어 아름 다운 사람이 중심에 서야 가능하다. 본교 출신자들의 안정적 성향이 오래 전부터 한국 사회에서 높은 평가를 받고 있지만, 도전 정신의 부족함을 메워 나간다면 한결 바람직할 것이다. 영역이나 집단 별로 캠퍼스 구성원 간에 선의의 경쟁과 협력이 필요하며, 동시에 상대방의 개성을 인정하는 포용 정신이나 장점을 칭찬할 줄 아는 긍정적 사고가 충만해야 한다. 장차 세계 최고의 아름다운 교정 구축은 현재의 과감한 꿈꾸기로부터 시작하자.

『경북대신문』 사설, 2004년 8월 30일

이제 대학 문화를 살려보자

이즈음에 이루어지는 대학의 평가는 주로 가시적인 것에 치우치고 있다. 구체적으로 교육 여건 및 지원체계, 교수의 역량이나 학생 활동, 졸업생의 취업실적, 혹은 교수 1인당 학생의 비율 등과 같은 계량화가 가능한 것들에 주로 집중한다. 그러는 사이 눈에 보이지 않지만 정작 중요한 것들을 놓치고 있다. 그러한 중요한 것들 중에 바로 '대학의 문화'가 있다.

"대학 문화를 살려보자"고 발언하면 이미 대학 문화가 죽어가고 있다는 것을 전제로 하는 것인가? 안타깝게도 그렇다! 우리의 대학은 한때 비민주적 사회에 대하여 청년과 지성인의 공동체가 가지는 특유의 비판적이고 대안적인 문화를 창출한 적이 있었다. 그렇지만 21세기에 들어서면서 우리 사회에 큰 틀의 민주화가 정착되고 권위주의가 급격히 해체되면서 대학 문화는 실용주의적 환경에 둘러싸여 독자적 정체성에 대한 상당한 혼돈을 겪고 있다. 그것은 바로 문화적 행위로 나타나서 대학 문화의 현주소가 된다. 우리의 대학 문화가 제 위치를 찾지 못하고 있다면 과연 어떻게 해야 할까?

먼저 대학의 축제는 교육적 의미를 지니고 대학과 지역사회의 미래가 담긴 것으로 변화되어야 한다. 그동안 총학생회에서 대동제라고 내걸고 주도해 온 이른바 '주막문화축제'는 이제 막을 내려야 할 때가 되었다고 본다. 그것은 '일탈'이라는 축제의 한 가지 기능 이외에는 너무 빈한한 기능을 보여 왔기 때문이다. 첨단과학기술의 시대에는 그에 걸맞는 미래 문화를 선도하는 대학 축제가 필요하다.

둘째로, 강의를 포함하는 교육 문화나 신입생 오리엔테이션 문화도 신선한 개혁이 필요하다. 일방적이고 권위주의적인 교수 방식은 학생의 창의성과 자부심을 떨어뜨릴 수밖에 없다. 진정한 입학이나 진입 안내의 문화가 되지 못하고, 얼차려와 같은 군사주의 문화로 덧칠된 오리엔테이션 문화는 가히 시대착오적이다. 입학부터 졸업까지 평소 학과 생활 속 교수와 학생 간 혹은 선후배, 동료 간 관계가 새로운 민주적 방식으로 전환될 필요가 있다.

마지막으로, 대학에는 수준 높은 문화적 행위를 펼칠 수 있는 잘 구비된 문화공간도 확보되어야 한다. 현재 우리 대학에는 경북대 대강당, 예술대 소강당, 백호관 강당, 풍물패 연습실, 박물관 전시실, 대강당 지하 전시실 등이 있지만, 대체로 노후하여 현대적 모습으로 거듭날 필요가 있다. 게다가 야외공연장은 1996년 이후 부재한 상태이다. 대학 구성원들이 그것의 필요성에 대해서는 대체로 공감하면서도 소속 학과나 단대 주위에 설치하는 것에 대하여 반대를 노골화해 온 것도 사실이다. 반드시 극복해야 할 천박하고 부끄러운 이기주의의 모습이다.

대학 문화가 올바로 서야 대학이 제 자리를 잡을 것은 자명한 일이다. 구체적으로 수준 높은 문화 공간에서 신명나는 새 축제와 민주적이며 사랑이 넘치는 문화 활동을 시작하게 되면 우리대학의 개방화는 한결 앞당겨질 것이다. 이제 대학 문화를 함께 살려보자!

『경북대신문』 사설, 2004년 11월 8일

일탈과 의미로서의 '주막놀이'

요즘의 대학 축제는 '대동제'라는 이름으로 '주막'을 여는 것이 당연시되고 있다. 학생의 손으로 주막을 만들어 주인이 되고 손님이 되기도 하는 이른바 '주막놀이'는 대학생의 나이로 하기에는 다소 늦은 '사회화'의 훈련 과정이다. 어떤 교수는 요즘의 '대학 축제'가 '놀자 판'이어서 문제가 많다고 하는 이들이 있다. 그것은 원래 축제가 '놀기'를 기본으로 하는 '일탈 행위의 장'임을 고려하지 않은 탓이다. 기존 질서를 바꾸고 부수는 행위가 극단적이지 않으면 한 번쯤 '나자빠져 놀기'는 오히려 권장할 만한 일이다. 우리의 삶이 늘 '진지한 작업'의 연속일 순 없기 때문이다.

솔직히 이즈음의 대학 축제뿐 아니라, 이전에도 대부분 대학 축제는 '놀자 판'의 모습을 크게 벗어나지는 않았다. 80년대 초반까지 대다수의 대학 축제는 대학본부 혹은 관 주도하 잔치여서 오히려 지금의 그것보다 순수한 축제의 모습이 아니었던 측면이 있었다. 바로 전 정권하 '국풍

81'과 같은 대학 축제가 그러한 예이다.

우리의 대학 축제가 '진지한 작업'의 연장선상에 있었던 적도 있었다. 80년대 중반 이후 한동안 지금의 '대동제'라는 이름은 한국의 대학생 집단이 기존의 독재정치 질서에 온 힘으로 항거했지만, 대중과 유리되어 언론에 의하여 왜곡되는 현실을 극복하기 위하여 그 항거의 진실을 지역 주민들에게 직접 알리려는 의도에서 '대학생과 지역 주민이 크게 하나가 된다'는 의미의 '대동제'를 창안했던 것이다. 실제로 우리 대학 교정에서도, 지금은 고인이 되신 '영산줄다리기' 인간문화재였던 조성국 선생님을 모시고 주민들과 학생이 함께 '큰 대동의 줄'을 꼬았던 광경을 필자는 목격한 적이 있다.

물론, 지금도 참여자 간에 합의가 이뤄진다면, '일탈의 판'에 '공적 의미'를 부가하여 축제의 목적을 다원화할 수는 있을 것이다. 예를 들자면, '주막놀이'로 번 수입의 일부분을 불우한 이웃이나 기관에 기증한다거나, 학과마다 주막에 음식 문화적 특성을 창안한 아이디어에 대한 경연 방식을 도입하는 것 따위이다. 그래도 '대학 축제'는 기본이 '일탈'일 수밖에 없어서, 그 바탕에는 '잔치'나 '페스티벌'의 형식을 고수하는 것이 필요할 것이다.

필자는 지난 2005년 5월 25일 새벽 1시경에 퇴근하면서 한 주막에 들른 적이 있었다. 수업 시간에 졸던 학생들의 눈빛이 그 깊은 밤에도 예사롭지 않았다. 주막 살림을 책임지고 있던 한 학생 대표는 "너무 힘들다"고 고백했다. '일탈의 현장'에서도 안타깝게 한 순간도 '일탈하지 못하는 학생들'이 있었으니, 바로 주모들이었다.

그리고 주막 너머 주위를 둘러보니 그 시각에도 공과대와 자연대 건물의 실험실에 밝게 불 켜진 곳이 적지 않았다. 바로 연구에 전념하는 '연구실의 불빛'이었다. 대학은 그렇게 다양한 방식이 공존하고 있어서 조화롭고 아름다운 것이다. 이제 대학은 실험실의 연구원들과 주막놀이의 주모들을 위한 또 다른 축제를 별도로 벌여야 진정 '하나의 공동체가 될 것'이 아닐지?

「경북대신문」, 2005년 5월 30일

개교 60주년 — 자부심과 도전

경북대학교가 이번 5월로 개교 60주년을 맞이하게 됐다. 크게 축하할 일이다. 실제로 경북대학교가 지역과 나라 발전의 바탕이 되는 주요한 인재를 15만 명이나 배출하고, 특유의 대학 문화를 구축하여 현대사의 중핵이 되어 왔음은 마땅히 상응하는 평가를 받아야 할 일이기 때문이다. 그래서 대학 내외에서 60가지의 관련 축하 행사가 2006년 내내 열리는 것으로 되어 있다. 그것은 지난 60년간의 대학 역사에 대한 축하 잔치이다. 한 개인의 삶이 60년을 맞이하여 새로운 삶의 굽이를 돌아가듯, 대학도 60년을 완성하면서 새로운 갑자를 시작하는 꿈과 비전을 가지는 것은 당연한 일이다. '달구벌 긍지 넘어, 글로벌 으뜸까지', 본교가 이번에 내건 슬로건에 걸맞은 대학으로 발돋움하기 위해서는 지난 60년의 대학 역사에 대한 정확한 진단이 전제돼야 할 것이다. 자랑할 만한 전통은 이어 발전시켜 가고, 부끄러운 전통은 과감하게 청산해야 할 것이다. 우선 특정 정파의 이해나 유행 따라 일회일비하지 않는 경북대학교의 진중한 학풍은 앞으로도 소중하게 이어져야 한다. 야간과 주말, 방학 기간에도 도서관과 연구실의 불이 꺼지지 않는 모습과 최근 공개된 몇 가지 데이터들은 경북대가 학생에 대한 제대로 된 교육과 수준 높은 학문 연구를 수행하고 있는 대학임을 보여 주고 있다. 이는 구체적으로 기초과학연구비 10억 원당 논문 생산성이 본교가 전국 최고라는 최근의 한국과학재단 발표 자료가 잘 말해 주고 있다. 경북대학교는 그동안 지역의 발전이나 혁신을 위한 활동에도 앞장서 왔다. 그와 관련하여 최근 삼성경제연구소에서는 우리 대학을 '지역거점 연구중심형 사례'로 선정하기도 했다. 실제로 우리 대학 졸업생의 바람직한 모습을 통해 본교는 기업이나 연구소에서 매우 선호하는 대학 중의 하나로 꼽히고 있으며, 이와 동시에 정부기구뿐 아니라 비정부기구(NGO)에서도 묵묵히 봉사하는 실무책임자를 가장 많이 배출한 대학 중의 하나로 여겨지고 있다. 경북대가 개교 60주년을 맞이하여 개혁해야 할 것도 적지 않다. 무엇보다 지역의 수구적 성향을 극복하기 위해서는 본교부터 자기비판과 혁신이 필요하다. 아무리 시대가 바뀌어도 모름지기 대학 구성원은 겨레와 지역 문제에 대하여 올바른 역사의식을 가지고 접근해야 한다. 현실에 안주하지 말고 끊임없이 도전해야 한다. 또한, 선거를 통해 선출되는 총장이나 교수회 의장, 학장도 권위주의적 태도를 버리고 대학 구성원을 제대로 섬겨야 한다. 이는 대학 구성원들의 의견을 귀 기울여 듣는 데서부터 시작해야 할 것이다. 모든 어긋남은 상대의 말을 듣지 않으려 하는 데서 비롯되기 때문이다. 'Powerful 60 년, Global 100년'. 이는 개교 60주년의 기본 이념이다. 지난 60년 동안 겨레와 지역의 현대사의 중심에 서 온 경북대학교가 이제는 평화와 협력의 세계사를 선도하는 대학으로 과감히 나서야 할 때가 된 것이다. 경대인이여, 세기의 횃불로서 지구촌을 밝혀 가자. 당당한 자부심을 가지고 힘을 합하여 함께 도전하자!

『경북대신문』 사설, 2006년 5월 22일

한 시기의 마무리와 새로운 시작

어느덧 2006년이 저물어 가고 있다. 한 해의 마무리는 그 자체로서 의미도 있지만, 새로운 해의 출발에 대한 디딤돌로서 필요하여 매우 소중하다 하겠다. 특별히 2006년은 경북대학교가 탄생 후 60세라는 큰 생일을 가졌기 때문에 더욱 그러하다.

올 한 해 동안 경북대학교는 개교 60주년을 맞이하여 학내외에서 120여 가지가 넘는 다양한 기념행사를 펼쳐 왔다. 대부분 행사는 해당 분야 종사자를 대상으로 한 학술대회였지만, '대구경북 NGO 박람회'나 '애완동물 한마당'과 같은 대민 행사도 적지 않았다. 그 외에도 '매화동산 개원식', '북문 문주 건립사업'이 이루어졌고, '60주년 기념관 건립안'이 발표되기도 하였다. 크게 '60주년'이라는 잔치의 틀 속에서 여러 가지 대시민

행사가 있었고, 지역 사회와의 교류도 어느 때보다 활발하였다고 할 수 있다.

경북대학교가 고등교육기관으로서 가진 개교 60주년은 자랑할 만한 연륜이지만, 단순히 지나간 한 기간 역사의 완성으로만 끝날 수가 없다. 그것은 새로운 갑자의 시작이기도 하기 때문이다. 또한, 2006년은 총장을 포함한 새로운 대학본부와 교수회의 집행부가 꾸려졌고, 총동창회도 새 임원진을 꾸린 해이기도 하여 대학 발전에 대한 기대감은 각별한 편이다. 이제 며칠 후면 새로운 총학생회까지 선출될 예정이어서 새로운 도약에 대한 분위기는 한껏 고조되어 있다 하겠다.

실제로 지난 60년 동안 경북대학교가 지역은 물론이고 국내에서는 나름대로 선도적인 대학으로 평가 받았지만, 앞으로 지구촌 수준에서도 역량이 있는 대학으로 평가 받으려면 구성원들의 상당한 의지 표명과 실천이 밑받침 되어야 할 것이다. 그런데 그러한 목표는 현란한 구호의 남발보다는 자신을 깎는 고통과 노력이 있어야만 달성될 수 있다.

우리 대학은 변화에 대한 두려움을 떨치고 과감한 자기 개혁과 도전 정신을 구현해 갈 때 비로소 가진 능력이 인정될 수 있을 것이다. 구체적으로 국립대 법인화 문제, 학내 구조조정 문제, 대학 간 통폐합 문제 등에 대해서도 대학 발전을 위한 장기적 안목을 가지고 지혜롭게 접근해야 하며, 일부 구성원들의 인기에 영합하는 판단은 자제될 필요가 있을 것이다. 대저 넓은 길은 가기 쉽지만 결국 쇠망으로 갈 길일 가능성이 높기 때문이다.

가을이 깊어져 추운 겨울이 와도 봄의 희망이 우릴 늘 설레게 하듯이,

대학도 진정한 비전을 가지고 구체적인 계획을 실현해갈 때 희망적인 미래가 보장될 수 있을 것이다. 한 해가 지는 아쉬움은 새로운 해에 대한 설렘으로 종종 보상된다. 이제 우리 대학도 한 시기 마무리의 시절을 지나 새로운 갑자를 시작하며 세계와 우주를 향하여 힘찬 도약을 꿈꾸자!

「경북대신문」 사설, 2006년 11월 27일

3. 캠퍼스 베이직

학력과 실력이 상부하는 대학인

예술계에서 시작되었던 가짜 학력 파문이 연예계를 거치면서 증폭되어 최근 한국사회를 강타하였다. 이번 여름 내내 연일 쏟아지는 빗방울처럼 연이어 공개되는 학력·학위 위조 관련 기사는 우리를 우울하게 만들었다. "이렇게 많은 가짜가 판을 칠 수 있다니!" 급기야 2007년 8월 29일에는 '학력 위조 방지를 위한 관계기관 대책회의'까지 열렸다. 그러한 파문을 '관계기관 대책회의'로 풀겠다는 발상이 우스꽝스럽기도 하지만, 그만큼 사회적 파장이 컸음을 반증하는 것이라 하겠다.

이날의 대책회의가 다뤘던 문제와 관련하여 두 가지 상반되어 보이는 입장이 표출되었다. 참가자들은 "학위 위·변조에는 사법 당국이 대처하고, 학위 검증을 강화"해야 한다고 합의하였다. 반면에 교육·시민단체들은 처벌 수위나 학위 검증시스템 재고 정도가 아닌 보다 근본적인 '학벌 사회 철폐'를 주장하였다. 이것은 어느 것이 옳으냐의 문제가 아니고, 전자는 단기적 처방으로 후자는 장기적 과제로 풀어가야 할 것으로 비친다.

학력 파문이 불거지기 전에도 우리 사회에서 중요한 것이 '학력이냐, 실력이냐'로 논쟁이 자주 있어 왔다. 늘 당연하게 '실력 위주 사회'가 되어야 한다고 결론지어졌지만, 실제 현실은 '학력 위주 사회'로 치달아 왔다. 그 결과 우리나라는 최근에 84%가 대학에 입학하는 세계 최고의 '학력 국가'가 되기에 이르렀다. 그러한 치달음 과정에서 실력은 있었지만 설 자리가 제공되지 않았던 일부 사람들이 학력을 위·변조하기에 이른 것으로 여겨진다. 진정한 '실력 위주 사회'인 선진국에서는 학력·학위 위조가 필요하지 않음이 잘 알려져 있다.

그러한 '실력 위주'의 문화를 가진 선진국으로 진입하기 위하여 우리는 이 시점에서 세 가지 할 일이 있다. 먼저 단기적으로 학력·학위 위조 문제를 정확하게 검증하여 해결할 필요가 있다. '실력 위주 사회'는 반드시 공정성이나 정직성이 기틀이 되어야 한다. 그러한 기틀 위에라야 실력 검증이 제대로 될 수 있기 때문이다. 둘째로, 장기적으로 학벌사회 철폐가 이루어지도록 해야 할 것이다. 구체적으로, 학력이나 학벌 차별 금지를 제도화하는 것도 한 방법이 될 수 있을 것이다. 교육 정책도 대학 서열화를 해체하는 방향으로 잡혀져야 할 것이다. 셋째로, 공정하고 온전한 실력 평가 시스템을 개발하여 도입해야 할 것이다. 이와 관련하여, 대학 사회에서는 '참 지성인의 요건'을 갖추는 운동이 필요할 것이다. 단순한 대학 학위증이나 고학점 취득 수준의 문제가 아닌 '학력에 상부하는 실력'을 제대로 배양해야 하기 때문이다.

더위가 한풀 꺾이고 이제 가을이 저만치 오고 있다. 학생들은 이 가을이 전공 분야의 실력 갖추기 활동 위에, 나만의 소양을 플러스 알파로 구축하는 시기가 되어야 할 것이다. 다원적 시대에 맞는 인문과학적, 사회과학적, 자연과학적, 문화·예술적 지성과 감성을 높여가야 할 것이다. "자 이제는 공부!" 그래서 이 가을의 어느 날 '공(부하는) 즐(거움)' 속에 빠져 있는 당신을 부디 발견하길 바란다.

「경북대신문」 사설, 2007년 9월 3일

가치 지향으로 약동하는 대학이어야

춥던 겨울을 뚫고 기다리던 봄이 왔다. 대학 교정에도 봄기운이 넘쳐나고 있다. 대학의 신생하는 봄기운은 새 학기에 각별하고 신입생의 등장과 유관하다. 신입생들은 대학에 오기 위하여 12년 혹은 그 이상의 기간 동안 준비과정을 거쳤다. 그들이 대학인이 되려고 하는 것은 지성인으로 거듭나기 위함이다. 그렇다면 과연 그들을 지성인으로 탈바꿈시키기 위하여 우리 대학은 무엇을 중심적 가치로 여기고 있는가?

12세기 무렵 유럽에서 대학이 처음 설립된 이래, 대학의 목적은 학문을 연구하고 진리를 탐구하는 것에서부터 점차 실용성을 강조하는 방향으로 변화해 온 것이 사실이다. 최근 우리나라 대학에서도 그 경향은 크게 다

르지 않다. 그러한 시대적 흐름에도 불구하고 대학은 여전히 '여러 학문 분야를 연구하고 지도자 자질을 교육하는 최고의 교육기관'으로 있다. 그래서 대학마다 '교시'가 있고, 시기마다 내거는 적절한 '캐치프레이즈'가 있다.

경북대에도 1960년대에 제정한 교시가 있다. 그것은 교육지침으로 실천해 오던 4개 조항인 '협조·봉공·헌정·긍지'를 바탕으로 하여 종합대학으로의 출발 기념 교시로 만들어졌다. 바로 '진리·긍지·봉사'이다. 세 단어로 된 교시는 지금도 대학 정문과 중앙도서관 입구 주변 조형물 위에 표현되어 있다. '진리'는 "대학이 추구해야 할 최고, 최상의 가치로서 진리 탐구에 부단히 힘쓴다"는 것이다. '긍지'는 "본교의 역사와 전통 및 미래의 비전에 드높은 긍지를 가지는 것"을 의미한다. '봉사'는 피학습자가 결국 사회와 국가, 인류공동체에 봉사하는 "참된 지성인, 자랑스러운 전문인, 실천적인 봉사인"으로 육성되기를 바란다는 것이다.

그 외에 우리 대학에 표어나 슬로건을 의미하는 캐치프레이즈도 있는가? 있다. 그것은 다름이 아닌 '도전-KNU-패기'이며, 수년 전 본관 앞 경사진 잔디밭에 새겨져 그 앞을 오가는 이들의 눈길을 모았다. 그런데 그것이 최근에는 겨울이어서 그런지 표시가 흐릿해짐으로써 마치 본교생들의 '도전'과 '패기'에 문제가 생긴 것으로 보인다. 그뿐 아니라, 총학생회에서도 뚜렷이 소통되는 캐치프레이즈를 부각시켜 오지 않았다.

자연의 변화에 따라 표시를 알아볼 수 없는 캐치프레이즈는 계절 변화에 관계 없이 좀 더 명확하게 표현될 필요가 있다고 여겨진다. 봄을 맞이하여 대학본부나 총학생회가 그것을 대학 구성원의 피부에 와 닿도록 심화시키거나 새로이 창안해내는 작업도 각각 필요할 것이다. 아울러 '도전'과 '패기'와 같은 캐치프레이즈를 신입생들 각자가 자신의 형편에 맞게 구체화하는 것도 요구된다. 새 학기가 시작되어 교정에 봄 기운이 약동하는 것처럼, 가치 지향의 분위기가 대학인을 사로잡는 세상이 왔으면 한다.

『경북대신문』 사설, 2010년 3월 1일

대학구성원의 선거 참여

최근 급기야는 한 대학 내에서 두 명의 총장이 선출되는 사태가 발생하였다. 구체적으로 2004년 12월 21일 대구 지역의 한 사립대학교에서 총학생회와 비정규 교수노조, 비정규직 노동조합, 의료노동조합 등으로 구성된 '민주총장 선출을 위한 공동투쟁위원회'가 별도의 총장선거를 치러 한 시간강사를 차기 총장으로 선출했기 때문이다. 기존 방식의 교수들에 의해 선출되었던 총장을 고려한다면 한 캠퍼스에서 두 명의 총장이 서로 다른 구성원에 의하여 선출되는 진기록을 세우는 셈이다. 이것은 한때 일부 사립대학에서 비민주적인 재단 이사회와 교수들의 마찰로 두 명의 총장이 뽑혀 일시적으로 병존한 경우와는 또 다른 사례라 하겠다.

그렇듯 대학 총(학)장 선출에 대하여 대학 내 기존의 교수들 이외의 집단이 피선거권이나 선거권 획득을 주장하는 것은 대학 발전을 위하여 과연 바람직한가, 그렇지 아니한가, 풀기가 쉽지 않은 문제로 보이지만, 한번 고민해 보기로 하자.

총(학)장 선출에 대한 학생의 피선거권은 가능한가?

12세기경에 출발한 세계 최초의 대학인 이탈리아의 볼로냐대학이 학생에 의하여 운영되었기 때문에 전혀 불가능하다고는 말할 수 없다. 원래 중세의 대학은 '보편학교(Stadium Generale)'라는 이름으로 출발하였고 그 구성원이 동종직업조합인 길드였던 교수조합과 학생조합으로 이루어져 있었다. 대학 운영권을 두고 자연스레 두 조합 간에 주도권 싸움이 있었고, 초기에 북유럽에서는 교수조합이 남유럽에서는 학생조합이 대학 운영을 장악하였다.

거의 3세기에 걸쳐 여러 가지 시행착오를 거치다가 15세기경 남부 유럽에서도 대학의 운영권이 결국 교수조합으로 넘어가게 되었다. 학생이 대학을 운영하기에는 전문적 지식이 부족할 뿐 아니라 시간이 절대적으로 모자랐기 때문이다. 교수는 대학의 평생 직장인으로서 근무하는 데 반하여 학생은 한시적으로 대학에 체류함으로써 대학 운영에 대한 전문지식을 가지기에는 한계가 있었다. 교수는 강의를 줄여 대학 운영을 감당할 시간을 만들 수 있었지만, 학생의 경우는 피학습자로서 강의 듣기나 학점 취득을 줄일 수 없어서 대학을 운영할 시간 확보하는 데에는 큰 어려움이 뒤따랐던 것이다. 결국 학생조합은 유명무실하게 되고 그에 따라 교수조합(University of Professor)이 대학 운영을 주도하면서 대학의 명칭도 '유니버시티(University)'로 바뀌게 되었다.

이와 같은 역사적 전개 과정을 살펴볼 때, 대학 운영자 선출에 대한 학생의 피선거권 부여 문제는 어느 정도 합리적 결론이 도출될 수 있다고 본다. 필자의 견해는 그 교수조합의 기능이 오늘날 대학 운영의 집행 기능을 맡은 총장과 의결·감시 기능을 가진 교수회로 나눠져야 하는 것이 아니냐는 판단에 근거하고 있다.

총(학)장 선출에 대한 학생의 선거권은 가능한가?

중세뿐 아니라 현대에 와서도 대학 운영자 선출에 대한 학생의 선거권이 주어진 적이 있어서 전혀 불가능하다고는 말할 수 없다. 실제로 1968

년 유럽에서 학생운동이 팽창하였을 때 일부 대학에서 학생들이 선거권을 행사하였고, 심지어는 그런 분위기에서 독일의 한 대학이 우리의 전임 강사급에 해당하는 조교를 총장으로 선출한 적도 있다. 그렇지만 결국 많은 문제점이 노출되면서 다시 교수에 의한 선거권 국한으로 귀결되고 말았다. 그래서 오늘날 선진국의 대부분 대학에서 총장의 선출에는 교수만이 선거권을 행사하게 된 것이다. 그렇다고 그러한 나라들이 우리보다 덜 민주적이라고 말하기는 어려울 터이다.

국가의 여러 단체장이나 국회의원, 대통령을 선출하는 선거권에도 법으로 정해지는 제한은 있다. 국적이나 나이가 그러하고 여러 가지 법적 제약을 받는 자에게 선거권이 허용되지 않음은 주지의 사실이다. 어쩌면 국가보다 더 전문적인 수준의 지식과 기능을 요구하는 것이 대학 총장의 자리라고 볼 수 있다. 현실적으로 소속 학과 교수나 교양 강좌를 듣게 되는 교수만 제한적으로 알게 되는 학생이 여러 단과대학에 소속되어 있는 총장 선출 후보 교수의 자질을 판단하기에는 어려움이 있게 마련이다. 또한 기준 충족을 시키지 못하는 학생의 참여로 '위험'한 판단이 내려질 수도 있으며, 총장 선출 후보자들이 대학 내에서 수적 우위를 차지하는 학생의 눈치를 살피게 됨으로써 '아카데믹 포퓰리즘'에 빠질 수도 있다는 것이다.

총(학)장 선출에 대한 직원의 선거권과 피선거권은 가능한가?

서구 대학의 역사에서 보듯이 대학의 주체 논쟁에는 직원이 끼어든 적이 없었다. 아마도 서구에서는 직원이 자신의 본래적 역할에 대하여 합리적으로 인식하였기 때문일 것이다. 원칙적으로 직원은 정치적으로 중립적이고 기능지향적인 측면을 가지는 것이 바람직할 것이다. 한국 대학에서도 민주화 투쟁에 학생이나 교수 외에 직원이 주도적으로 참여한 적이 없음은 그것을 방증하는 것이라 여겨진다. 그런 점에서 최근의 '전국공무원노조'(이하 전공노) 운동에 대학 직원이 다수 참여한 것은 특기할 만한 일이다.

총(학)장 선출에 대한 직원 참여 여부는 최근 일부 대학에서 이미 직원에게도 선거권을 부여하고 있어서 새삼스런 질문이 되었다. 그것은 물론 가능한 일이기는 하지만 근본적으로 바람직스럽지는 못하다고 판단된다. 그러면 왜 그런가에 대한 몇 가지 이유를 제시하고자 한다.

먼저, 대학 민주화의 분위기 속에서 직원협의체가 임의단체적 성격을 가지면서도 총(학)장선거에 대하여 확대 시도를 꾀하는 것은 조직의 합법화 운동과 맞물려 있기 때문으로 여겨진다. 국(공)립대학에서 직원의 단체행동은 법으로 금지되고 있지만 대학 현장에서 직원협의체를 인정받을 수 있는 가장 가시적인 것 중의 하나가 총(학)장 선출권 참여일 수 있다. 다른 목적의 달성을 위하여 대학 내 원칙을 흩뜨리는 것은 바람직하지 않으며, 무엇보다 근본적으로 직원은 대학의 주체가 아니다. 오직 보조적 역할만을 담당할 따름이기 때문이다.

둘째로, 대학에서 직원은 총(학)장의 인사 대상이어서 대학의 발전을 고려하기보다는 자신의 이해관계에 따른 투표를 할 가능성이 높기 때문이다. 물론 현재의 교수들에 의한 투표에서도 일부에서 학맥과 인맥에 따른 바람직하지 않은 분위기가 있지만, 직원들의 경우 한층 극명해질 수 있다는 것이다. 실제로 최근 직원에게 10%로 제한된 투표권을 부여한 일부 대학에서 투표권의 쏠림 현상이 직원의 경우 극심하였다는 관측이 알려지기도 하였다. 그것은 상대적으로 자유분방한 교수들과 달리 직원 간에는 '집단적인 상명하복 체계'가 구축되어 있기 때문일 것이다.

마지막으로, 현재 일부 대학에서 합의하여 실행 중인 직원에게 10~20% 제한적인 선출권 부여 자체가 비민주적이라는 것이다. 총(학)장 선출권에 대한 확대 시도가 민주적인 이유로 행해지면서, 모순적으로 비민주적인 현실에 직면해 있기 때문이다. 결국 선출권 부여의 형평성에 적합하다고 하여 직원과 학생 모두에게도 선출권을 부여할 경우 대학은 적지 않은 소용돌이에 휘말릴 가능성이 매우 높다고 하겠다.

대안의 제시

수년 전부터 대학 내에서 총(학)장 선출권 확대 시도 문제를 촉발케 한 이른바 교육인적자원부가 밝힌 "일반 직원들의 총장선거 참여는 교육공무원 임용령에 따라 당해 대학 교원이 합의하면 가능하다"는 회신은 다소 '무책임하고 비전문적'이라고 본다. 앞에서와 같이 대학 발전의 역사를 살펴보건대, 학생에게 대학 운영자 선출에 대하여 피선거권은 물론이고 선거권도 부여하는 것은 합리적이지 않으며 부정적임을 알 수 있다. 직원에 대해서 선출권을 확대한 사례는 아예 없지만 적용에 대한 부정적 측면이 적지 않음을 살펴보았다. 역사적 상식은 대학 운영자 선출에 대해 단순히 여러 구성원에 의한 숫자적 확대의 방향으로만 발전해 오지 않았음을 말해 주고 있기 때문이다.

물론 서구 대학의 역사나 경험이, 문화적 배경이 다른 우리나라 대학에서 그대로 적용되어야 옳다고는 볼 수 없어서, 여전히 여러 가지 변화는 가능하다고 본다. 역사적 경험에 따른 원칙이 설사 그러하더라도 현실적으로 분출하고 있는 교수가 아닌 대학 구성원들의 요구를 일방적으로 배제하기보다는 대화를 통하여 풀어갈 필요가 있을 것이다. 그것이 곧 대학의 민주적, 합리적 운영이기 때문이다. 또한, 실제로 교수에 의한 현행의 총장 후보 선출 제도에도 문제가 적지 않기 때문이기도 하다. 그렇다면 과연 어떤 대안이 가능할까?

　　먼저, 직선제 고수에 있어서도 실제로 총(학)장 선출에서 대학 내 교수뿐 아니라 외부로부터의 전문가 후보의 영입도 가능하도록 문호가 개방될 필요도 있을 것이다. 대학 내 교수가 아닌 집단에 의하여 총장 선출의 진행 과정이 공정한지에 대하여 공개적으로 감시될 필요도 있을 것이다. 실제로 정해진 선거 기간 훨씬 이전부터 공공연하게 선거운동을 하는 후보도 있어서 규제될 필요가 있기 때문이다. 이미 대학 밖의 정치권에서도 사전선거운동에 대하여 법으로 규제되고 있지만 정작 대학 사회에서는 아직 관행이 청산되지 못하고 있다.

　　굳이 투표권의 형태는 아니더라도 다른 구성원들을 대상으로 하는 다양한 방식의 사전 여론조사와 수렴도 가능하면 진행하여도 좋을 것이다. 총(학)장 선출이 대학교수만의 관심 문제가 아니기 때문이다. 이러한 다양한 시도는 교수에 의한 총(학)장 선출권 이외에는 대학 내 다른 구성원에게도 참여를 개방하는 것이 바람직하다는 견해에서 출발하고 있다. 구체적인 한 방법으로, 어느 정도의 숫자를 갖추면 학생과 직원에게도 총

(학)장 후보 추천권을 부여하는 것이다. 이 경우 교수도 현재의 자천 형태보다는 일정 요건을 갖춘 자에 대하여 추천인에 의한 출마 형태가 바람직할 것이다.

만약 현실적 진행의 상황을 고려할 경우, 한 가지 방법은 매우 조심스럽긴 하지만 총장 후보자의 당선에 영향을 크게 좌우하지 않는 범위 내에서 상징적으로라도 학생과 직원 집단의 대표성을 가진 투표권을 수용해 보는 것이다. 이 경우 정부에서 직원 집단에 대한 법적 지위를 인정하는 선결 조처가 있은 후, 적절한 법적 상한선을 제시하는 것이 혼란을 막을 수 있는 한 가지 방법이라고 여겨진다.

다른 대안으로, 직선제의 이러저러한 혼란을 극복하기 위하여 총(학)장 후보자에 대한 간접선출제를 도입해 보는 것이다. 현재 서울 지역의 일부 대학에서 실행하고 있듯이, 교수·학생·직원·동문·학부모 등을 포함하는 여러 단체의 대표성을 가진 자들만이 투표권을 행사하여 선출하는 방식이다. 미국의 일부 대학에서 선호되고 있는 이 방식은 나름대로 수준 높은 투표를 기대할 수 있고, 대표성을 가진 이들을 합류시켜 선거 참여 집단의 형평성에 대한 불만을 해소시킬 수 있는 장점이 있다. 반면에, 투표권을 가진 소수에게 후보들이 접근하여 벌일 여러 부적절한 행위들에 대한 염려가 적지 않다.

실제적으로, 만약 '총장 후보자 선출권' 문제에 대하여 그야말로 '대학 교원이 합의'한다면 상응하는 대가를 치르게 되더라도 우리 대학은 새로운 역사를 써 가는 셈이 된다. 그렇지만, 직원과 학생에게 선거권을 확대하는 것이 민주주의의 발전이라는 식의 견해와는 다르게, 필자는 개인적으로 교수 중에서도 보다 전문적 판단을 위하여 오히려 제한이 될 필요가 있다고 본다. 가령 대학에 들어온 지 5년 미만의 신임교수의 경우를 들 수 있는데, 이런 제안을 할 당시 대학에 온 지 2년이 넘은 필자의 경우도 선거에서 어느 후보가 소속 대학의 총장으로 적절한지 판단하기가 매우 곤란한 경험을 하였음을 보아도 알 수 있다. 필자는 현행의 대학 운영자 선출이 단지 교수의 독점적 권한이나 특권이라기보다는 오히려 부담되는 진지한 한 가지 의무로서 여전히 완전하지는 않지만 학생이나 직원보다는 상대적으로 총장 후보의 자질을 판단하기에 유리하여 선택한 방식이라고 본다. 그것을 '집단이기주의'로만 매도한다면 서로 간에 견해차가 확실히 있는 셈이다.

총(학)장 선출권 문제에 대하여 일반인들은 대학 내의 주도권 다툼으로 이해하는 경향이 있다. 필자는 향후 총(학)장 선출권에 대한 여러 가지 결정과 합의에 역사적 경험의 지혜와 역사적 진보에 대한 대학 구성원들의 자기희생적 자세가 있기를 바랄 뿐이다. 대학의 한 가지 작은 문제라 하더라도 구성원들이 소속 집단의 이익에만 매몰되지 않고 대학 공동체의 낙관적 미래를 위하여 원칙을 지키며 양보하고 대화하면서 서로 협력할 수 있을 때 그 대학은 진정한 대학 역사 발전의 자치적 주도권을 가지게 될 것이다.

한편으로, 대학에서 총(학)장 선출에 이처럼 힘이 과도하게 쏠리는 것은 총(학)장에게 그동안 지나치게 권력이 집중되어 왔다는 것을 의미하는 것이어서 근본적으로 그에 대한 권력 분산이나 상시적 견제 체제의 구축이 매우 필요하다 하겠다. 구체적으로, 학장이나 학(부)과장에게 총장의 권한 중 일부를 과감하게 이양하는 것도 한 가지 해결 방법으로 여겨진다.

또한 최근 일부 대학에서 교수회의 법제화나 의결기구화 시도는 그러한 문제 해결의 다른 한 가지 좋은 방법일 수 있다. 교육인적자원부가 후자에 대하여 가로막아 온 자세를 바꿔 오히려 대승적 수용을 통하여 대학 자치를 유도할 필요가 있다고 본다. 대학 내의 문제는 시간이 걸리더라도 가능하면 자치적으로 풀어가는 것이 바람직하기 때문이다.

「경북대교수회보」, 2005년 5월 7일

학업보다 어려운 수강신청?

대학에서 학생들은 대체로 인터넷 수강신청 작업을 통하여 원하는 강의 청구를 할 수 있다. 그런데 상가에서 하는 물건 구입처럼 수강자로서 강의 신청은 마음대로 되질 않는다. 강의 신청 개시 하루 전부터 가슴 졸이기는 예사이고, 결국 원하는 강의 신청을 못해 전전긍긍하기도 한다. 한때는 강의 신청이 폭주하여 자주 전산 시스템이 중단되기도 하였다. 최근에는 '매크로 익스프레스'라는 프로그램을 이용하여 시간과 과목코드를 입력해 자동으로 수강신청을 하는 방법도 생겨나기에 이르렀다.

대학에서는 정규학기 등록으로 일 년에 두 차례 혹은 계절학기 등록까지 포함하면 네 차례 수강신청이 이뤄진다. 최근 전산상의 문제는 크게 개선이 되었다. 그런데 강의를 신청하는 소비자 측인 학생이 겪는 몇 가지 어려움은 여전히 해소되지 않고 있어서 해결되어야 할 과제로 떠올라 있다. 그것은 수강신청 프로그램 개발이 신청자 입장보다는 공급자나 관리자의 입장을 주로 반영해 있기 때문일 것이다.

강의 신청시 신청자가 겪는 가장 큰 어려움은 수강을 원하는 학생의 수요에 비하여 허락된 공급이 근본적으로 너무 적어서 일어난다. 그것은 인기 과목의 경우 더욱 도드라진다. 실제로 인기과목 신청을 위하여 휴학한 학생의 아이디를 빌려 수강신청을 하는 반칙도 행해진다고 한다. 심지어 자신이 신청하지 않을 강의도 신청하여 수강권을 타 학생에게 금전으로 매매하는 경우도 있다고 하니 그 부작용이 심각한 수준에 도달해 있음을 알 수 있다.

그렇다면 그러한 수강 공급 부족 문제는 어떻게 해결할 수 있을까? 먼저 실제 수강신청이 이루어지기 전 미리 한 차례 수강과목에 대한 수요조사를 통하여 적절하게 해결할 수 있을 것이다. 혹은 사이버 마켓에서 쓰는 '장바구니' 제도와 같은 방식의 도입으로 누적 신청자에 대한 파악을 통하여 수강 공급 규모를 재조정할 수도 있다.

그런데 수강신청 문제에는 수요 공급만 해결해서 끝낼 수 없는 다른 각도의 문제가 얽혀져 있다. 그것은 수강신청자의 한심한 태도와 연관된다. 물론 인기과목의 경우 강의 내용이 양질이어서 수강자가 몰리기도 한다. 그렇지만 신청자가 학점을 따기 쉽거나 강의자가 학점을 잘 주는 과목이어서 집중되는 경우가 허다하여 무조건 강의 공급을 늘려서 해결하는 것은 바람직하지 않을 수 있기 때문이다.

그래서 수강신청 문제는 공급자 쪽에서 학생들의 요구를 충족시켜 주려는 배려의 자세와 학점 따기가 어렵더라도 높은 지성의 수준에 도전하려는 학생들의 학구적 태도가 만나는 적절한 위치가 그 해결점이 될 수 있을 것이다. 키보드를 두드리는 신속한 동작만으로 수강신청이 우선적으로 허용되는 제도는 개선되어야 한다. 원칙적으로 학생이 원하는 강의를 가능하면 신청하여 들을 수 있어야 할 것이다. 동시에 학생들도 다양한 전공의 트랙과 어려운 코스에 도전하는 학생이 늘어나야 대학의 교양과 지성이 고양될 것이다. 아무래도 수강신청 작업보다는 학업 정진이 더 어려워야 할 것이 아닌가?

「경북대신문」 사설, 2008년 9월 1일

인종차별 — '후세인'과 '왓슨'

최근까지 우리나라는 외국인에 대한 차별의 천국이었다 해도 과언이 아니다. 왜냐하면 한국인이 유색인임에 대한 자부심이 부족하였고, 별도로 '인종차별금지법'이 없었기 때문이다. 2009년 5월을 기점으로 우리나라에서 외국인 근로자 60만 명, 결혼이주여성 12만 명을 포함하여 전국의 외국인 주민수가 총 110만 명을 넘어선 것을 고려하면 너무 많은 숫자의 외국인들이 차별의 천국에 살고 있었음을 알 수 있다. 실제로 사업주가 외국인 노동자에게 반인권적 행위를 한다든가, 가장이 외국인 아내에게 폭력을 행사하여 문제가 야기된 적이 한두 번이 아니었지만, 관련법에 근거한 처벌을 받은 적은 없었다.

그러한 무법 천국의 상황이 결국 2009년 9월 6일에 깨지고 말았다. 인천지검 부천지청 형사 2부(부장 김성일)에서 시내버스 안에서 인도인 '보노짓 후세인' 성공회대 연구교수에게 모욕적 발언을 한 혐의로 ㅂ아무개 씨에게 약식기소를 통하여 벌금을 매긴 것이다. 관련처벌법규가 없는 형편에서 인종차별적 발언을 형사적 처벌 대상으로 간주한 것이라든가, 벌금액수도 다른 사건과 비슷한 수준으로 매겼던 것은 우리나라 법정이 그러한 문제에 대하여 진일보한 태도를 보여준 셈이다.

'인종차별'이라는 용어의 사전적 의미는 "그들이 인식하고 있거나 그렇다고 믿고 있는 인종을 근거로 다른 이들을 차별하는 생각"을 이른다. 그것은 "사람이 여러 인종으로 나뉘는 것이 의미가 있다고 생각하여 특정 인종에 대한 적대감을 드러내는 배타주의"라고 할 수 있겠다. 그렇다면 과연 '인종차별'은 과학적으로 타당한 근거를 가지고 있는가? "그렇지 않다"는 것이 과학계의 정설이다. 인간 집단이 담아 온 디엔에이(DNA) 정보에 있어서 인종 간 미세한 차이가 있지만, 그것을 차별할 근거는 과학적으로 증명된 적이 없었기 때문이다.

그런데, 프란시스 크릭과 함께 'DNA의 이중나선구조'를 최초로 해석하여 1962년 노벨생리의학상을 공동수상하였던 제임스 왓슨이 유전정보와 관련된 '인종차별적 발언'으로 큰 물의를 일으킨 적이 있었다. 그는 2007년에 "흑인이 백인보다 지적으로 열등하다"고 주장했던 파문 때문에 40여 년간 일해 온 뉴욕 콜드스프링하버연구소 소장직을 물러났다.

아이러니하게도, 같은 해에 아이슬란드의 한 생명공학회사가 왓슨 박사의 게놈을 분석한 결과, 그의 유전자 중 16%가 아프리카 흑인의 속성을 가지고 있는 것으로 밝혀내었다. 일반적으로 유럽계 백인의 경우 이 비율이 평균 1%에도 미치지 못하는데, 왓슨의 경우는 '증조부나 증조모가 아프리카계인일 때 나타날 수치'라는 해석을 관련 전문가로부터 받았다. 당시에 한 노벨상 수상자가 "세계적인 백인 석학임을 자부했던 사람이 흑인 유전자를 이어받았다는 결과를 어떻게 받아들일지 궁금하다"고 지적하기도 하였다. 인종차별의 소신을 가졌던 한 과학자에게 현실 속에서 '순수한' 인종이 존재 가능한지 의문을 표시하며, '세계적 석학' 자신의 유전적 정보가 전혀 인종적 근거에서 출발하지 않았을 수 있음을 보여준 대목이라 하겠다.

오랜 기간 동안 대체로 한반도 주변에 흩어져 살아 온 우리나라 사람들은 막연히 자신이 '순수한 황인종'일 것이라는 생각을 한다. 그렇지만 우리 겨레는 여러 갈래의 사람들이 섞여지고 교류한 결과인 것으로 밝혀져 있다. 신라시대 조성된 여러 왕릉의 무인석이나 경주 남산의 부조물 속 적지 않은 인물이 외국인임은 잘 알려져 있다. 전자의 경우로는 경주시와 인근에 위치한 원성왕릉으로 알려진 괘릉, 성덕왕릉, 흥덕왕릉 등에 고스란히 남겨져 있다.

'보노짓 후세인 사건'을 풀어보면서, 우리 자신을 포함하는 한국인의 인종적 정체성에 대하여 과학적 발견에 근거하여 되돌아보라! 당신도 '순수한' 황인종 여부인지에 쏠려 있는가? 특정 민족이 여타 민족과의 교류 없이 수천 년 동안 순수하기도 거의 불가능하지만, 순수하다 하여도 타민족이나 인종에 대하여 비교적으로 우세하다는 과학적 근거는 어디에도 없음이 현실이다. '보노짓 후세인'과 '한국인' 사이에는 서로 다른 점보다는 오히려 유전적 공유성이 압도적일 수 있음을 최근의 게놈생물학 분야 연구결과들이 뒷받침해 주고 있기 때문이다. 솔직히 과학적으로 우리는 함께 오히려 '순수하게' 인간일 뿐이다.

비록 근대사 속에서 한국인이 외국인과의 교류가 다소 낮았지만, 21세기에 들어서면서 외국인 숫자가 국내에 급증하고 있음이 사실이다. 우리 대학에만 해도 최근에는 1,300명 이상의 외국인이 함께 생활하고 있다. 대한민국이 문화적으로, 유전적으로 보다 풍부하고 다양해질 기회가 도래한 셈이다. 가까이에 온 외국인과 적극 교류하고 협력하면서 그들의 문화를 이해하고 오히려 서로 융합하여 새로운 미래적 전통의 소중한 출발점이 되도록 하자!

『경북대신문』 대학시론, 2009년 9월 14일

'스승의 은혜' 어떻게 보답하나

2012년 '스승의 날'이 지난주 지나갔다. 원래 '스승의 날'은 선생님의 노고와 은덕에 감사하는 취지로 제정된 날이다. 애초의 뜻은 좋았지만, 한때 교육 현장 일부에서 촌지와 같은 왜곡된 선물을 주고받는 날로 변질되어 큰 우려를 낳기도 하였다. '스승의 날'이 학생과 학부모에게는 오히려 부담되는 날이고, 일부 선생님들은 기피하고 싶은 날이 되어가고 있음은 어찌된 현실인가?

매년 10월 5일은 '세계 교사의 날(World Teachers' Day)'로 기념되지만, '교사의 날'은 나라마다 실제로는 다양한 날에 기념되고 있다. 우리나라에서는 1958년 5월 8일 청소년적십자단원들이 '세계적십자의 날'을 맞아 병상에 계시거나 퇴직하신 교사를 위문하면서 교사의 날을 제정하자는 의견이 제기되었다고 알려져 있다. 그러다가 1964년에 '은사의 날'을 '스승의 날'로 변경하였으며, 1965년에는 세종대왕 탄신일 5월 15일을 '스승의 날'로 정하였다. 그 후 1973년 정부의 서정쇄신방침에 따라 '스승의 날'이 폐지되었다가, 1982년 다시 부활되었다.

이즈음 대학에서 '스승의 날'은 어떻게 지나가고 있는가? 실제적으로 학과나 학부 단위에서 다양한 형태로 지켜지고 있지만, 학생이 단체로 동원되는 의례적 행사 형식은 점차 퇴조하고 있다. 한편으로 재학생이나 졸업생이 인터넷상에서 이메일이나 소셜네트워크시스템을 이용하여 '감사의 뜻'을 스승에게 전하는 메시지는 점차 증가하고 있다. 평소 멘토-멘티로 발전된 관계에서는 부담되지 않는 수준의 선물이 전해지기도 한다.

그렇다면 '스승의 날', 어떻게 해야 바람직할까? 학생은 진정으로 교수를 스승으로 우러러보고 있는가? 또한 교수는 평소 혼신을 다하여 참되고 바르게 학생을 가르치고 있는가? 무엇보다 해마다 '스승의 날'을 맞게 되면 학생과 교수는 각자의 위치에서 자신을 되돌아보는 것에 의의가 있다. 무릇 한 사회의 집단지성을 키우는 요람인 대학에서 교수와 학생 간 바람직한 관계 설정은 매우 중요하다. 교수는 교육, 연구, 봉사와 같은 다양한 역할의 내용을 학생들에게 직간접적으로 가르치게 된다. 그래서 교수의 학생 사랑에 대한 태산 같은 진정성과 학생의 스승에 대한 하늘 같은 높은 우러름이 당대의 흐름에 맞추어 대학 문화로 잘 구축되어야 할 것이다.

스승에 대한 은혜 보답은 서로 얼굴을 맞대고 있을 때 강요될 성격은 아니다. 스승과 제자의 관계는 상호적이어야 하며, 어려울 때나 세상을 떠났을 때 서로 위로하고 기리는 관계이어야 할 것이다. '스승의 날' 즈음에 방송매체에서 가끔 접할 수 있는 '스승의 은혜' 노래에서 스승은 학생에게 '마음의 어버이'로 표시되고 있다. 3절에서 스승에 대한 보답은 '나라 위해 겨레 위해 일하'는 것으로 갚을 수 있다고 표현하고 있다. 결국 나라와 겨레를 위해 열심히 일하는 것으로 학생은 스승의 은혜에 보답해야 함을 깊이 되새겨 보아야 할 일이다.

「경북대신문」 사설, 2012년 5월 21일

재즈가 있는 퇴임

한국에서 대학교수는 65세가 되면 정년퇴임을 하도록 되어 있다. 물론 그 이전에 본인이 원하여 앞당겨 소위 '명예퇴직'을 할 수 있다. 혹은 국내외 다른 대학으로 가서 석좌교수니 초빙교수의 위치에서 강의나 연구를 지속하는 경우도 있다. 요즘 신임교수가 평균 40세에 채용되는 것을 감안하면 25년 정도 근무하는 셈이다.

2012년 8월 말 필자의 석사학위 지도교수이신 은사님의 정년은퇴기념식이 있었다. 소속 단과대학에서 동료 교수를 대상으로 콜로키움 형식으로 '고별특강'이 있었다. 8월 30일 오후 3시에 학과에서는 재학생과 졸업생까지 청중으로 포함하는 공개적인 '회고 강연'이 있었다. 같은 날 저녁 6시 축하 연회가 경북대학교 산격동캠퍼스 내 글로벌플라자 경하홀에서 열렸다. 태풍과 비를 뚫고 전국에서 120명이 넘는 많은 손님이 축연에 왔다. 거기엔 문하생들 20여 명(석사학위 54명, 박사학위 5명 배출)도 포함되었다. 앞서 오후 3시의 '회고 강연'이 은퇴자가 소속했던 학과가 주도했다면, 축연은 문하생들이 마련한 자리였다. 전자는 약력소개, 축사, 학생대표 송사, 회고 강연 등의 순서로 이어지는 공식적 행사로서 대체로 딱딱한 분위기이었다. 후자의 경우도 축연은 식사와 행사가 곁들여져서 여전히 크게 부드럽지 못한 것이 현실일 것으로 예상되었다.

문하생들은 퇴임이라는 무거운 분위기에 좀 색다르게 축하 느낌의 변화를 주기로 하였다. 태풍이라는 기상이변으로 축연 장소를 교내로 바꾸기 전에는 팔공산 주변 한식식당의 마당에서 행사가 예정되어 있어서 더욱 변화가 필요하다고 여겼다. 그 제안에 대하여 은사님도 평소와 달리 흔쾌히 수락을 해 주셨다. 연주팀 섭외도 자청하실 정도였다. 그래서 지역 예술대학 실용음악학과 소속 교수가 이끄는 '펄스(Pulse)'라는 재즈팀을 초청하기로 하였다.

그래서 이날의 축연은 연주가 곁들여진 즐김과 여유의 자리가 될 수 있었다. 행사 개시와 더불어 시작한 식사가 한창 무르익어갈 즈음, 재즈팀의 '판을 여는 연주'가 있었다. 이어서 본 행사는 축사, 문하생 송사, 은퇴자 인사말, 선물 및 꽃다발 증정, 사모님 감사의 말, 건배 등으로 마무리

되었다. 끝에는 예고된 대로 본격적인 재즈 연주 마당이 벌어졌다. 재즈팀의 수준 높은 연주가 축연을 한결 품위 있는 즐거움의 자리로 만들었다. "역시 문화가 세상을 바꿔간다!"

재미없고 딱딱할 것으로 예상했던 자리! 재즈 연주가 들어와서 그 분위기를 바꿔주었다. 초대된 120명 손님 대부분 처음부터 마지막까지 자리를 지켰다. 손님은 대체로 평균 연배가 60대 부근이었고, 연주팀은 아주 젊은 나이, 그 간격을 부드럽고 익숙한 재즈 리듬이 메꿔주었다. 느림과 변주! '펄스(Pulse)'의 맥박이 청중에게 전달된 것이다.

그날 축연 자리에서 사회를 맡았던 필자는 행사 진행 중 그런 생각이 들었다. 이제 대학에서 교육과 연구과정에도 여유로운 진행이 필요하다는 것. 그것은 여유로움의 도입이 주제의 큰 흐름 읽기나 창의적 아이디어 내기를 가능하게 할 수 있다고 여겨졌기 때문이다. 교육과 연구에도 재즈 음악이 흐르게 하는 것, 바로 "브라비, '펄스'!"

4. 교수 문화

'신임교수 대학생활 가이드북' 마련 제안

끊임없이 우리 대학의 발전을 위하여 '교수회'라는 특별한 법적 기구의 각도에서 애쓰시는 분들께 한 사람의 평교수로서 감사와 위로의 말씀을 드린다. 활동을 잘 하면 기본이고, 그냥 따라가면 '대학본부 이중대론'에 휩싸이고, 조금이라도 실수하면 비판과 비난이 쏟아지게 되기 때문이다. 아마도 좀체 생색이 나기가 힘들 것으로 여겨진다.

오늘 필자는 근년에 다수로 선발되어 오는 신임교수들이 대학 캠퍼스에 잘 적응하여 생활할 수 있도록 안내 책자를 교수회에서 만들어 달라는 제안을 드리고자 한다. 그것은 이른바 '신임교수 대학생활 가이드북'이다. 적지 않은 비율의 신임교수가 다른 지역에서 성장하였거나 오랜 외국생활을 한 배경을 가지고 있어서 그러한 필요성은 더욱 절실하다 하겠다.

2004년 가을 경북대학교에서 한 신임교수가 스스로 목숨을 끊은 사태가 발생하여 보는 이로 하여금 안타까운 마음을 가지게 한 적이 있다. 필자는 그 사태에 대하여 자세한 경과는 알지 못하지만, 해당 교수가 대학 생활에 적응하지 못한 일면도 있었다고 본다. 그래서 그러한 사고가 나기 전에 동료 교수들에 의한 보다 적극적인 인도나 안내가 있었더라면 하는 아쉬움이 있다.

　　그러한 관점에서 그 사태를 사전에 막지 못한 책임은 해당 학과의 교수뿐 아니라 대학의 선임 교수 전체에게 있다고도 볼 수 있다. 다소 늦었지만 적절한 대학생활 안내 책자를 간행하여 유사한 사태를 방지하고, 신임 교수들이 보다 합리적이고 신속하며 효율적으로 대학 발전에 기여하도록 할 수 있을 것이다.

　　실제로 신임교수는 대체로 학과의 선임자나 학맥 혹은 인맥에 의존한 기존 교수를 문제 해결에 대한 상담자로 가지게 되는데, 그 폐쇄성과 불합리성을 극복하기가 쉽지 않을 것이다. 어느 학부나 학과 할 것 없이 기존의 대학 질서가 그다지 합리적이거나 이상적이지 않았음은 "옛날에는 이 학과가 이러저러했고, 지금은 그래도 많이 좋아진 거야!"와 같은 고답적인 증언을 선임자로부터 자주 듣게 되는 것을 보아도 잘 알 수 있을 것이다.

　　물론 신임교수 스스로 하나하나의 문제를 풀어 갈 수도 있지만, 오랜 시간이 걸려 적지 않은 오류와 실수를 거쳐야 할 것이다. 더구나 기존의 폐쇄적 구조 속에서는 어느 날 걸어가던 길에 이상이 있음을 알아도 대안의 길을 마련하기가 쉽지 않다.

필자가 제안하는 안내 책자에는 그러한 기존의 구도를 탈피하고, 여러 가지 연구소나 스포츠클럽과 같은 공개적 단체를 소개하도록 하여 일차적으로 학술적 교류나 체력 단련뿐 아니라 난관에 봉착한 다양한 문제점에 대한 해결점을 상담해 줄 수 있는 다른 단과대학이나 다른 학과의 여러 교수들과 만나도록 해줄 수 있을 것이다. 보다 효과적인 강의 방법, 합리적인 학생 지도나 학사 업무 처리, 과제 조성, 연구비 확보나 사회봉사의 길 등을 소상히 일러주는 것이다. 그뿐 아니라, 가이드북 속에는 건강 문제, 법률문제, 다양한 스트레스 해소법, 집 마련이나 아이 교육과 같은 가정 문제, 지역 사회에 대한 이해나 적응 문제 등도 포함될 수 있을 것이다.

실제적으로 그러한 문제를 풀어가는 방식은, 일차적으로 본 대학에 부임한 지 5년 이내의 교수들에게 관련된 문제점들을 제기해 달라고 하면 어렵지 않게 아이디어와 자료를 모을 수 있으리라 여겨진다. 관심 있는 선임 교수로부터는 그러한 문제들에 대한 다양한 해답과 경험을 받을 수 있을 것이다. 그렇게 하나하나 모아가면 멀지 않아 좋은 가이드북이 완성되리라 여겨진다.

그렇지 않아도 이모저모로 바쁠 교수회 임원들께 이러한 부담되는 제안을 드려 죄송한 마음 금할 길 없다. 추운 날씨 속에서도 심신이 강건하시길 기원 드린다.

경북대교수회 홈페이지 사랑방 게시판, 2005년

'북클럽 일청담'과 '목요책마당'

우리나라 대학에서 학생들의 독서동아리는 예나 지금이나 주목받는 클럽으로 존재한다. 반면에 교수들이 북클럽을 형성한 곳은 거의 없었다. 그런 풍토 속, 경북대학교에서 '북클럽 일청담'(이하 '북클럽')이 시작된 것은 2000년 12월이었다. '북클럽'이 지금은 대학 구성원 모두에게 열려져 있고 일반 시민에게까지 개방되었지만, 처음에는 책을 오히려 잘 읽지 않는 교수들만을 위한 이른바 '교수북클럽'이었다. 구체적으로, 2000년 12월 4일 오후 5시 30분, 경북대학교 산격동 교정 복지관 은행 옆 휴게실(찻집)에 적지 않은 숫자의 교수가 모였다. '경북대 북클럽 일청담'(가칭)의 소박한 시작 모임과 간단한 저녁식사를 가지기 위해서였다. 권덕기, 김사열, 김우현, 김중락, 김창우, 남권희, 손중권, 이성주, 이재열, 조영기, 주보돈, 주영위 교수 등 12명이 발기인으로 참여하였다. 당시 발기 제안서를 여기에 옮겨본다.

아름다운 '북클럽'을 시작합니다!
분필 자루를 타고 달리는 너무 바쁜 하루, 바르고 깊게 생각하는 나무라야 아름다운 열매를 단다! 일청담 주변 수목 잎들이 내려앉는 이 늦가을에 '북클럽'을 시작합니다. 아무리 바쁘고 정신 없는 교수 생활이지만 책 읽는 기쁨을 공유하고자 합니다. 독서정보 나누기, 북 리뷰, 레터 발간, 저자 초청 특강, 문학 기행, 홈페이지 운영 정도 등이 '북클럽 일청담'(가칭)에 채워질 내용입니다. 복현캠퍼스의 교수님들, 책을 제대로 읽고 바로 쓰는 문화를 같이 만들어 가면서, 아울러 우리들의 정신세계를 더욱 윤택하게 하는 모임을 이제 같이 시작해 보면 어떨까요?!

첫 모임에서 북클럽 이름은 '일청담'으로 확정되었다. 북클럽의 공동 좌장으로 세 명(이재열, 남권희, 손중권)이 선출되었다. 당시 책마당은 주로 구내서점 내 창가에 위치한 자그마한 공간에서 이루어졌고, 대학 구내서점 우정욱 사장이 여러모로 도움을 주기도 하였다.

'북클럽'에서 초기에는 매주 한 차례 '책마당'을 진행해 오다가 근년에는 2주에 한 번씩 공개 '목요책마당'을 열고 있다. 최근의 '목요책마당'은 대학 구성원뿐 아니라 시민에게까지 열려졌다. 그래서 장소도 한 달에 한 차례는 시내 중구 동인동 2가에 위치한 대구광역시립 중앙도서관에서 열고 있다. 교내에서 여는 '목요책마당'도 카페(2012년 가을 현재는 글로벌플라자 1층에 있는 카페)에서 열어 책마당에 대한 참가자들의 접근을 쉽고 편안하도록 배려하고 있다.

'목요책마당'의 좌장은 초창기 3인 체제에서 두 분이 빠지고, 거의 10년 동안 자연과학대학 생명과학부 이재열 교수가 도맡아 혼자서 수고해 오셨다. 그러다가 2011년 봄부터는 사범대학 생물교육과 권덕기 교수가 좌장을 맡고 있다. '목요책마당'이 여건의 어려움으로 지속이 쉽지 않았던 동안에도 이재열 교수는 끈질긴 활동력으로 모임이 뿌리를 내릴 수 있도록 큰 수고를 한 셈이다. 이 교수는 함께 여행하는 프로그램도 개발하여 참여자들 간의 친밀도를 높이는 데도 적지 않은 기여를 했다.

'목요책마당'의 발표자는 대체로 경북대에 재직하는 교수님들이 두 가지 방식 중 한 가지를 맡아서 진행해 주신다. 하나는, 저자로서 책 내용에 대하여 직접 강의하는 방식이다. 구체적으로, 그것은 경북대학교 내 1,200여 명의 교수 중 최근에 교양서적을 직접 쓴 저자를 강사로 모시는 것이다. 다른 하나는, 강사가 다른 저자가 쓴 책을 읽은 후 해설과 비평을 곁들이는 방식이다. 후자의 경우, 교수 외에도 시민참가자 중 책읽기가 탁월한 분들이 강사로 역할을 하기도 한다.

'목요책마당'에서 대상 책의 선택은, 다양한 이유로 인기를 끄는 책 혹은 대중은 주목하지 않지만 나름대로 소중한 저작물을 다루는 경우가 섞여 있다. 참가자는 들쑥날쑥한 편이지만, 평균 20~30명 정도이다. 참가자 숫자가 적을 때는 10명 내외, 많을 때는 50여 명이 넘기도 한다.

경북대에서 '북클럽'은 책읽기를 매개로 하여 임의단체 활동을 해 오다가 2003년에 중요한 전기를 가지게 된다. '목요책마당'의 지속적 활동을 긍정적으로 본 대학본부 측에서 교양교육을 개선하던 중에 과목 참여를 권하게 되었다. 그래서 '독서로 세상보기'라는 교양강좌를 '북클럽'에서 활동해 오던 교수들이 공동으로 맡게 되었다.

2003년 후학기 동안 준비과정을 거쳐 2004년부터 '독서로 세상보기'가 개설되어 대학 필수과목 '글쓰기'의 대체과목 중 하나로서 지금까지 이어져 오고 있다. 구체적으로, 3학점 3시간 15주 강좌로 하여 세 명의 교수가 1학점씩 5주를 맡아 여러 강좌를 운영하고 있다. 그와 관련하여 '북클럽'에서 발표한 '대학교양 추천도서'가 발표되기도 하였다.

21세기 날로 발전해가는 지식정보사회에서 인터넷 매체를 통한 정보의 전달이 주류를 형성해 가고 있다. 그렇지만 책읽기를 통한 보다 정확하고 깊이 있는 정보의 습득과 창의적인 상상력의 확장은 여전히 매우 요긴하다. 직업수행과정에 선도적 정보와 새로운 지식을 자주 접하게 되는 대학교수가 직접 책을 읽은 후 비평하고, 책을 쓴 후 성찰하는 일은 타인과의 교감과 소통적 활동을 통하여 온전해져 갈 수 있다.

그런 입장에서, '북클럽'이 우리 시대의 주역인 시민들과 다음 세대를 책임져 갈 청년들과 함께 모여 책읽기를 통한 소통을 지속해 온 것은 주목할 만하다. 부디 경북대에서 시작한 '북클럽' 활동이 대학 내에서 더욱 깊이 진화해 가면서, 그런 문화적 모델이 지역사회와 다른 대학으로 번져 가길 소망해 본다.

새로운 대안적 교수 모임의 출범

2007년 3월 29일 오후 4시 45분경 경북대학교 교정에서는 특별한 일이 일어났다. 다름이 아니라, 복현콜로키움'(이하 '복콜') 창립 총회가 23명의 추천된 운영위원 중 16명이 참가한 가운데 열렸기 때문이다. 실제로 '복콜'은 이러저러한 이유로 인하여 거의 일 년이나 걸려서 조직되었다. 2006년 봄 처음 얘기가 나왔을 때는 경북대 내에 총장선거를 앞두고 있다고 하여, 가을에 들어서서는 새 총장 취임 학기라고 하여 각각 미뤄져 오다가, 2007년에 들어서서는 더 이상 미룰 수가 없어서 조직이 이뤄진 셈이다.

그러는 동안에 김윤상 교수를 포함한 네 명의 준비위원은 새로운 교수 모임이 대안적 성격을 가져야 하므로 어떻게 원칙을 세워야 할 것인지에 대하여 여러 차례 만나 의견을 교환하였다. 애초에는 준비 모임이 가칭 '복현포럼'이라는 이름으로 지칭되어 오다가, 정치권에서 대선을 앞두고 '포럼'이라는 용어를 너무 자주 사용하는 바람에 '복현콜로키움'으로 바꾸기로 하였다. 그간 대학 내에서 만연되어 있던 분열적 구조의 타파, 학문 간 통섭적 소통, 사회적 책임을 자각한 지식인의 대안 제시 등을 위하여, '복콜'에서는 일단 '만남, 소통, 대안'이라는 구호를 내걸게 되었다.

준비위원이 마련하여 총회에서 운영위원 간에 합의했던 몇 가지 기본 원칙은 다음과 같다. 먼저, 조직은 최소화하고, 교수를 포함한 대학의 모든 식구가 주인으로 참가할 수 있도록 '회의체 형태'로 모임을 운영하기로 하였다. 공개 행사를 하게 될 시 강사비를 포함한 최소 경비 확보와 의견 수집을 위하여 단과대학별로 1~2인의 운영위원(전체 20~30인 정도)을 두기로 하였다. 아울러 운영 효율을 위하여 좌장 1인과 운영위원회 간사 2인을 두기로 하였다. 각각의 임기는 일 년을 원칙으로 하되 최대 3회 연임으로 한정하도록 하였다.

둘째로, 대안적 회의체 모임을 구현할 수 있는 최소한의 자체 '운영 규정'을 마련하기로 하였다. 대학 내에서 분열적 사고를 지양하고, 비판과 대안 제시를 통하여 지식인이 가져야 할 사회적 책임을 다하도록 하는 내용을 담기로 하였다. 가능하면 소수 의견도 고려되면서 민주주의적 방식으로 운영되도록 하였다.

셋째로, 콜로키움 강사에 대한 수고비는 운영위원회비(월 1만 원)로 하고, 다른 행사 비용은 참가 회원이 자발적으로 내도록 유도하기로 하였다. 모임 외부로부터는 부적절한 재원을 받지 않기로 하고, 일 년에 한 차례 정도 회원 전체를 대상으로 하여 재정 내역을 투명하게 공개하기로 하였다.

그렇게 준비되었던 '복콜'의 첫 공개행사가 2007년 4월 20일에 있었다. 제목은 '지식인의 사회적 역할'. 다소 결과론적이지만 몇 가지 이유로 행사는 성공적으로 여겨졌다.

먼저 참석자가 조촐하게 준비된 행사장에 넘쳐났다. 50명 정도 규모가 허용되는 공간에 60여 명 이상이 왔고, 일부는 자리가 없어서 되돌아가기도 하였다. 교수가 40여 명, 학생이 20여 명 정도 되었다.

둘째로, 강사 선정이 탁월하였다. 같은 제목으로 매우 내용이 다른 발표가 이뤄질 수 있었던 것은 김두식 교수(경북대 법학과)와 김상봉 교수(전남대 철학과)가 주제에 접근하는 방식이 서로 달랐기 때문이다. 전자는 자기 고백적인 내용으로, 후자는 원론과 철학을 중심으로 하여 한국 지식인의 '몰주체성'에 대한 내용을 주로 지적하였다.

마지막으로, 마무리 시간에 곁들여진 노래 공연도 좋았다. 거의 두 시간 이상의 다소 긴장된 토론의 말미에 아름다운 가곡을 두 곡 듣는 것은 긴장 이완 이상의 것이었다. 원래 예정되었던 의과대 김용선 교수의 재즈 연주는 피치 못할 사정으로 인하여 펑크가 났지만, 대신에 경북대 음대의 성악 전공하는 학생이 와서 잘 메워 주었다.

거의 반이나 되는 참가 회원들이 행사 후 대학 주변 한 식당으로 가서 같이 식사를 나누며 친교를 했다. 참가비 1만 원을 내는 것으로 회원의 주인의식이 한껏 고취되기도 하였다. 참고로, 아래에 새로운 대안적 교수 모임인 '복콜'의 성격에 대한 이해를 돕기 위하여 김윤상 좌장이 직접 써서 카페에 올렸던 글을 게재한다.

새로운 교수 모임에 붙여

지식인의 사회적 기능을 'wise watch'라고 요약하고 싶습니다. Watch 라는 표현은, 우리나라를 비롯한 아시아 각국의 민주화에 힘을 보탰던 미국 지성인 집단 Asia Watch, 세계적 민간 환경연구소인 World watch Institute(WWI)에서 따온 것입니다. 지식인은 공정한 태도와 따뜻한 애정으로 사회를 잘 살피고, 전문지식을 바탕으로 하여 방향과 대안을 제시하며, 때로는 직접 행동도 한다는 뜻입니다.

교수 집단이 지식인 계층을 대표하고 있는 상황에서, 우리 교수는 연구와 교육이라는 고유 업무 외에 Wise Watch 기능을 추가로 맡을 수밖에 없습니다. 권위주의 시대에 이런 기능을 수행한 대표적 교수 집단은 민교협이었고, 그 시대의 과제였던 나라와 대학의 민주화에 상당한 기여를 했습니다. 그러나 이제는 시대가 달라지고 과제도 달라졌습니다. 이제는 민주와 반민주, 적과 동지가 분명하게 나뉘는 시대가 아닙니다.

이제는 새로운 관점을 가진 젊은 교수가 주역이 되어야 합니다. 이런 의미에서 보면 저는 새 모임에 어울리지 않는 사람입니다. 그런데도 새 모임 준비과정에서 제게 좌장이라는 직함을 맡기기로 예정하신 것은, 새 모임에 대해 혹시 있을지 모르는 외부의 오해를 막는 방패가 되어 달라는 뜻으로 받아들이고 있습니다. 그러므로 저는 그런 역할만 하겠습니다.

새 시대에 맞는 'wise watch'의 구체적인 내용은 간사를 비롯한 여러 참여 교수님들이 형성해 나가야 합니다. 단순한 학술단체도 아니고 한쪽을 편드는 운동단체도 아닌 새로운 위상을 정립해 가실 것으로 봅니다. 새 모임이 빠른 시일 내에 정착하여, 길을 비추는 빛이 되고 타락을 막는 소금이 되기를 기원합니다.

2007년 2월

초상사진문화를 살려 세계적 대학이 된다?

이 세상 모든 것의 자리와 위치에는 고유의 '권위'가 있게 마련이고, 그것은 본유적 가치나 높이만큼 제대로 회복될 필요가 있다. 여기서 말하는 '권위'는 자기 자리 스스로의 자신감이며 타자로부터의 인정이기도 하다. 그런데 왕왕 그 '권위'는 추락되어 보는 이를 안타깝게 한다. 시장에서 상품이 제값을 인정받지 못할 때 하잘것없는 물건으로 취급되는 것을 볼 때, 제자리를 잃어버린 사람의 값어치는 말해서 무엇하랴! 조금도 과장되거나 위축되지 않은 당당한 모습의 '권위'는 그래서 아름다울 수 있을 것이다.

원래 '권위'의 사전적 의미는 "다른 사람에 대해서 우월한 가치의 소유자로서 사회적으로 인정되어 그의 행위를 좌우하는 의사결정을 내릴 수 있는 능력"이다. 그래서 일반적으로 선거로 선출된 기관장들은 나름대로 권위를 인정받아 재임 기간 동안 능력을 발휘할 수 있다.

한편, '권위'의 모습과 유사하게 '권위주의'가 있다. 자주 강요되는 성격을 띤 그것은 '권위'와 다르게 오히려 제거될 필요가 있다. 타자로부터 인정되는 '권위'가 없기 때문에 오히려 강요되면서 '권위주의'는 부정적 기능을 발하게 된다. "사회 현상을 권위에 의해 해결하려는 사고나 행동양식"인 소위 '권위주의'는 대학을 포함한 우리 사회 구석구석에 여전히 자리 잡고 있다.

실제로 우리 사회의 '권위주의'에 대한 표상으로 '기관장 초상사진' 진열을 들 수 있을 것이다. 예를 들어서 대구광역시 시청에 가면 전임 시장이었던 모든 이의 얼굴이 걸려 있다. 비록 시장을 역임하면서 제대로 못하여 쫓겨났다고 하더라도 해당자의 초상사진은 반드시 걸려진다. 각자의 재임시 제대로 된 역할로 인정받지 않고, '시장이었다'는 이유로 무조건 인정되는 사진이 내걸려짐으로써 보는 이의 눈살을 찌푸리게 하는 것은 안타까운 일이 아닐 수 없다. 물론 재임시 역할이 매우 긍정적인 사람도 있어서 인정되는 경우도 있지만, 실제로 구별 없이 걸리기 때문에 모두 청산될 필요가 있는 셈이다.

대학 내에서도 '권위주의적' 초상사진 내걸기는 예외가 없다. 대학본부 건물에는 전임 총장 모두의 얼굴 사진이 걸려 있듯이, 단과대학마다의 공간에도 전임 학장 모두의 얼굴이 도열해 있다. 도대체 무엇을 위한 진열이며, 시대에 맞지 않게 강요되는 '권위주의'인가? 역사는 모든 것을 기록하진 않는다. 당대의 사건이나 사실로부터 선별되고 의미 있는 것이 골라지는 것이다. 굳이 기관장의 얼굴 사진을 역사적 기록으로 남기려고 그렇게 한다면 해당 기관의 '인터넷 홈페이지'에 남겨두는 것도 한 대안적 방법이 될 것이다.

좀 오래된 한 기관에서 그러한 초상사진이 두 벽면의 한 수평면을 다 채우고 그 다음 수평면도 채워가는 모습을 필자가 지켜보면서 이제 세월이 흘러 저 벽면이 다 채워지면 어쩌려고 그러는가, 그런 생각이 들었다. 역사적 기록이 누적되어 가면서 평가와 선별이라는 지혜와 새로운 결단을 필요로 하게 된 셈이다.

사회생활 속에서 대다수 사람들이 여러 가지 모습의 의자나 자리를 탐내지만, 막상 제대로 역할은 하는 이는 많지 않다. 솔직히 그 사람의 '권위'는 그 자리로부터 나오는 것이 아니며, 그 자리에서 하는 긍정적 역할로부터 나온다는 사실을 명심할 필요가 있다. 예수 그리스도를 포함한 인류의 지도자들은 한 번도 세상에서 어떤 그럴듯한 자리나 위치도 점하신 적이 없지만, 세상이 뺏을 수 없는 '절대 권위'를 가지셨음을 우리는 안다. 그것은 세상 인간을 향한 그분들의 희생과 헌신이 있어서 가능한 일이었다.

맡게 된 자리를 가슴 저미도록 소중히 여겨 묵묵히 일을 하는 가운데 '권위'는 자연스레 주어지는 것이다. 호들갑이나 거만을 떨거나 무력적인 언어 구사나 행패를 부려서 '권위'가 획득되는 것은 결코 아니다. 연극이 끝난 뒤 무대 막 뒤에서 대사를 외치거나 소리를 질러 봐야 아무 소용이 없다. 무대 위에서 지금 내가 배우 역할을 하고 있을 때 혹은 오늘 내가 그 자리를 맡았을 때, 진정성을 가지고 열정적이면서 겸손하고 묵묵히 일하노라면 결국 우리가 속한 공동체와 세상은 더욱 아름답게 완성되어 갈 것이다.

이제 우리 대학의 21세기는 기관장의 초상사진을 내리는 일로부터 '세계 100대 대학'에 들어갈 수 있는 자기 변화를 시작할 것을 제안하고자 한다. 고통이나 헌신이 수반되지 않는 어떤 변화적 수사도 결국 말장난으로 끝나고 말 것이기 때문이다. 초상사진 속의 부릅뜬 눈처럼, 대학의 역사 앞에서 우리 모두 진정성을 가져야 할 것이다.

『경북대교수회보』 교수칼럼, 2006년 12월 31일

대학선거문화를 개선하자

20세기 후반 한국의 대학은 사회민주화운동에 참여하면서 한편으로 '대학 자치'를 이루기 위한 바탕으로 '총(학)장 직선제'라는 목표를 쟁취하였다. 물론 여전히 국립대학의 경우는 교육인적자원부에서 행정인력에 대한 인사권을 가지고 있으며, 사립대학에서는 재단에서 대학 경영이나 인사권에 과도하게 관여하고 있어서 진정한 의미에서 '대학 자치'의 길은 아직 멀었다고 하겠다. 비록 일부 대학의 수준이긴 하지만, 총(학)장에게 집중된 권한을 분산한다는 측면에서 발전을 거듭하여 '교수회 의결 기구화'를 통하여 총(학)장에 대한 권한을 견제하는 곳도 있다.

근년에 와서 전국에 걸쳐 대다수 국·공립대학은 총(학)장 선출권 문제에 있어서 직원과 학생의 선거권 확보 운동으로 혼선을 일으키고 있다. 교수에게는 모두 선거권을 주면서, 직원이나 학생의 선거권을 제한하는 것은 자기 모순적 민주주의라는 주장이 제기되고 있는 것이다. 반면에, 서구 대학의 이행 역사에서도 학생에게 선거권을 준 경우는 불합리함의 노출로 결국 실패로 돌아간 것을 알면서도 이제 우리가 그 길을 따라 가는 것도 어리석어 보인다. 민주화운동의 일환으로 쟁취한 '총(학)장 직선제'가 그렇게 원칙을 잃어버린다면 차라리 간선제를 도입하여 합리성을 회복하는 것도 하나의 해결 방안이 될 수 있을 것이다.

만약 '총(학)장 직선제'를 고수하는 경우에도, 총(학)장 후보도 현재의 자천 형식이 아닌 집단추천인제 도입이 필요하다. 그러한 추천에는 교수뿐 아니라, 학생·동문·직원 등에 의한 추천 방식도 고려될 필요가 있을 것이다. 추천 대상으로도 대학본부 처장이나 교수회 의장, 단과대학 학장을 지낸 이들은 일정 기간 출마를 규제할 필요도 있을 것이다. 지위를 이용한 사전선거운동이 가능할 수 있으므로 견제될 필요가 있기 때문이다.

총(학)장 직선제를 계속 강행하려면 일부에서 저질러지고 있는 과열 혹은 사전선거운동에 대한 철저한 규제 방안은 반드시 마련되어야 할 것이다. 하물며 정치인들도 정해진 법에 따라 선거운동을 하고 있는 최근의 현실에서, 지성인의 집단인 대학에서 아직도 총(학)장선거에 대한 부정적 문화가 청산되지 않고 있는 것은 무척 부끄러운 일이다. 최근 국회교육위원회 법안심의소위에서 국·공립대 총장후보 직선의 경우, 관할 선거관리위에 선거관리를 위탁하도록 하는 내용의 교육공무원법 개정안이 의결되기까지 한 것은, 그간 대학이 이 부분에서 자정 노력이 크게 부족했음을 반성하는 계기로 삼아야 할 것이다.

모든 문제를 풀려고 할 때 늦었다고 생각하는 시기가 가장 빠른 변화의 출발점임을 우리는 잘 알고 있다. 총(학)장선거문화의 개선도 마찬가지라고 여겨진다. 대학이 변화를 두려워하고 있을 때, 결국 대학 밖의 기류가 대학 사회의 변화를 타율적으로 강제할 것이기 때문이다. 바람직한 총(학)장선거문화 정착을 위하여 우리 대학에서도 한시바삐 이 분야에 대한 합리적 대안이 마련되어야 할 것이다.

『경북대신문』 사설, 2005년 5월 9일

지위 이용한 선거운동은 자제되어야

2006년에 들어서면서 우리 대학에서 여섯 분이 차기 총장 후보로 출마했다는 기사가 지역 신문에 게재되면서 총장선거운동이 본격화되는 느낌을 받았다. 그 이전에는 그렇고 그런 분이 이러저러한 자리에 얼굴을 내밀어도 "설마 선거운동은 아니시겠지!" 했지만, 최근에는 양상이 달라진 셈이다.

필자의 연구실로도 해당자들의 전화 혹은 방문이 있었다. 가능하면 당사자와의 대면을 피해 보지만, 연구실로 갑자기 출마 희망자라는 분이 불쑥 들어오는 경우에는 어쩔 수 없는 만남이 이루어지기도 하였다. 솔직히 불편하기는 말하기가 곤란할 정도였다.

이런 캠퍼스 분위기와 관련하여 필자는 아래와 같이 몇 가지 제안을 하고자 한다. 먼저 후보자들의 사전선거운동이 없어져야 한다. 대학 밖의 정치인들도 법에 따라 정해진 기간에만 선거운동을 하는 현실에 비추어 지성인의 사회에서 그러한 불법적인 행위는 용납되어서는 안 될 풍토이기 때문이다.

두 번째로 공직이나 보직을 이용하여 사전선거운동을 하는 것은 철저히 막아야 한다. 예를 들자면, 대학본부의 처장, 학장, 교수회 의장 등과 같이 공적인 자리를 거친 사람은 임기를 다하거나 사임 후 1~2년 기간이 지나서 후보자가 되어야 할 것이다. 왜냐하면 현재의 공적인 자리를 총장 선거운동과 같은 다른 목적에 남용하는 출마 희망자는 만약 총장이 되더라도 학교 밖의 다른 일이나 자리로 갈 것을 도모할 것이 눈에 보이듯 뻔하기 때문이다.

마지막으로 대학교수회나 직원회, 총학생회는 선거 참여율 협상에 대한 열성만큼 '공정선거 풍토 만들기'에도 관심을 가져야 할 것이다. 관련 규정도 만들고 기구도 만들어 부정행위를 철저히 감시해야 할 것이다. 총장 출마 희망자의 사전선거운동과 같은 부정행위도 막아내지 못하는 대학이 어떻게 지역을 혁신하고 세계화의 선도적 역할을 할 수 있겠는가?

경북대교수회 홈페이지 사랑방 게시판, 2006년 3월 3일

5. 그린 캠퍼스

탁아소가 있는 교정 풍경

나는 차가 다니지 않는 교정에 대하여 이야기하면서 우리 대학이 아직 장애우와 같은 분들에 대한 배려가 소홀하다는 지적을 한 적이 있습니다. 사정이 어떠하든 사회적 약자에 대한 고려가 부족하다면 바람직한 지성인이 사는 공동체라 할 수 없지요. 어린아이를 가진 학생이나 직원, 교수 등에 대한 복지 시설 얘기를 할까 합니다.

한마디로 "우리 대학 구내에 탁아소를 조속히 만들자"는 것입니다. 교수회 혹은 여성교수회에서 구체적 사업으로 목표를 가지고 실행해 주시기를 강력히 주문합니다. 그 필요성에 대해서는 구태여 나열하지 않아도 다 아시리라 믿습니다.

대학 구성원 중에 아이를 낳은 해당자의 숫자가 너무 적다고요? 그렇게 접근하시면 곤란합니다. 그것은 단 한 명이 있더라도 해결해야 할 사안입니다. 자리가 남으면 교정 주변의 주민들에게 혜택을 줄 수도 있지요.

최근에 대학원 학생들 중에 결혼하는 숫자가 증가하고 있지요. 그만큼 해당자가 많아지는 확률이라는 것이지요. 어쨌든 약 3만 명의 식구가 있는 교정에 아직 탁아소가 없음은 부끄러운 사실이라고 여깁니다. 누가 뭐래도 탁아소가 있는 교정 풍경이 훨씬 아름다울 것입니다.

예를 들어서, 거의 15년 전 제가 유학을 했던 북유럽의 경우, 약 100명 정도의 식구가 있는 연구소에 탁아소가 하나 있었습니다. 하루 일과 중에 부모는 15분 접견권(수유 관련)이 있었고요. 우연히 거길 가 본 적이 있었는데, 아름다웠지요.

우리도 탁아소를 만들어 교정의 수준을 높여 갑시다!

『경북대교수회보』, 2004년 8월 30일

장애인 편의시설, 모든 것에 우선해야

근년에 대학마다 국내외 대학종합평가 결과에 주목하기 시작하면서, 교수의 연구력이나 졸업생의 사회진출도뿐만 아니라 국제화 정도, 교육 여건, 재정 확보 등에 대한 개량적 개선에 집중적 투자를 하고 있다. 대학이 효율적 기관이어야 하므로 그러한 항목의 지표 개선에 나서는 것도 나름대로 중요할 것이다. 그렇지만 대학은 교육·연구기관으로서 그러한 항목들보다 더 우선적으로 충족시켜야 할 기본적인 것이 여럿 있다. 예를 들어서, 제대로 구비된 교육 목표에 대한 일관된 관철과 같은 가치적 문제라든지 약자에 대한 배려와 같은 실천적 문제가 바로 그러한 것들에 속할 수 있다. 특히 경북대는 후자와 관련하여 여러 가지 면에서 부족하다는 평가를 오래전부터 들어왔다.

만약 대학 평가 항목에 '장애인 편의시설'이 들어 있었다면 경북대는 최하위를 기록했을 가능성이 크다. 실제로 최근 경북대는 장애인 편의시설 부족으로 인하여 한 국회의원으로부터 "고발할 수준"이라는 지적을 받았다. 그것은 지난 10월 14일에 있었던 국회 교육과학기술위원회의 경북대 국정감사에서 장소로 마련되었던 대학본부 건물 5층으로 장애인이 이동할 수 있는 편의시설이 제대로 갖춰져 있지 않았기 때문이다. 이에 대하여 대학본부 측에서는 "본관은 학생들이 자주 사용하는 건물이 아니어서" 그러하다고 해명하였다.

그렇다면 '학생들이 자주 사용하는' 강의동에는 장애인 편의시설이 잘 갖추어져 있는가? "그렇지 못하다"는 것이 정직한 대답이 될 것이다. 최근에 지어져 엘리베이터가 달린 로스쿨 빌딩을 포함한 일부를 제외하고는 대부분의 건물에서 장애인을 위하여 단지 1층 출입구 부분에 턱을 없앤 출입로가 있을 뿐이다. 2008년 현재 본교에 재학 중인 19명의 장애학생들이나 수명의 장애교직원은 그러한 건물마다 1층에만 들어갈 수 있고, 그 위로의 층에는 그들을 위한 편의시설이 거의 없다. 그것이야말로 장애인 기만이며 우롱이 아닐 수 없다.

우리 대학이 그렇게 장애인에 대한 편의시설이 제대로 갖추고 있지 못한 데에는 예산 부족만의 탓은 아닐 것이다. 대학집행부나 사회복지학과 관련자를 위시한 전 대학 구성원이 장애인을 포함한 사회적 약자에 대한 제대로 된 인식이나 실천적 배려에 인색하여서이다. 경북대가 세계적 대학을 지향하려면 무엇보다 '장애인 배려'라는 기본에 충실해야 할 것이다. 수개월간 500억짜리 대형 건물 세우기로 논란을 벌이기보다는 5층 건물마다 5천만 원 정도면 부착할 수 있는 엘리베이터 시설 갖추기를 우선하여야 할 것이다. 우리 대학본부 측은 국감 당시 질책하던 국회의원들 앞에서 "장애인 배려 대책을 즉각 마련하겠다"고 하였는데, 말로만 때우고 지나갈 것이 아니라 모든 것에 우선하여 이 문제를 그야말로 '즉각' 해결해야 할 것이다. 그렇게 되어야 약자를 일상적으로 무시해 온 장애의 대못이 경북대 구성원의 가슴으로부터 비로소 뽑혀지게 될 것이다.

『경북대신문』 사설, 2008년 11월 3일

차 다니지 않는 그린 캠퍼스 만들자

오늘은 우리 대학 캠퍼스를 환경적으로 좀 깨끗하게 해 볼 수는 없을까 생각해 보았습니다. 차가 다니지 않는 그린 캠퍼스! 공기가 더욱 맑아지고 보다 안전해지는 교정, 더 이상 꿈으로만 둘 수는 없습니다.

우리가 일상적으로 생활하는 복현동 캠퍼스는 20만 평 정도의 공간에 수만 명이 북적거리고 있어서 그다지 좋은 환경이라고 보기는 어렵습니다. 게다가 엄청난 양의 차량이 캠퍼스를 오가고 있어서 사고 위험도와 더불어 공기 오염도는 말이 아닙니다.

주차공간 부족으로 대부분 시내에 사는 대학생들은 차량을 가지고 와도 주차비 문제로 학교 주변에 세우게 되어 대학 주변 길은 차로 가득 메워져 있습니다. 정기 주차권 구입에 있어서도 교수나 직원, 대학원생에게는 혜택을 주고 대학생들은 안 된다고 하는 것도 둘러대기가 궁색합니다.

그러면 어떻게 해야 할까? 제가 생각한 방안 중의 한 가지는 대학 정문과 북문 주변의 주차장에 대형 주차 빌딩을 만드는 것입니다. 그 빌딩의 건축을 지하 공간으로 처리하면 더욱 좋겠지요. 차량으로 출근하거나 입교시에 제한 없이 여러 가지 종류의 모든 차가 그 주차공간에 들어갈 수 있도록 하고 자기가 일하거나 강의를 듣는 공간까지 모두 걷는 것입니다. 아름다운 캠퍼스를 걷다 보면 여유도 생기고 학교 공간에 대한 애착도 증가하리라 봅니다. 아마도 많이들 걷게 되어 지금보다 경북대 식구들이 더욱 건강해질 것입니다. 또한, 에너지 절약도 상당하리라 봅니다. 아울러 정기주차권과 관련된 대학생들의 불만도 해소되리라 봅니다. 학교 주변 길의 과다 주차 문제에 대한 주민들의 불만도 해소될 것입니다. 차 몰고 운동하러 왔다가 대형 쓰레기를 버리고 가는 얌체 시민도 막을 수 있을 것입니다. 자주 발생하는 안전사고에 대한 예방도 이루어질 것입니다.

교정 내에 다양한 종류의 조깅 로드나 산책로, 자전거 길, 인라인스케이트 패스를 만드는 것도 어렵지 않을 것입니다. 주차장을 없앤 곳곳에 더 많은 나무를 심어 언젠가는 산림욕도 가능하게 할 수 있겠지요.

물론 장애우나 업무용 차량은 건물 주위에 접근할 수 있도록 해야 하겠지요. 장애우들을 위해서는 건물에 들어가는 입구 주변에만 바꿀 것이 아니라 건물 내에서 1층에서 고층까지 가는 것까지 고려되어야 할 것입니다.

학교 출입구 주위에 대형 주차공간 마련으로 차를 그곳에 주차해 두고 교정에서 모든 식구들이 걷거나 자전거를 타고 다니면 우리가 상주하는 공간이 진정한 그린 캠퍼스가 되리라 짐작해 봅니다. 환경 문제는 이제 더 이상 사치스런 주장이 아니고 생존의 문제라고 봅니다. 그러한 그린 캠퍼스를 현실화하기 위해 우리 모두 빛깔 나는 지혜를 모아 봅시다.

경북대교수회 홈페이지 사랑방 게시판, 2004년 7월 9일

아름다운 가을 교정에서 자전거를 타자

지난 월요일 2011년 10월 10일 아침 8시 30분경 경북대 정문 주변에서 세 명의 학생이 각자 하얀 자전거를 타고 경북대 복현동 교정을 누비며 '공용자전거타기운동'을 벌이고 있었습니다. 최근 경북대 총학생회가 복지회관 주변에 수십 대의 자전거를 마련해 두고 학생들에게 무료로 빌려주어 자전거타기 생활화운동을 펼쳐오고 있다는 얘기를 전해 들었는데, 바로 그 현장을 목격하는 순간이었습니다. 한 주간의 출발이 상쾌한 풍경의 목도로 시작될 수 있었습니다.

문명세계에서 이 시대를 사는 이들에게 삶이 바빠지면서 자동차 타기

가 점차 일상이 되고 있습니다. 당연히 건강에 문제가 생기게 되고, 에너지자원 고갈을 재촉하게 되었습니다. 그 대안 중 하나로 '자전거타기'가 제안되어 왔지요. '자전거타기운동'은 취미로 별도의 시간을 내어 즐기는 것과 일상 속에서 자전거타기를 생활화하는 것으로 크게 나뉠 수 있습니다. 어느 경우나 건강 증진과 에너지 절약에 도움이 될 수 있다고 여겨집니다. 저도 매일 출퇴근은 자동차로 하지만, 수년 전부터 교내에서는 자전거를 이용하여 강의실로 이동하거나 볼일을 보러 다닙니다. 제가 타는 자전거는 오래된 것이어서 분실에 대한 염려도 적습니다. 솔직히 자동차를 몰고 가서 주차공간을 찾는 문제로 고민할 필요가 없고 건강에도 다소 도움이 되는 것으로 느낍니다. 앞의 사진은 경북대 총학생회가 복현교정

복지관 우체국 옆 공간에 마련한 '공용자전거' 모습입니다. 머지않은 미래에 학생들이 벌이는 교내 공용자전거 이용 캠페인이 정착되어서, 업무용이나 장애인용을 제외하고 건물 주변에서 자동차 주차공간을 없애게 될 날을 기대해 봅니다. 그리하여 경북대 교정이 생활 속에서 주로 걷거나 자전거를 타는 캠퍼스로 거듭나기를 소망해 봅니다. 결국 교정 바깥으로까지 청년 학생들에 의한 이 '푸른자전거타기운동'이 파급되어 대구 전역이 자전거타기로 시대를 선도하는 새로운 활력을 가지게 되길 기원합니다. "파이팅, 공용자전거타기!"

경북대교수회 홈페이지 사랑방 게시판, 2011년 10월 12일

대학 교정에 숲을 살리자

4월이라고 하면 문득 5일, 9일, 19일이 떠오른다. 5일은 한반도 환경 속에 푸른 나무를 심고, 9일과 19일은 한 겨레의 역사 속에 푸른 나무를 심어야 하거나 심은 날이다. 후자의 두 날은 제쳐두고, 4월 5일에 관하여 한번 생각해 보자. 일단 4월 5일은 식목일이다. 일제의 수탈과 민족 상쟁으로 민둥산이 된 산야를 녹화하기 위하여 만든 날이다. 국정 공휴일로 정하여 산야에 식목을 해온 오랜 노력의 결과로 이제 한반도의 남쪽 산은 대체로 아주 푸르다.

그러면 앞으로 식목일은 필요 없게 되는가? 그렇지 않다. 나무는 심는

것만큼 가꾸고 보존하는 것도 중요하기 때문이다. 이제 나무에 대해서는 단순한 녹화의 단계에서 자원화와 공익적 개념의 도입이 적극적으로 필요한 시점이 되었다. 자원화에 대한 예로 주목이 있다. 주목은 태백산맥, 지리산, 한라산 등지에 자생하는 상록침엽교목이다. 주목은 잎, 열매, 내피에 '탁솔'이라는 항암제 성분이 포함되어 있어서 집단적으로 재배되기도 한다. 나무면 나무마다 특유의 성분이 있게 마련이어서 수목의 자원화에 대한 잠재성은 엄청나다고 할 수 있다.

공익적 개념의 도입은 환경 요소로서 나무가 중요한 역할을 감당하므로 필요하게 되었다. 인간이 무지해서 자연을 오로지 정복이나 개발의 대상으로 여겼던 시대는 마감되어야 한다. 지구의 허파라는 아마존과 열대우림을 더 이상 파괴하는 일이 없어야 할 것이다. 이라크 전쟁이 가져올 지구 환경의 파괴는 끔찍할 수준이 될 것이다. 푸른 산을 대부분 개간해 버려 보수 능력의 부족으로 해마다 여름이면 홍수를 겪는 북한을 보라! 숲의 일원으로 인간이 남지 않는다면 베인 나무들처럼 결국 인간도 베어지고 말 것이다.

공익적 환경 동산의 시각에서 우리가 하루의 상당한 시간을 보내는 복현캠퍼스는 위험한 수준에 도달해 있다. 숲이 거의 사라졌다. 1970년대 중반에는 건물이 숲 속에 있었다면, 이제는 빌딩 숲 사이에 푸른색이 빈한하게 끼어 있다고나 할까! 아무리 일 공간이 부족하더라도 건물 짓기를 대학 당국자의 치적쯤으로 여기는 발상은 이젠 변화되어야 한다. 대학 교정에 숲을 살리는 일은 단순히 풍경의 문제가 아니라 생존의 문제이기 때문이다.

그런 입장에서 최근 도입한 경북대학교 제2캠퍼스 개념은 늦은 감이 있어도 좋은 대안의 출발점으로 보인다. 그것을 대학의 공간 확장으로만 여기지 말고 반드시 공익적 개념이 도입된 조경 계획이 이루어지기를 바란다. 대학 수준의 가늠에는 교정의 생태학적 조경도 포함될 수밖에 없다. 정녕 마음 속에 푸른 나무가 자라고 있어야 주위에 나무나 숲이 필요함을 알게 되는가? 이 봄엔 우리 마음 속에도 한 그루 푸른 나무를 심어야 하겠다.

『경북대신문』 사설, 2003년 4월 7일

제2장

Summer Campus

대학 교육

1. 21세기와 교육

'공존과 협력'을 가르치는 교육

　교육(敎育)의 사전적 의미는 '가르치어 지식을 주고 기르는 일'로 알려져 있다. 그래서 동서양의 많은 교육관은, 이미 형성된 문화적 재산을 다음 세대에 전달하는 것에 본질을 부여하거나, 교육 대상자가 스스로 능력을 형성하도록 참을성 있게 도와주는 것에 본령을 두는 두 부류로 대별될 수 있다. 그렇지만 교육(Education)은 교수(instruction)뿐 아니라 훈련(discipline)과 교양(culture)의 의미를 두루 함의하는 것이 바람직할 것이다.

　오늘의 교육에서도 '무엇'을 가르칠 것인가에는 당연히 인간 집단에 대한 인식의 기초가 담겨진다. 그것은 바로 인간 군집에 대한 '생태계 인식'으로부터 출발할 수밖에 없다. 누구나 알다시피, 지구 생태계에서 인간은 생물의 생존을 오랜 동안 '경쟁'이라는 방식으로만 주로 읽어 왔다. '적자생존'으로 생물 진화의 원리를 주장했던 찰스 다윈이 관찰했던 조류나 포유동물의 생존 방식에는 확실히 '경쟁'이 들어 있었기 때문이다.

그러나, 최근에는 과학 기술의 진보를 바탕으로 하여 '경쟁'만으로 모든 생태 현상을 설명하기는 곤란한 너무 많은 예외가 속속 발견되어 왔다. 식물의 경우, 콩과식물과 뿌리혹세균의 공생관계뿐 아니라 다른 대부분의 식물도 공기 중의 질소를 질소고정세균의 협조를 얻어 질소원을 확보한다. 동물의 경우, 심해의 꼴뚜기가 비브리오라는 세균과 공생하여 자신의 눈을 밝히는 것은 물론이고 인간도 장 내에만 500여 종의 미생물이 살고 있어서 자신 몸무게의 1/10에 상당하는 미생물을 늘 함께 지고 다니며 존재한다. 다시 말하자면, 지구상의 모든 동물과 식물이 미생물과 협조적 관계를 구축하고 있다는 것이다. 이제 '공존과 협력'이라고 하는 생명의 새로운 생존 방식에 대한 이해의 필요성이 대두된 것이다.

그렇지만 현실 교육에는 여전히 '경쟁의 원리'를 바탕으로 하여 지나친 경쟁주의가 근간을 이루고 있다. 최근 일부 사립대학에서 몰래 실시해 온 것으로 알려진 '고교등급제'도 경쟁에 휩쓸려 반칙을 저지른 셈이다. 이제 우리는 '공존과 협력의 원리'로부터 출발하는 새로운 교육철학이나 방법의 적용이 필요하게 되었다. 이른바 '공존과 협력의 교육'이라 할 수 있다. 그것은 무엇보다 먼저 '경쟁'은 지나치지 않아야 하고, 오히려 '공존과 협력'의 원리가 교육 현장에 적극적으로 고려되어야 한다는 것이다.

'공존과 협력의 교육'에서는 교육 대상자의 능력을 주로 지필고사에 의해 평가하는 지적 능력뿐 아니라 다원적 능력을 인정함으로써 대상자

스스로 자신이 가진 능력에 대하여 자부심을 가지도록 유도한다. 각자의 개성이 존중되면, 목표도 달라지고 거기에 도달하는 방식이나 전략도 다양해질 수밖에 없다. 비록 특정 능력은 다소 뒤지더라도 '자부심을 가진 교육 대상자'는 상처받거나 위축됨이 없이 과감한 도전정신을 가지게 된다. 그렇게 자부심을 가지고 도전하는 자에게 목표의 수준도 보다 높게 설정될 수 있고, 목표의 성취가 이루어질 가능성도 훨씬 높게 될 것은 자명한 일이다.

교육 대상자의 개별적 능력을 존중하는 '공존과 협력의 교육'에서는 틀에 짜여진 내용을 일방적으로 강요하는 주입식 교육이 아닌 모든 문제에 대하여 창의적으로 사고하도록 훈련한다. 오히려 너무 '모범적'이거나 '인기 있는' 길만을 강요하지 않고, 다양한 길 혹은 아무도 가보지 않은 길을 가보도록 양육하게 된다. 그렇게 창의적 사고로 훈련된 능동적 인물이 인류가 가진 문제를 적극적으로 해결하고 미래의 창조적 세계를 만들어 갈 것이기 때문이다. 우리나라와 교육 체제가 유사한 일본에서, 최근까지 10여 명이 과학 분야의 노벨상을 수상하였는데, 그 중 소위 최고의 일류대학이라는 동경대학 출신자가 한 명밖에 없었다는 사실은 너무 '모범적'이거나 '모든 것을 잘하는 능력자(generalist)'보다는 오히려 '덜 모범적'일 수 있는 '특정 분야에 능한 자(specialist)'가 새로운 과학적 발견에 큰 능력을 발휘할 수 있다는 반증일 것이다.

마지막으로, '공존과 협력의 교육'에서도 반드시 원칙과 상식은 지켜져야 한다. 이제 우리는 경쟁 일변도를 극복하고, 교육 대상자가 창의적으로 사고하고 자부심을 가지도록 하여 아름다운 도전을 하도록 유도하는 '공존과 협력의 교육' 시스템을 구축해 가는 것이 바람직하다고 여겨진다.

「경북대신문」 대학시론, 2004년 10월 11일

'한문서당'과 '영어캠프' 사이?

이른바 '국제화 혹은 세계화의 시대'에 나라 간 원활한 교류나 소통은 필수적이다. 그래서 국제 공영어나 국제기준 같은 것이 소중하게 여겨지게 되었다. 이전에는 당사국 간의 큰 범주 속 협의로만 끝나던 문제가 점차 다자 간 틀 속에서 세밀하게 다뤄지게 되면서 더욱 그러하게 되었다.

우리 겨레처럼 강대국에 둘러싸여 살아온 경우는 이웃 나라 사람들과의 교류나 소통이 예나 지금이나 중요하다. 삼국시대에 중국으로 유학을 가거나 거기서 거류했던 상황이 근자에는 단지 여러 나라로 유학을 가거나 이민을 가는 것으로 확대된 것이다. 본토인 대비 이민자 비율이 전세계적으로 우리가 1위라는 사실은 우리 민족이 그만큼 역동적이어야 생존이 가능하다는 의미이기도 하다.

그뿐 아니라, 근자에는 외국인이 사업이나 노동, 학업을 위해서 이미 한반도로 대거 이입되어 있기도 하다. 지역의 기업이나 대학에도 다수의 외국인 노동자나 외국인 학생이 와 있다. 실제로 수년 전부터 경북대에서도 외국인 학생이 500명을 넘어섰고, 필자의 경우도 수년째 외국인 학생을 위하여 대학원에서 '원어 강의'를 실행하고 있다.

10여 년 전 문민정부는 '영어조기교육'과 '영어공용화' 시도에 대대적으로 밑불을 지폈다. 최근에는 지자체 단체장 선거에서도 '영어마을'이나 '원어민 캠프' 같은 것이 지역 발전을 위한 공약으로까지 등장하여 효력을 발휘하게까지 되었다. 더구나 기업에서는 영어 외에도 실제로 수년 전부터 교역량이 미국보다 많아진 중국의 언어를 익히도록 사원들에게 강제하고 있기도 하다. 상호나 상품명 외에도 생활 현장 곳곳에서 외래어나 영어 표기가 넘쳐나고 있다. 온 나라가 그야말로 '외국어 열풍'을 앓고 있는 셈이다.

그런데 그러한 '외국어 열풍'은 과연 바람직한가? 혹자는 국제화 시대에 걸맞은 풍조라고 그럴 것이지만, 필자의 견해는 다르다. 국제화 관련 분야 전문가는 외국의 말과 글에 능통해야 하지만, 온 국민이 굳이 그럴 필요는 없다는 것이다. 외국이나 외국인을 상대하는 외교나 통상, 기업, 교육 분야 등의 종사자에게 제한적으로 요구할 사항을 남녀노소를 가리지 않고 전 국민에게 요구하는 것은 과도한 열풍이라고 할 수밖에 없다.

정작 국제화 관련 분야에서도 기본적인 소통에 필요한 외국어 소양은 당연히 필요하지만, 해당 분야의 실력 배양이 우선인 것이 현실이다. 한 예로, 수년 전 필자가 참여했던 어떤 생명과학 국제학술대회에서 핵심 초청 강연자로 프랑스와 일본의 학자가 동시에 초청된 적이 있었다. 발표 시 프랑스 학자는 영어 발음이 마치 불어로 들릴 지경이었고, 일본 학자는 준비해 온 원고에서 눈을 떼지 않은 채 읽기에 급급했지만, 각자의 연설이 끝난 후 참석자들은 일제히 기립박수를 보냈다. 비록 두 학자의 영어 구사 능력은 소통이 불편할 정도였지만, 그들이 해당 분야에서 최고의 가진 연구자들임을 인정했기 때문이었다.

수천 년 동안 주변의 거대 민족들 사이에서 우리 겨레가 독립적 위치를 구축해 온 것은 타민족과의 소통과 교류를 중시해 오면서 동시에 나름대로의 문화적 정체성을 계승하고 발전시켜 온 덕택일 것이다. 바로 그 겨레 문화의 중핵에 우리의 말과 한글이 위치하고 있음도 잊지 말아야 할 것이다. 오천 년 역사 속에서 우리 겨레가 경제적으로 가장 잘살게 된 최근 수십 년간은 한글 문화의 확산과 궤를 같이 해 왔기 때문이다. 한문서당과 영어캠프 사이를 오가는 이 땅의 아이들에게 이제는 우리의 언어문화도 제대로 익혀서 개발시켜 나가도록 유도해야 할 것이다. 지나친 외국어 열풍이나 과도한 세계화 시도는 독자적인 우리 겨레 문화의 소멸과 연결될 수 있음도 주지시켜야 할 것이다.

『영남일보』 문화칼럼, 2006년 6월 20일

이공계 연구실 베이직

이공계 신임교수 혹은 교직 경험이 일천한 교수님들이 가끔 진지하게 물어오십니다. 2012년 8월 6일 어제도 한 분이 물었어요. "연구실 운영하시는 기본이 무엇인가요?"

"글쎄요!" 밝히려니 조금 쑥스럽지만, 저에게도 몇 가지 있긴 합니다.

1) 대학은 원래 교육기관이어서 연구도 교육의 한 방식이다. 교수의 입장을 중심으로 하기보다는 대학원생을 우선적으로 고려하는 연구와 그들의 미래를 열어가는 방향 설정. 한마디로 말하자면, 교수의 업적을 올리는 쪽보다는 미래 세대들이 노벨상을 탈 수 있도록 배려한다.

2) 연구는 노동이므로 반드시 쉬어가며 해야 한다. 나아가 가능하면 실험을 호기심 가득 상태로 즐겁게 한다. 그렇게 하려면, 자율적으로 하루 8시간 내외 정도의 실험과 주말에는 휴식을 취하며, 여름과 겨울방학에는 각각 일주일씩 휴가를 가지도록 한다. 처음 연구실을 대학에서 연 13년 전부터 이것을 시행해 왔는데, 주변 교수님들의 원성이 매우 높았고 지금도 그러하다. "학생들 너무 놀게 한다!"

3) 연구는 문제 풀기의 원리 체득과 탐구에 지속성이 있도록 한다. 기술접근 방식이 아니고 새로운 문제를 만들고 풀어 나가기 방식이다. 연구훈련의 지속성을 위하여 매주 1회(토요일 오전 10:30~12:00) 연구실 그룹 미팅을 가진다. 구체적으로, 한 연구훈련학생이 2주간 동안 평균 1회 정도 연구 진행 내용을 공개적으로 발표한다. 외국인 학생 때문에 구두발표는 모두 영어로.

2012년 8월 현재 연구실 소속 학생은 석사과정 네 명, 박사과정 다섯 명입니다. 대다수 즐겁게 연구합니다. 쉬어가면서 훈련해도 대체로 연구 결과도 좋은 편입니다.

그런 학생 덕택에 지도교수인 제가 오히려 가끔 득을 봅니다. 예를 들어서, 한국미생물생명공학회(회원 5천 명)에서 2010년 제가 '덕산양한철학술상', 2012년 'KJMB 우수논문상'을 각각 받았지요. 다 연구실 대학원생들이 평소 창의성 있고 즐겁게 애써 준 덕택이죠!

싸이월드 홈페이지 게시판, 2012년 8월 9일

생명복제 ── 허용 한계와 윤리 및 교수법[1]

21세기가 '생명공학의 시대'로 부상하면서, 관련 정보와 기술들이 과학계나 산업계에서 상당한 파급력을 가지게 되었다. 그것들은 가끔 사회적 파장도 만만치 않게 되는 결과를 가져올 수도 있어서 대중으로부터의 끊임없는 관심과 경계가 필요하게 되었다. 생명복제도 그러한 분야 중 하나로 꼽힐 수 있다.

생명복제 분야에서 동물의 체세포복제가 성공하게 되면서 기술적으로 가능하게 된 인간복제는 사회적으로 큰 관심을 끌게 된 영역이다. 그래서 인간복제는 그 허용 한계와 윤리 문제가 구체적 다뤄지면서 찬반양론이 뜨겁다고 할 수 있다. 여기서는 인간복제 연구에 대한 윤리 문제를 개괄적으로 다루면서, 해당 분야 예비적 인재를 대상으로 한 대학에서의 교수법에 대하여 제안하고자 한다.

---

1   경북대학교 교수학습센터, '융합 과목의 교수 ── 학습법 개발: '생명 윤리' 과목을 중심으로' 과제(책임: 손철성, 공동연구: 김사열·김석수·정규식·최민용)에서 필자가 맡아서 발표한 부분이다.

'생명복제'에 대한 과학적 진전

생명과학계에서 생명복제(Cloning)[2]란 사전적으로 '자연 상태의 생물 개체가 자신과 동일한 개체를 생산하는 것(무성생식)'을 의미한다. 구체적으로 생물공학에서 말하는 클로닝이란 'DNA 단편이나 세포, 유기체 등을 복제하는 기술이나 과정'을 의미한다. 여기서 생물복제나 생명복제는 특별히 세포나 유기체 복제를 가리킨다.

과학기술계 내부에서 오래전부터 생명복제 기술의 적용은 미생물이나 식물을 대상으로 허용 한계나 윤리적 문제에 대한 심각한 고민 없이 일상적으로 이루어져 왔다. 동물복제도 개구리와 같은 양서류(포유류가 아닌 척추동물)에서 제한적으로 실험되었다. 그러다가 1997년 이안 윌머트가 체세포복제기술을 도입하여 '돌리'라는 양의 복제를 성공시킨 이래, 동물복제는 대부분의 포유동물에서조차 점차 보편적 기술로 자리 잡아가고 있을 정도가 되었다.

그런데 동물에 대한 체세포복제기술의 발전은 인간복제에 대한 기술적 가능성을 높여주게 되어 오히려 다급한 사회적 문제로 떠오르게 되었다. 선진국을 중심으로 인간복제에 대한 연구 금지 법안이 자리 잡아가고 있는 가운데 일어난 황우석 박사 사태로 이 문제는 한때 전세계적인 이목을 집중시킨 바 있다.

개체를 대상으로 한 인간복제는 선진국에서 여전히 금지되어 있지만,

---

2 '클론(Clone)'이라는 단어는 희랍어로 줄기·가지를 뜻하는 말에서 유래했으며, 구체적으로 식물에서 잔가지를 이용해 꺾꽂이를 하는 전통적인 복제 방법을 의미해 왔다. 컴퓨터과학에서는 '복제 분기'를 의미하기도 한다. (인터넷 네이버사전 '생명복제' 관련 정보)

대부분의 후진국에서는 법안으로 뒷받침되고 있지 못하여 해당 분야의 일부 과학자들이 그러한 나라로 연구실을 옮겨가서 연구하는 다소 위험한 현실이 조성되어 있다. 미국과 같은 나라에서도 인간배아복제는 공식적으로는 금지하고 있으나 민간 차원의 연구는 일부 허용하는 입장을 보여 다소 우려스럽다. 인간복제 문제는 지구촌에 사는 인간 집단 전체에 대하여 심각한 영향을 미칠 수 있으므로 국제기구에서 나서서 엄격히 규제하고 금지시키는 것이 바람직하다고 여겨진다.

'인간복제' 연구에 대한 금지와 허용 현실

인간복제 연구가 선진국을 중심으로 금지되어 있지만, 특정 종교단체가 인간복제를 성공시켰다는 주장을 한 적이 있어서 이에 대한 구체적인 대책 마련이 시급한 실정이다. 실제로 최초의 인간복제전문회사인 '클로네이드'를 설립한 바 있는 미국의 '라엘리언 무브먼트'라는 종교단체가 당시엔 과학적 증거를 제시하지는 않았지만 2002년 12월에 '산모체세포복제'를 성공시켰다고 주장하였기 때문이다.

인간복제 연구는 금기시하는 세계적 기류 때문에 '개체복제' 분야에서 점차 '세포복제' 분야로 옮겨져 왔다. 세포 수준에서 이루어지는 인간 체세포복제의 경우, 세포군이나 '조직복제', 나아가 특별한 '장기복제'로 나뉘어 초점이 맞춰지고 있다. 구체적으로 수정란뿐만 아니라 다른 일반세포 혹은 줄기세포로 연구 대상을 넓혀가고 있다.

이와 관련하여, 우리나라에서는 2003년 12월 '생명윤리 및 안전에 관한 법률(생명윤리법)'이 제정되었다. 이 법안은 인간복제는 금지하되, 의학적 치료목적의 배아줄기세포 연구는 제한적으로 허용하고 있다. 이 나라에서는 인간복제 문제에 대해서는 공공적 가치와 산업적 효과를 배경으로 한 가치가 서로 충돌할 여지를 가지고 있는 셈이다.

영국의 경우, 일찍이 1990년 '인간의 수정과 발생에 관한 법' 제정을 통하여 동물과 인간 간의 생식세포 수정을 금지하고, 불임치료나 선천성 질병 연구에 대해서는 관할관청의 허가를 받아 14일 이내의 배아에 대한 조작 사용을 가능하도록 했다. 2001년 1월에는 법 개정을 통하여 '조직과 기관의 분화가 시작되는 수정 후 14일 경과 이전의 초기 배아'에 한하여 복제를 허용하고, 인간 개체복제는 엄격히 금지시키고 있다.

다행스러운 점은, 유네스코에서 1997년 '인간게놈과 인권보호에 관한 국제선언'을 통하여 인간복제 행위 금지를 공표하였다. 그러한 국제적 선언은 후진국에게도 법안 제정을 독려하는 일로 이어져야 하고, 일부 선진국의 민간회사에서 허용하는 문제도 규제 영역으로 포함시키는 노력을 통하여 실질적 규제성과를 거둘 수 있도록 해야 할 것이다.

'인간복제' 분야에 대한 윤리적 논란

인간복제 연구에 대한 윤리문제는, 주장자가 서 있는 입장에 따라서 찬반의 내용이 명확히 갈리고 있다. 먼저 배아복제연구 허용 기간과 관련하여, 반대하는 측은 인간의 세포는 연속적인 과정이어서 수정란 형성 후 14일까지 가능하다고 허용하는 것 자체가 모순이라고 주장하고 있다. 구체적으로 반대론자들은 '생명의 전배아 단계와 배아, 태아, 어린아이 및 성인 간의 연속성'을 주장하지만, 찬성론자들은 '전배아 단계와 이후 단계인 배아, 태아 어린아이 및 성인 간의 불연속성'을 주장한다.

또한, 난자 공여의 윤리적 문제에 대해서도 역시 찬반 입장이 갈리고 있다. 실제적으로, 쓰지 않는 난자를 연구 목적으로 변경하는 것이 가능하다고 보는 찬성 측 입장과 연구를 위한 난자채취과정이 해당 여성의 건강에 심각한 위해를 입힐 수 있고, 난자 매매시장의 형성 가능성을 우려하는 반대 측 입장이 마주 서 있기 때문이다.

인간 세상의 가치가 자본 권력의 영향을 크게 받게 되면서 인간복제 연구문제도 점차 효율적 진행 방향으로 기울어져 갈 공산이 커져 있다. 그래서 인간복제 문제는 해당 분야 전문가들의 영역에만 맡겨 두어서는 곤란하며, 철학이나 윤리, 법률과 같은 영역에서 함께 고민하며 대중에게 그 정보를 소상히 알려 견제해야 할 필요가 있다고 여겨진다.

'인간복제' 윤리 교육에 대한 교수법 제안

인간복제 문제는 연구자들이 대체로 이공학계 출신이어서 공공적 가치관 형성이 미약할 수 있는 경향이 있어서, 이에 대한 대책 마련이 시급한 실정이다. 무엇보다 대학이나 대학원 교육 과정에서 필수과목으로 도입하여 체계적인 훈련을 할 필요가 있다고 여겨진다.

교수법과 관련하여 인간복제 문제는 사회의 여러 가지 분야가 겹쳐 있어서 기본적으로 '관련 분야 여러 전문가의 팀 티칭제'의 도입이 요구된다. 구체적으로 인간복제 과정에 대한 구체적인 문제 제시와 함께 윤리나 철학, 법률 등의 분야와 연결된 문제 풀기가 보다 전문적일 수 있기 때문이다. 책임강사를 1인을 중심으로 제 분야 전문가 다수가 나누어 직접 강의를 진행하거나, 책임강사 1인이 강의를 진행하면서 해당 내용을 사전에 제 분야 전문가의 협조를 받아 동영상으로 제작하여 보여주는 방식이 둘 다 가능할 수 있다.

그리고, 관련 제 분야와의 융합적 문제 풀기는 강의 진행만으로 부족할 수 있어서, 혼합형 학습(Blended Learning, BL)의 도입이 필요할 수 있다. BL 은 오프라인 강의와 온라인 학습 활동을 섞어서 진행하는 방식인데, 다양한 전문 분야의 교수가 학습 조력자로 역할하고 학습자들의 적극적 개입이 가능하도록 웹 2.0시스템을 활용하는 것이다. 예를 들자면, 트위터 (Twitter)와 같은 마이크로 블로그나 블로그(Blog), 팟캐스트(Podcast), 위키 (www.wikipedia.org), 스프링노트(www.springnote.com) 등을 사용하여 개인 이나 조별 과제를 진행하는 것이다. BL의 활용은 학습자가 매우 구체적인 지식의 습득이 가능하도록 하기 위해서 유효한 것으로 여겨지기 때문이다.

「생명윤리과목의 교수 — 학습 방법: 융합과목의 사례중심수업 방안」, 2011년 12월 28일

2. 대학의 기초학문

'기초학문 살리기'는 가능한가

2006년 9월 15일에는 고려대 문과대 교수 121명 전원이 서명, 참여했던 '인문학 선언문'이 발표되어 우리 사회에서 인문학의 위기가 더 이상 덮어두기가 어려운 상황이 된 것으로 비쳐졌다. 그것은 그간 쉬쉬하면서 해결을 시도해 오던 일들이 벽에 부닥쳤음을 의미하는 것이기도 하다. 그것을 인문학자들만의 아픔에 대한 비명 정도로 간주하여 방치하다가는 결국 우리 사회의 병으로 깊어져 돌이키기 어려운 상황이 도래할 것이어서 더욱 안타깝다.

대학에서 인문학을 포함하는 기초학문의 위기 주장이 단지 어제오늘의 일은 아니다. 일부 선진국에서도 상당히 오래전부터 진전되어 왔고, 그러한 발전 모델을 추구해 온 우리나라도 예외일 수가 없게 된 것이다.

이미 우리나라의 적지 않은 숫자의 사립대학에서도 기초학문 관련 학과는 '비인기 학과'로 분류되어 폐지, 통합, 축소 등이 적용되고 있다. 학문보다 자격증 취득이나 취업이 우선인 대학의 분위기 속에서 기초학문 관련 학과에는 학부 학생 지원자가 급감하고 대학원엔 학풍을 이어갈 후학의 양성이 단절된 곳이 허다한 것이 현실이다.

경쟁과 효율이 강조되는 신자유주의적 사회 풍토에서 "기초학문 분야를 왜 굳이 살려야 하느냐?"라고 반문할 수 있을 것이다. 당연히 잘못된 인식의 표현이다. "밥이 없으면 고기를 먹으면 되지 않느냐?"라는 대답처럼, 그것은 학문과 과학의 특성을 올바르게 이해하지 못한 탓이기 때문이다.

이른바 '기초학문'과 '응용학문'이 서로 분리될 수 없음은 상식이다. 실제로 과학에는 서로 다른 두 종류가 있는 것이 아니라, "과학이 있고 과학의 응용이 있을 뿐"이라고 파스퇴르가 지적한 바 있다. 그는 "이들 두 가지 과학의 형태가 끊임없이 상호작용을 하며 발전하기 때문에 서로 완전히 무관해서는 둘 중 어떤 것도 크게 발전할 수 없다"는 사실을 지적하기도 하였다.

그렇다면 "어떻게 해야 기초학문을 살릴 수 있는가?"라는 문제에 직면하게 된다. 그러한 위기를 사회 환경이나 여건 탓만 하기보다는 자구적 반성에서 출발할 필요가 있을 듯하다. 먼저 기초학문은 자신의 영역을 고수만 할 것이 아니라, 산업화와 과학 기술의 시대와 현장 속으로 과감하게 들어가야 할 것이다. 구체적으로, 가치 부재의 '인간복제 세상'에 대하여 팔짱을 낀 채 구경만 하는 철학자를 누가 좋아하겠는가? 철학자는 생명과학을 공부하여 그곳이 결핍한 부분을 메우는 일에도 망설이지 말아야 할 것이다. 이공학계는 경제학이나 인문학 쪽으로 가야 하고, 인문사회학계는 자연과학이나 공학 속을 들여다보아야 한다. 다원적인 세상에 대하여 적극 대처하는 기초학문의 변신 모색이 필요하다.

그리고 기초학문의 대중화가 역시 필요하다. 기초학문의 위기는 대중과 소통하지 않고 유리된 현실과 유관하다. 학계에서만 통하는 '정식 논문'에 평가 주안점을 두고 과학기술이나 인문사회 분야의 '교양서적'을 도외시하거나 잡문으로 취급하는 분위기도 쇄신되어야 할 것이다. 중심적인 기초학문의 내용을 쉽게 표현하여 대중에게 잘 읽히도록 하는 작업이 선결되어야 할 것이다. 관심을 가지는 대중이 없이 해당 학계만 어떻게 독립적으로 존재할 수 있겠는가?

언론에서 '집단 비명'으로 표현되었던 기초학문의 위기에는 그러한 내부의 변화 시도와 함께 외부라 할 수 있는 사회·국가적 관심과 지원이 있어야 위기적 상황의 해결이 가능하게 될 것이다. 그런데 최근 수년간 우리 정부의 연구개발비 중 인문학 연구지원비가 0.7~0.8% 정도인 것을 보면, 인문학을 포함하는 기초학문에 대한 국가적 관심은 빈한하기 짝이 없는 셈이다. 응급 상황에는 그에 걸맞는 의료 처치 체계가 필요하듯이, 기초학문 분야의 기반에 대한 과감하고 지속적인 지원이 있어야 제대로 된 체계가 구축될 수 있을 것이다. 기초학문 분야 출신자들이 일할 수 있도록 하는 사회구조의 변화 없이 기초학문의 진흥 시도는 밑 빠진 독에 물 붓기 격일 뿐이다. 예를 들자면, 대학 내나 지자체 단위로 기초학문 분야의 연구소를 만들어 다수의 기초학문 연구자를 일하도록 하는 것도 한 방법이 될 수 있을 것이다. 최근 대학가에 불어 닥친 구조조정의 바람도 무조건 통합이 좋다는 식의 접근법을 바꿔, 국가의 재정 지원을 받는 국·공립대학에는 오히려 그러한 기초학문 학과를 육성하도록 하는 방향으로 가야 국민을 설득할 수 있게 될 것이다.

기초학문이 없는 학문 세계는 걷기나 뛰기 운동을 하지 않은 거구의 다리처럼 쇠잔하게 되고, 결국 우리가 추구하는 조화롭고 건강한 사회의 구축에도 실패하게 될 가능성이 높다. 그래서 기초학문은 반드시 살려가야 한다! 제 학문의 기초가 바로 사회의 기초로 이어지기 때문이다.

「경북대신문」 대학시론, 2006년 9월 25일

경북대에서 노벨상 받을 수 있을까

해마다 푸른 하늘이 드높아지고 지상의 결실이 익어가는 계절, 세계적 인사들이 노벨상 수상자로 발표되는 보도를 들으면 누구나 부러움을 표시하게 된다. '노벨상'은 알프레드 노벨의 유언에 따라 1901년부터 "인류의 복지에 공헌한 사람이나 단체에게 수여"되어 왔다. 지금까지 물리학, 화학, 생리학 및 의학, 문학, 평화, 경제학(1969년 추가) 등 6개 분야에서 830명의 개인과 23개 단체가 수상했다. 우리나라에서는 김대중 전 대통령이 민주화운동과 한반도 평화 정착에 기여한 공로로 2000년에 노벨평화상을 받은 적이 있다.

이웃나라 일본의 경우, 1949년 교토대 유카와 히데키 교수가 노벨물리학상을 수상한 이래 19명의 수상자를 배출했다. 올해 2012년에도 교토대 야마나카 교수가 영국 캠브리지대 존 거든 교수와 함께 노벨생리·의학상 수상자로 발표되었다. 노벨위원회가 그들이 유도만능줄기세포 개발과 응용 과정에 기여한 점을 인정하였기 때문이다. 특히, 2000년 이후 일본 과학자 11명이 노벨상을 연이어 수상하고 있는 점이 놀랍다. 2001년에 일본 정부는 과학 분야에서 50년 안에 30명의 노벨상 수상자를 배출한다는 목표를 세운 적이 있는데, 이 속도대로라면 아마도 초과달성이 어렵지 않을 것으로 예측된다.

일본 과학계의 그러한 약진은 과연 무엇 때문일까? 다수 전문가들이 대체로 세 가지 점을 꼽는다. 첫째로, 정부의 장기적이고 체계적인 지원을 바탕으로 형성된 일본의 탄탄한 기초과학 분야 연구력이다. 구체적으로, 장기불황시에도 일본은 정부 차원에서 과학연구 예산을 꾸준히 늘려왔으며, 그 중 60~70%를 반드시 기초과학 분야에 배정해 왔다고 한다. 최근 우리 정부가 국가연구개발투자총액이 세계 5위 수준이라고 자랑하지만, 그 3분의 2가 응용기술개발 분야에 쏠려 있는 것과 크게 대비되는 부분이다.

둘째로, 한 분야에 지속적으로 몰두하는 연구자를 소중하게 여기는 일본 과학계 풍토가 연구 주제의 다양성과 기초과학 분야 토대를 다지는 데 큰 기여를 해 왔다. 실제로, 일본에서는 과제를 신청하는 연구자 누구나 해마다 2천~3천만 원 정도의 소액 연구비를 꾸준히 지원받을 수 있도록 하는 것으로 알려져 있다. 그것이 한 우물 파기식 연구가 가능하도록 해

주는 기반으로 작용해 왔다고 한다. 우리나라 연구비지원기관에서 일정 기간이 지나면 동일한 연구 주제를 연이어 다루지 못하도록 유도하는 것과 큰 대조를 이룬다고 하겠다.

셋째로, 일본에서 지역 대학으로서 다소 다른 학풍을 가진 교토대가 가장 많은 수상자를 낸 것에 주목할 필요가 있다. 16명의 과학 분야 노벨상 수상자 중 일곱 명이 교토대와 관련되어 있다. 앞서 언급한 최초의 물리학 분야 수상자를 위시해서 서구 바깥에서 단 두 명이 받은 생리·의학상 분야에서 1987년 도네가와 스스무에 이어 이번 2012년의 야마나카 신지가 모두 교토대와 연관되어 있다. 전문가들은 그것을 교토대가 가진 학생의 개성과 독창성을 인정하는 자유로운 학풍과 개방성을 연결시켜 자주 해석한다. 일본에서 최고의 엘리트 양성기관으로 알려진 도쿄대가 네 명의 과학 분야 수상자를 배출한 것과 비교해 보면 수긍이 가는 부분이다.

그렇다면 우리나라에서는 언제 과학 분야 노벨상을 받게 될 것인가? 아마도 머지않은 미래에 다수가 노벨상을 받을 것으로 여겨진다. 그렇게 되려면 지금부터 반드시 준비해야 할 것들이 있다. 일본이 약진을 이루기 위해서 노력해 온 위의 세 가지 사항 외에도, 학생들의 창의력 사고를 막는 입시 풍토의 개선과 선수교육 금지 등이 도입될 필요가 있을 것이다. 과학기술부를 되살려내어 기초과학 분야 지원을 획기적으로 늘려가고, 이공계 기피 현상을 국가 차원에서 적극적으로 해소시켜야 한다. 2003년부터 시작되어 지속되어 오다가 올해 들어 수혜자를 반으로 줄인 대학의 이공계 장학금사업도 오히려 대폭 늘려가야 하고, 외국에서 유학하는 이공계 학생을 지원하는 장학금 프로그램도 되살려내야 할 것이다. 교육 현

장에서는 실험수업을 늘려가고, 연구 실패를 용인하는 도전적 연구 풍토
도 진작해야 할 것이다.

대부분 국가 차원에서 장기적이고 파격적 변화를 요구하는 것들이지
만, 우리 대학에서도 노벨상 수상을 위하여 준비할 것이 있다. 교토대를
배워 창의성, 개방성, 융합 등을 수용하는 '자유로운 학풍'을 교정에 도입
하는 것이다. 학생들에게 여유로움과 큰 흐름의 문제 파악, 끈질긴 호기
심을 자리 잡도록 하면 제대로 된 과학 세상을 불러오게 될 것이다. 땅 사
고 건물 짓는 일 좀 멀리하고 이제는 예비과학자의 인력 양성에 예산을
집중해야 할 것이다. 그렇게 학풍을 바꿔 가야 일본에서 지역 대학인 교
토대가 그러하듯 우리나라에서는 경북대가 미래에 다수의 노벨상 수상자
를 배출할 수 있을 것이기 때문이다. 경북대에서 노벨상 수상자가 나온
다, 생각만 해도 가슴이 설렌다. 그것을 향하여 우리가 지금 못 바꿀 것이
무엇인가? "체인지 캠퍼스!"

『경북대신문』 대학시론, 2012년 10월 15일

생명과학자가 본 인문학

오늘날 인문학, 무엇이 문제인가?

'자연현상'을 위주로 다루는 자연과학(Natural Sciences)과 대비시켜, 인
문학(Humanitas, Humanities)은 주로 '인간의 가치 탐구나 표현 활동'을 학

문의 대상으로 삼아 왔다. 인문학은 인간이 가진 사유나 활동의 폭만큼 학문 영역이 광범위하고, 자연과학과도 일부 겹쳐져 있다. 최근에는 그러한 학문 겹침 현상이 더욱 다양해져 가는 추세에 있다.

최근 인간 세상에서는 경제적 이익이나 과학기술적 성과를 그 사회적 가치의 중심에 두려는 경향이 이전보다 훨씬 강해졌다. 그러한 가치가 이전에는 인문학적 사고에서 부차적이었다가, 이제는 오히려 독자적으로 영역을 넓혀 가면서 검증되지 않고 조화롭지 못한 가치를 중심에 두기까지 하게 되었다. 현실 속에서 효율성과 실용주의를 앞세우며 인문학적 가치관을 오히려 부차적인 것으로 전락되도록 유도하고 있다.

그러한 세상의 풍조는 인문학 자체가 문제가 있어서라기보다는 오히려 인간 사회의 문제를 제공한 경제나 과학기술 분야의 왜곡된 문제로 치환해서 읽는 것이 타당할 것이다. 물론 인문학자가 경제학이나 과학기술학 영역으로까지 헤엄쳐 가서 인문학이 만드는 본유적 가치를 물들일 수 있다면 인간 사회의 문제는 훨씬 가볍고 덜 치명적일 수는 있을 것이다.

당신의 학문 분야에서 인문학에 기대하는 것은 무엇인가?

생명과학은 과학기술 영역에서 20세기 후반부터 급작스레 지식과 정보가 확대되고 있다. 예를 들어서, 최근 일 년 이내 발견한 생명과학의 정보가 그 앞서 축적된 데이터의 양을 능가할 정도라고 한다. 그래서 생명과학은 과학기술 자체 영역뿐 아니라, 경제를 포함한 사회 전반에 미치는 영향력이 점차 커져 가고 있다. 그래서 다른 과학기술 분야에서 그러하였듯이, 생명과학의 결과물도 인간에게 이로울 수 있고 해로울 수도 있는 양면성이 있어서 조심스레 다뤄질 필요가 있다. 그럴 경우, 언제나 인간의 공동선을 우선적으로 고려하는 태도의 도입이 있어야 바람직하다.

구체적인 예를 들자면, 제한 없는 인간복제 분야 연구가 선진국에서 여태껏 허용되지 않는 것은 그것이 가져다 줄 여러 가지 부작용을 고려하였기 때문이다. 과학자가 한 인간으로서 기본적 소양을 결여할 때, 그가 제시한 과학적 발견은 인정받기 어렵고 제한될 수밖에 없다.

그런 관점에서 마이클 샌델이 『생명의 윤리를 말하다 ― 유전학적으로 완벽해지려는 인간에 대한 반론』(강명신 옮김, 동녘, 2010)과 같은 저작을 통하여 생명과학자나 시민에게 긴장감과 경각심을 안겨준 것은 무척 다행스런 일로 여겨진다. 같은 맥락에서 생명과학 분야의 인재를 양성하는 대학에서는 대학원 과정에 반드시 생명과 관련된 인문학적 혹은 사회과학적 사유를 하도록 교과목을 배려할 필요가 있다.

미래 인문학, 어디로 나아가야 하는가?

이제까지 해 온 것처럼, 인문학은 본유적 가치를 깊게 하는 가운데, 미래라는 시간이 공급해 줄 새로운 환경과 만나 당대가 직면한 문제들을 풀기 위하여 가치적 사고의 기반을 보다 강고하고 풍성하게 더해 주어야 할 것이다. 시대의 변화가 어떠하든, 인문학은 무엇보다 본유적 가치를 깊게 하는 일이 필요하다. 그것은 인문학자 집단을 포함한 인류가 전통적으로 축적해 온 지식의 저수지에 빗물이 충분하게 고이도록 만드는 일이다.

그와 더불어, 제 영역에서 인문학으로 융합적 시도가 필요하지만 인문학에 중심을 두고 다른 영역으로 겹치기 활동하는 이들도 많아져야 할 것이다. 당연히 경제학이나 과학기술 영역도 거기에 포함되어야 한다. 인문학은 미래가 펼쳐 줄 다양한 환경과 만나서 융합으로 빚어지는 세계에 기초적 가치와 기반적 세계관을 구축해 주어야 할 것이다. 개인이나 집단을 지나치게 자유롭거나 통제하도록 방치하게 되면 결국 인류 전체의 존망 상태에 걸려 헤어나기 어렵게 될 가능성이 높기 때문이다.

'열린인문학센터'에 기대하는 것이 무엇인가?

최근 경북대학교 인문대학에 '열린인문학센터'가 문을 연 것은 무척 다행스런 일로 여겨진다. 효율성과 실용성을 지나치게 강조하여 공공성이 지나치게 훼손되어 가는 시대의 풍조에 대하여 '열린인문학센터'는 다양한 인문학적 역할을 통하여 조화로운 가치와 해석이 만연되도록 애써야 할 것이다.

구체적으로, 대학 바깥으로는 시민이나 기업가, 정치가 등에게 시대에 맞는 공공적 가치를 공고히 함이 필요하다는 일깨움을 선사하여야 할 것이다. 대학 내부에서는, 학문의 제 분야와 융합하고 겹치기 활동을 권유하여 시대가 제시하는 새로운 문제를 발견하고 그것을 해결하도록 부단히 유도해야 할 것이다.

'열린인문학센터'는 무엇보다 '열린' 상태를 더욱 충만하게 하여 인문학이 다른 과학 속으로 흔쾌히 들어가고, 타 분야 학문이 인문학 속으로 쉽게 들어오도록 해야 할 것이다. 학문 간 서로 벽을 허무는 작업이 시작되어야 미래적 융합학문의 탄생이 기대되는 법이다. 문제를 맞닥뜨린 어느 위치에서든 '인문학적 사유와 성찰'이 베이직이 되고 콘크리트화되어

야 바람직할 것이다. 지금은 지나치게 가벼운 시대의 공기 속에 인문학의
진중한 무게를 침투케 하여야 할 때이다.

'경북대학교 열린인문학센터' 개소 100분 좌담회, 2011년 12월 16일

'낮은 자세'로 '낯선 곳' 향하는 인문학?

오랜 동안 대학을 중심으로 "인문학은 위기에 처해 있다!"고 진단되어
왔다. 그것은 비단 한국에만 국한되어 있지 않고 전지구적 상황이다. 또
한, 그러한 진단이 어제오늘에 갑자기 이루어진 것도 아니다. 그러던 중
한반도에서는 그러한 위기를 감지한 인문학자들에 의하여 집단적 비명이
작년 2006년 9월에 두 차례나 토해짐으로써 그것이 '응급 상황'임을 대중
이 감지하기에 이르렀다. 한 차례는 고려대 문과대 교수 121명 전원이
'문과대 창립 60주년 기념식'에서, 다른 한 차례는 전국 인문대학장들이
'인문주간' 첫 행사장에서 각각 발한 것이다.

과연 그렇다면 "대중도 그러한 '인문학의 위기'에 공감하는가?" "글쎄
올시다." 솔직히 대중은 그 감지의 수준이 대체로 낮아서 공감까지 기대
하기는 어려운 것이 현실이다. 감지의 수준도 "문과 분야 선택해서 밥 먹
을 수 있나?", "순수학문으론 쪽박 차기 딱 맞지!" 정도이다. 일반적으로
대중이 공감하는 정도의 위기라면 그것은 매우 심각한 수준일 때 일어날
수 있을 것이다. 그럴 정도가 아니라면 그것은 '심각한 수준의 위기'일망

정 '진정한 파국'은 아니라는 점에서 아직도 미약하지만 반전이나 변환의 여지가 남아 있는 셈이다.

그런데 그러한 '인문학의 위기'에 대한 진단이 옳다면 치료적 처방은 불가능한가? 확실한 방안의 마련이 쉽진 않지만 '가능하다'고 말하는 것이 여러모로 바람직할 것이다. 그 방안이 어떠하더라도 먼저 인문학 내부에서 혁신의 기틀이 짜여져야 할 것이며, 인문학의 외부 환경에서도 이해와 지원의 강도를 대폭적으로 높여갈 때 조화로운 변화가 이뤄져 갈 수 있을 것이다. 전자로는 인문학자들에 의한 위기 선언이나 부단한 자기 성찰에 근거한 자구적 노력이 해당될 수 있다. 후자로는 참여정부가 지난 2007년 5월에 '인문학 진흥 기본계획'을 수립하고, 향후 10년간 "인문학 연구와 교육, 사회참여에 4,000억 원을 투입한다"고 발표한 것과 같은 것일 수 있을 것이다.

인문학 담 밖의 자연과학자이면서 한 시민으로서 필자가 가지는 소견도 그러한 긍정적 방향에 서 있다. 오히려 위기가 '인문학 리모델링'에 대한 절호의 기회가 될 수 있다고 여기기 때문이다. 위기적 인식이 철저해야 그 해결도 가능할 수 있다. 다소 근본적인 접근이지만, 인문학계를 향하여 필자는 다음과 같이 두 가지 정도를 소박하게 제안하고자 한다.

하나는, 무엇보다 인문학자는 '더욱 낮은 자세로' 현실 세상을 만나야 한다는 것이다. 본디 인문학은 '인간의 진정한 가치와 삶의 궁극적 의미를 탐구하는' 학문으로 정의됨으로, 현재 인문학 울타리 내 혹은 대학 울타리 내에 안주하는 모습을 과감히 탈피하고 '인간'과 '삶'의 고통 어린 현장 속으로 임하기 위하여 '보다 낮은 자세'를 가져야 할 필요가 있기

때문이다. 그것은 인문학에서 '삶'의 현장을 다루는 '가치가 고귀한 것'
이지, 학문의 탐구 방법이나 학자의 자세가 고고한 것이 중요한 것은 아
니라는 입장에서 출발하고 있다.

다른 하나는, 인문학은 인간 사회의 발전으로 파생하는 '다양한 낯선
영역'을 끊임없이 과감하게 만나야 한다. 인문학은 자기 영역이나 세계를
깨고 나와 현대 문명의 발전으로 새로이 부각되는 다양한 영역 속으로 자
기 몸을 섞어 제대로 된 본유의 가치를 이끌어낼 수 있을 때 가치 부재의
혼탁한 세상을 살릴 수 있기 때문이다. 한 예로, 21세기 우리가 살고 있는
'과학기술의 시대'에는 인문학이 과학기술 세계의 속으로 들어가길 망설
여서는 안 될 것이다. 구체적으로, 첨단 생명과학의 영역에서 단지 기술
적 문제로만 여겨 대체로 가치관 부재의 생명공학자들에게 '인간복제'와
'줄기세포 복제'를 전적으로 맡겨 둔다면 인문학자들의 책임을 묻게 될
순간이 반드시 오게 될 것이다. '황 박사 쇼크' 후에 알게 된 사실이지만,
해당 학계나 정부 어디에도 '연구 윤리'나 '생명 윤리' 문제를 진정성을
가지고 다루지 않아 왔다는 것이다. 그렇게 취약한 곳에 인문학적 처방이
반드시 필요한 것이다.

그렇게 인문학이 낮은 자세로 여러 영역 속으로 침투하여 다원적인 가
치를 발휘할 수 있을 때 그 사회는 보다 합리적이며 수준 있는 품위를 지
켜가게 될 것으로 필자는 예감한다. 만약 인문학이 죽으면 그것이 기반으
로 버텨주던 사회도 결국 사멸하게 될 것이다. 그런 입장에서 인문학자들
은 그러한 위기를 단지 자기 생존의 문제라는 틀을 넘어 구석구석 병들어
가는 사회와 인간 세상과 지구 생태계를 살려가는 사명감을 가지고 신발

끈을 조여야 할 것이다.

경쟁력, 시장 논리, 첨단 과학기술, 다원적인 문화 원리, 세계화 등을 포함하는 점검되지 않았거나 갈등적인 문제 속에서 인문학이 자기 역할을 제대로 해 갈 수 있을 때, 우리 사회의 조화로운 원숙함 구축과 더불어 우리 대중에게도 진정한 행복의 빛이 덤으로 날아올 수 있을 것이 아닌가? "인문학이여, 부디 '낮은 자세'로 '낯선 곳'을 향하소서!"

이공학계 글쓰기, 어떻게 하면 좋은가

우리가 살고 있는 21세기는 바야흐로 '과학·기술의 시대'임이 실감된다. 생활 주변에서 가전제품이나 생활용품은 물론이고 기후 예측이나 정보 소통 수단, 심지어 식료품 선택에 있어서도 여러 가지 과학·기술의 검증을 필요로 하게 되었기 때문이다. 우리 시대에서 과학·기술이 차지하는 비중이 점차 증가하면서, 그와 관련된 정보에 대한 대중의 요구도 급격히 증가해 가는 추세이다. 그렇지만 문학인, 저널리스트, 인문학자나 사회과학자 등을 포함하는 기존의 글쟁이 영역의 사람들이 과학·기술에 대하여 지식을 습득하여 대중의 요구를 글로 만족시켜주기에는 일정 부분 한계가 있을 수밖에 없다.

그와 같은 대중의 수요는 과학·기술 분야에 대한 지식의 다양한 분야 확대와 더불어 동시에 지식의 질적인 수준의 향상을 필요로 하고 있어서 그 해결점을 찾기가 어려운 처지에 이르러 있다. 결국 과학·기술인이 직접 글을 써야 할 형편에 이른 셈이다. 그런데 이공학계 관련 분야는 글쓰기를 잘하지 않아도 별 문제가 되지 않는다는 통념 때문에 대부분 종사자들이 글쓰기 표현에 취약한 것이 문제로 대두되어 있다.

그렇다면 과연 이공학계 글쓰기, 어떻게 하면 좋은가? 단기적으로 기존 이공학계 분야 직업 종사자들에 대하여 글쓰기에 대한 재교육 도입이 필요하다고 여겨진다. 장기적으로는 대학에서 이공학계 학생들에 대하여 철저한 글쓰기 교육이 다른 대안일 수 있을 것이다. 특정 과학·기술 주제에 대한 생각하기나 글쓰기는 기본적으로 체계적인 교육과 훈련을 통하지 않고는 해결될 수 없기 때문이다.

그런데, 현실적으로 두 가지 점이 이공학계 글쓰기 교육을 어렵게 하고 있다. 먼저, 실제적으로 대학에서 이공학계 학생들을 대상으로 한 글쓰기 교육은 기본적으로 이공학계 출신의 교육자가 맡아야 바람직하지만 현실에서 그러한 교육을 감당할 강의자를 구하기는 매우 어렵다는 것이다. 다른 하나는 기존의 글쓰기 교육 서적이나 자료가 이공학계 분야와는 다소 거리가 먼 일반적 글쓰기에 치우쳐 있고 그나마 나와 있는 몇 안 되는 이공학계 글쓰기 책마저 시원한 해결책을 제시하고 있지 못하다는 것이다.

이공학계 글쓰기 분야의 어려운 현실에 대한 구체적인 해결책은 다양한 접근을 통한 제시가 가능할 것이다. 필자가 수년 전 『대학생을 위한 글쓰기』[1]라는 공저에서 '이공학계 글쓰기'에 대하여 한 차례 언급한 적이 있었는데, 여기서는 그 내용을 기본적 골격으로 하여 보완하는 정도로 제시하고자 한다.

과학·기술 분야에도 가치관 정립이 중요하다

사회과학이나 인문과학 분야와 달리 이공학계 분야의 교육과정은 대체적으로 '기능적 전문성' 배양에 과도하게 집중하는 경향이 있다. 실제로 전문성을 가진 깊이 있는 교육에 치중하다 보니 오히려 인접 영역을 포함하는 넓은 분야에 대한 일반 상식이 부족하게 될 수 있다. 그래서 과학·기술 제 분야 산물이 사회에 미칠 영향에 대한 통합적 사고가 결핍하게 됨으로써 결과적으로 과학·기술 산물이 정치권력이나 자본권력에 의하여 휘둘려질 가능성이 높아지게 된다. 첨단 분야일수록 사회적 파급 효과가 커서 더욱 그러하다.

시중에 쏟아져 나와 있는 대부분의 과학·기술 분야 저작들이 단순한 정보 소개와 에피소드 나열, 지나치게 낙관적인 가치관 등에 바탕을 두고 있는 것이 현실이다. 예지를 가진 과학기술자라면 대중이 가늠할 수 없는 해당 과학·기술 산물의 파급 영향에 대하여 미리 '깊은 생각'을 해야 하고, 그것이 적절히 글 속에 표현되어야 할 것이다. 그러한 '깊은 생각'이 가능하려면, 과학·기술인들은 당대의 사회 현상은 물론이고 정치·역사·철학 등과 관련된 기본적 이해와 통합적 판단을 가지고 있어야 할 것이다. 저술하려는 과학기술 분야에 대한 가치 체계적 사고를 하려면, 다양한 분야의 책 읽기와 경험 넓히기가 전제되어야 한다고 여겨진다.

---

1   경북대학교 글쓰기 편찬위원회, 『대학생을 위한 글쓰기』, 경북대출판부, 2004.

이공학계 글쓰기 원리는 타 분야 글쓰기와 다르지 않다

이공학계 글쓰기를 하게 되는 경우, 글쓰기를 하기 위한 논리적 사고나 작문의 요령은 다른 분야의 글쓰기와 동일할 수 밖에 없을 것이다. 기본적으로 이공학계 글쓰기도 여타 글쓰기와 다르지 않게 글의 서술은 쉽고 명확해야 한다. 일반적 글쓰기의 원칙이나 철자법의 적용은 이공학계 글쓰기라고 해서 다를 수가 없다.

이공학계 저작물의 대중화를 가로막는 것들 중 하나는 과학·기술적 용어에 대한 온전한 소통적 표현을 빼놓을 수 없다. 일반적으로 과학기술 용어는 가능하면 통용되는 한글 용어로 표기하고, 곤란할 시는 원어민 발음대로 하여 한글로 표시하는 것이 적절하다. 일단 정부기관이 공표하는 과학기술 용어에 대한 외래어 표기는 가능하면 따르는 것이 옳다. 그렇지만 하루 중에도 빠르게 첨단 과학기술이 발전해 가면서 연관 용어를 같은 속도로 양산해 놓는 것이 현실이어서, 그 속도에 맞추어 외래어 표기를 하나하나 공표하기가 불가한 정도이므로 이에 대한 국가적인 차원의 신속한 대처가 있어야 한다고 여겨진다. 그러한 대처 이전의 시기에는 해당 과학기술이 생산된 나라의 원어민이 내는 발음대로 한글과 원어 표시를 병기하는 것이 바람직할 것이다.

이공학계 글쓰기 교육의 전망

최근 '글쓰기교과연구회'가 경북대학교출판부에서 『과학기술 글쓰기』(2009)를 펴낸 것은 매우 바람직스런 것으로 여겨진다. 기왕에는 이공학계 글쓰기를 일반 글쓰기의 범주에서만 다뤄 오다가 저자들이 해당 분야에 대한 다소 특화된 글쓰기를 고민하여 저작을 낸 것부터 칭찬받을 만한 시도임에 분명하기 때문이다. 단지 아쉬운 점이 있다면, 해당 저작은 글쓰기의 기술적 분야에 치우쳐 있어서 글쓰기의 바탕이 되는 좀 더 가치지향적인 사고를 유도할 필요가 있을 것이다. 해당 분야에 대한 철학적이며 논리적인 사고에 근거한 글쓰기 훈련 내용도 포함되어야 할 것이다.

만약 그러한 수준에서 한 걸음 더 나아갈 수 있다면, 과학·기술 분야에서도 여러 가지 영역으로 분화하여 글쓰기의 특수성을 살려 볼 수 있을 것이다. 또한 각 영역 내에서도 수준의 단계를 기초과정과 심화과정 등으로 나누어 단계별로 교육시켜 볼 수 있을 것이다. 예를 들자면, 주목해 볼 만한 고전이나 신간서적에 대하여 북 리뷰를 피교육자에게 훈련시키는 것이다. 결국 적절한 분량의 에세이 쓰기를 적용하는 것이 필요하게 될 것이다.

무릇 이공학계 글쓰기 교육은 앞서 지적한 바와 같이 먼저 피교육자로 하여금 기본적 논리와 작문과 같은 글쓰기의 원리를 체득하게 하여야 한다. 동시에 이공학계 글쓰기 교육은 피교육자로 하여금 그 전제 조건으로 책 읽기를 포함한 다양한 분야에 대한 경험 체득을 통하여 가치지향적인 사고를 하도록 통합적으로 다뤄질 필요가 있을 것이다. 과학·기술 분야에 대한 글쓰기 하는 사람의 '균형 있는 사고'가 '제대로 된 글쓰기 능력'을 만날 때 대중은 드디어 훌륭한 '이공학계 글'을 만나는 행복을 누릴 수 있게 될 것이다. 과학·기술시대에서 소외되는 계층이 없이 다 같이 풍요로워지는 정보 향유의 바탕이 거기서 출발될 수 있기 때문이다.

제7회 복현글쓰기콜로키엄 발표 내용, 2009년 12월 17일

3. 대학입시와 신입생 교육

교육인적자원부와 '삼불정책'의 진실

최근 몇 개월 동안 이 나라의 교육 문제는 주로 '삼불정책'에 대한 찬성이냐, 반대냐에 집중되어 왔다. 찬성 입장에는 교육인적자원부를 중심으로 한 정부, 여당과 아마도 침묵하는 대부분의 대학이 서 있는 듯하다. 반대 입장에는 서울대를 위시한 세칭 '일류급'으로 분류되는 일부 사립대학들이 서 있다.

거론 불가침의 영역에 입을 대기 시작한 '반대 입장파'의 용기가 오히려 변화를 주도하고 있고, '찬성 입장파'는 무엇인가 지키거나 고수한다는 측면에서 도리어 보수적으로 느껴질 정도이다. 그간 교육 문제에는 개혁성을 전혀 보여주지 못했던 노무현 대통령까지 '찬성 입장'을 표명하는 바람에 더욱 그러함을 지우기가 어렵게 되었다.

물론 '삼불정책'이 무슨 교육의 본질적 문제는 아니다. 그것에 목을 매는 듯이 외쳐대는 이들이 가진 진실이 무엇인지 궁금하다. 무엇보다 '삼불정책'에 대한 첨예한 대립이 일어나기 전, 오히려 그것을 만들었던 교육인적자원부가 제대로 지키도록 역할을 해 오지 못했다는 점에서 정부 입장의 진정성에 의문을 표하고 싶다.

먼저, '대학 입학 본고사 도입'에 대해서도, 공교육 정상화의 한 방안으로 '교육 이력철'을 만들어 고교 3년 동안의 내신에 평가 중심을 두자는 교육혁신위의 제안을 묵살했던 교육인적자원부가 수능 점수 중심이나 논술 중심 쪽으로 유도하였다가 변별력에 의문이 제기되면서 자연스레 '대학 입학 본고사 부활' 주장이 나오도록 한 책임이 있기 때문이다. 그간 교육인적자원부는 장기 구도의 교육 계획을 가지거나 해당 정부 수준의 정책 관철에 힘을 쏟는다기보다는 자체 기구의 이기적 유지나 발전에 주로 관심을 가지고 있는 것으로 국민들에게 비춰져 왔다. 얼핏 현란한 방안들을 쉴 새 없이 쏟아내어 대단한 교육 정책 연구기구 '같기도' 하고, '삼불정책' 절대 고수를 주장하는 태도를 보면 절대 불변의 대단한 교육 철학을 가진 교육행정기관 '같기도' 하지만, 정작 기구 존속의 본질에 대한 의문은 가시질 않고 있다.

두 번째 '고교등급제'는 교육인적자원부가 과학고와 외국어고를 포함한 특목고를 만들어 놓고서는 그들에게 합리적인 진학 해결 방안을 제시해 주지 못한 채, 오히려 그들을 현 입시 제도를 흔드는 세력으로 몰아세우는 태도는 정말 몰염치해 보인다. 주객이 전도된 형국이다. 적절한 해결 방안이 없으면 해당 학교를 없애든가 마땅한 해결책을 제시했어야 할

책임 기관이 오히려 학부형이나 특목고의 변태적 태도로 몰아부치는 것
은 교육인적자원부가 문제를 만든 것에 대한 책임 의식이 전혀 없는 기관
임을 보여주는 대목이다.

또한, '기여입학제'는 이미 오래전부터 일부 사립대 인기학과를 중심
으로 음성적으로 존재해 왔지만, 교육인적자원부는 그것에 대하여 무감
각하거나 방치한 책임이 있다. 그것을 양성화하려는 일부 사립대학의 태
도는 결코 바람직하지는 않을지 몰라도, 이전보다 정직해지려는 노력으
로 비쳐진다.

이제라도 교육인적자원부는 자신들도 지킬 마음이 그리 강하지도 않
은 '삼불정책'에 촛점을 두지 말고, 공교육을 정상화하는 방향으로 관심

을 선회하길 권하고 싶다. 어떤 방식을 도입하더라도 한 학생의 통합적 능력을 비교하여 대학에 입학하도록 하기는 어렵다. 그래서 교육 정책의 큰 그림을, 고교 교육 현장에 평가권을 부여하고, 분권 정책의 실현으로 학교나 지역 단위 상대평가제를 도입함으로써 보다 많은 숫자의 다양한 지역이나 소수자를 포함한 여러 계층 출신자들이 대학에 갈 수 있도록 유도하는 것이다.

그럴 경우, 유사한 학생 집단을 받은 대학 간에 치열한 교육 경쟁이 일어나게 되어 대학 경쟁력이 살아나는 분위기가 조성될 수 있을 것이다. 해방 후 우리나라 대학은 한 번도 진정한 경쟁을 벌인 적이 없다. 세칭 일류대학은 우수한 학생을 받아 '진정한 리그' 없이 늘 순서를 기정사실화하는 데 집중하기만 하였다. 프로야구나 프로농구가 선수 드래프트시에 그전 리그에서 최하위 팀에게 가장 우수한 선수 선발권을 우선적으로 부여하여 다음 리그의 결과를 예측 불허토록 하는 방식과 큰 대조를 이루는 부분이다. 경쟁 없는 리그전에 누가 구경을 갈 것이며, 어떻게 제대로 된 경쟁력이 확보될 수 있겠는가?

솔직히 필자도 '삼불정책'을 한시적으로 찬성하는 입장이지만, 교육인적자원부의 삼불정책에 대한 진정성에 의문을 제기하면서, 보다 근본적이며 장기적 시각을 가지고 적극적으로 교육 정책을 펼쳐 가길 바라고 싶다. 그렇지 못할 경우, 교육인적자원부 책임자는 '부총리' 직급을 떼고 선진국처럼 역할을 최소화하거나 스스로 기구를 해체하는 것이 바람직할 것이다. 역할의 진정성에 의문을 제기받으며 역사적 대세를 거슬러갈 수 있는 집단은 세상 어디에도 없었기 때문이다.

동시에, 대학도 교육인적자원부 정책에 너무 휘둘리지 말고 스스로 길을 찾아 나서야 할 것이다. 정부로부터 제시된 정책을 그냥 흔들거나 반대하는 정도보다는 합리적인 대안을 제시하고 적극적으로 실천해 가는 능동적 모습을 보일 필요가 있다. 대입 본고사, 고교등급제, 기여입학제 등을 뛰어넘는 학생선발제도나 재원 확보책을 마련해야 할 것이다.

구체적으로, 전자의 경우 해당 학생의 전체 능력을 평가하는 방안이 적극 모색되어야 할 것이다. 단지 학업 성취 능력만 보는 현 제도에 대한 공방 정도가 아니라 창의력, 탐구력, 사회성, 리더십, 자기관리능력 등과 같은 것을 평가 제도에 포함하여 마련함으로써 제대로 된 종합적인 학생 평가가 이뤄지도록 하는 것이 바람직하리라 여겨진다.

'경북대 입학사정관제 특별전형 방안'의 긍정성과 허점

확실히 한 대학의 능력은 교수와 학생의 질과 수준에 좌우되기 마련이다. 그래서 대학마다 양질의 학생을 입학시키려고 안간힘을 쓰고 있다. '경북대 입학사정관제 특별전형 방안'의 본문에 표시하였듯이, 고교 교육 현장 교사의 '학생평가권'을 인정하더라도 대학은 독자적인 '학생선발권'을 자율적으로 수행하여 해당 대학의 정체성에 부합하는 우수한 인재를 확보할 수 있어야 할 것이다. 이 경우 수능과 내신에서 1차적으로 평가된 교과능력 이외의 능력 평가 방안을 대학이 창안할 수 있어야 할 것이다. 그런 시각에서 이번에 경북대학교가 새로이 도입하려는 '리더십우수자전형'과 '이웃사랑전형'은 분명히 긍정적인 시도로 비친다.

그럼에도 불구하고, 그러한 새로운 시도를 통하여 원하는 방향의 학생들을 제대로 선발할 수 있을지는 미지수로 보인다. 구체적으로 살펴보면, 먼저 '리더십우수자전형'에서, '고교 학생회 부회장 이상의 임원을 역임한 자'를 대상으로 선발하려고 하는데, 대체적으로 부모의 영향력을 바탕으로 고교 임원이 되는 현실을 감안하고 실제로 고교 임원이 학교생활을 통하여 리더십을 발휘할 수 있는 기회가 그다지 많지 않은 고교 교육 현장의 분위기를 고려한다면, 그러한 선발이 공정성과 객관성을 갖출 수 있으나 진정한 리더십을 갖춘 학생을 선발하는 데는 미흡한 것으로 여겨져 추후 보완이 필요할 것이다. 동시에 평가 항목으로 산정한 '독서활동'과 '진로활동'이 본 전형이 목표로 하는 '리더십우수자' 선발과 어떤 상관성을 가지는지도 해명해야 할 것이다.

'이웃사랑전형'의 경우에도, 경북대가 '기초생활수급권자 및 차상위계층 등'에 속한 학생을 선발하려는 것은 어려운 가정환경의 학생들에게 안정감 있는 대학 교육기회를 부여하여 사회통합에 기여한다는 목적은 국립대로서의 설립 정체성과도 부합하는 것으로 보인다. 그런데 '이웃사랑'이라는 명칭에서 느껴질 수 있듯이 입학생 선발이 사회통합을 위한 시혜적 차원으로만 전락한다면 우수학생 선발이라는 애초의 목표와 상치될 수 있으므로, 그러한 전형 방법이 학생 선발 집단의 확대를 통한 우수인재 확보 가능성을 높일 수 있다는 데 대한 이론적 개발이 필요하리라 여겨진다. 아울러 경제적 곤란 계층 외에도 다양한 유형의 사회 소외계층 자녀에 대한 대상 발굴과 전형 적용 확대가 필요함을 제안하고자 한다.

'경북대 입학사정관제 특별전형 방안' 공청회, 2008년

예비대학생 및 신입생 교육프로그램 개발[1]

20세기에 주로 설립된 한국의 대학들은 오랜 기간 동안 '공급자 중심의 틀'을 유지해 오다가 새로운 세기에 이르러서야 '수요자 중심의 틀'을 고려하는 새로운 패러다임을 수용하게 된 것은 잘 알려진 일이다. 그렇지만 일부 사립대학을 중심으로 일어났던 그러한 변화의 기류는 나름대로 지속적이었지만 그다지 중심적 위치를 차지하지는 못했다. 그 이면에는 정부 내 교육 주무부처의 관련 정책에 대한 일관성 부족과 대학 내 일부 교육 공급자 측의 반발 등이 한몫을 해왔다고 할 수 있을 것이다.

대학 교육의 제 분야가 그러한 상황에서, 예비대학생이나 신입생에 대한 교육프로그램도 예외일 수는 없을 것이다. 현실적으로 예비대학생 교육프로그램의 경우는 주로 총학생회에 의하여 주도적으로 실행되어 왔고, 신입생에 대한 교육프로그램은 대학본부 측이 일방적으로 공급해 왔

---

1 '신입생 교육프로그램 개발 연구'(경북대 입학관리본부, 2008년 4월 30일)에 연구자로 참여하여 맡았던 부분의 조사보고서 일부를 발췌하여 옮겨 놓은 것이다.

다. 어느 경우든 한쪽의 입장을 과도하게 수용하는 것은 그다지 바람직하지 않음을 우리는 경험해 왔다.

필자의 경우, 물론 예비대학생이나 신입생에 대한 교육프로그램이 '수요자 중심'으로만 혹은 '공급자 중심'으로만 사고해야 옳다는 견해는 아니며, 오히려 두 중심적 사고가 적절히 섞여야 제대로 된 공공성을 가진 효율적 시스템이 만들어질 것이라는 입장을 전제로 두고 있다 하겠다. 실제로 최근 한국의 일부 대학은 그러한 효율적 시스템을 구축해 가고 있으며, 우리 대학도 예외가 아니게 그러한 변화를 수용해 가고 있다. 그렇지만 대학 발전을 향한 필요한 가속을 위하여 여러 다른 대학에 대한 현황을 조사하여 미래의 경북대학교를 위한 새로운 모델을 모색하게 된 셈이다. (중략)

국립대 운영체제에 대한 변화 압력은 상당히 오랜 기간 지속되어 왔지만, 그것을 주도해 온 중앙정부 교육 주무부처의 해당 정책 추진의 진정성에 대한 회의와 대학 내 반발 기류가 맞물려 제대로 착근되지 못해 왔다. 만약 이명박정부에서 대학 자치를 보장하면서 '국립대법인화'를 요구해 올 경우 여러 가지 조건이 붙을지라도 수용할 가능성은 높다고 여겨지는 가운데, 대학 경쟁력 제고를 위한 여러 가지 방안은 주목을 받게 되리라 여겨진다.

그런 입장에서, 세계적인 수준의 국외대학들과 앞서가는 국내 일부 대학이 이미 적극적으로 수용하고 있는 '수요자 중심의 틀'을 기조로 한 대학 교육의 정책은 당연한 것으로 받아들여질 것이다. 예비대학생 및 신입생에 대한 교육프로그램 적용도 마찬가지 방식일 수밖에 없을 것이다. 기존의 교육프로그램 내용이나 실행 방식을 해체하지 않더라도 적절한 변화에 따른 심화와 강화는 필요하다고 여겨진다. 그래서 조사 보고자는 국내외 대학의 동향을 바탕으로 하여 몇 가지 제안을 하고자 한다.

(1) 예비대학 교육프로그램의 경우, 대학본부 측이 현재처럼 재정 지원만 할 것이 아니라 좀 더 교육적 관점으로 총학생회나 단과대학 학생회 측과 협의하는 것이 필요하다고 여겨진다. 그렇지만 기본적으로 학생들에 의한 주도라는 '학생 자치성'을 존중하는 선에서 추진되는 것이 마땅할 것이다.

(2) 신입생 교육프로그램의 주도기관에 따라서는 크게 '학부대학' 제도, '기초/교양교육원' 제도, '자유/자율전공' 제도 등으로 나눌 수 있다. 경북대학교에서 실시하고 있는 '기초교육원' 제도는 타 대학처럼 교육지원기관에 그치지 않고 제한된 숫자이지만 학생을 배속시킨 '학부대학' 제도가 혼합된 형태인 셈인데, 나머지 대학의 학과/학부 소속 신입생에 대한 교육지원기관의 역할까지 겸하고 있는 독특한 유형이라 할 수 있겠다. 여기서 현재의 '프리메드 클래스' 방식을 더욱 발전시켜 나가면서, 동시에 한정된 숫자의 우수한 학생 집단을 선발하여 특전을 부여하며 연세대의 '언더우드국제대학'이나 이화여대의 '스크랜튼대학'처럼 국제화 시대에 맞는 보다 진전된 방식의 자유전공 모델을 한시바삐 적극적으로 도입하는 것이 바람직할 것으로 여겨진다.

(3) 대학마다 다양한 신입생 프로그램이 개발되어 이미 적용되고 있는데, 우리 대학도 반드시 해결해 나가야 할 과제이다. 실제로, 경북대 자율

전공부에서는 연세대의 GTC 프로그램[2]을 변용하여 도입할 필요가 있을 것으로 여겨진다. 일 년의 기간을 가지고 전공을 자율적으로 선택할 수 있도록 한 학부에서 적극적으로 수용할 신입생 교과목으로 여겨지기 때문이다.

덧붙이고 싶은 것은, 국제화 시대를 맞이하여 경북대에도 이미 1,300여 명의 외국인 학생이 상주하고 있어서 이들에 대한 보다 적극적인 한국문화 적응 프로그램 도입도 체계적으로 이뤄질 필요가 있다고 여겨진다. 외국인/교포 학생을 위한 교양과목을 개발해야 하며, 관련 제도를 개선해야할 것이다. 구체적으로, 학부생이든 대학원생이든 입학 첫해의 신입생에게는 한국어를 포함한 한국문화 관련 교과목 개설도 필요하며, 기초적 수준의 한국어시험도 입학 요구조건으로 도입할 필요가 있다. 동시에 학위 취득이나 졸업 요건으로 '한국어 쓰기·말하기' 시험이나 한국어를 사용한 학위 논문 발표제도와 같은 것이 대학 전체 단위에서 결정될 필요가 있을 것이다.

경북대 입학관리본부 「신입생 교육프로그램 개발 연구」, 2008년 4월 30일

2　대학생활 설계 프로그램의 일종으로서, 신입생을 대상으로 하여 대학생활을 잘 설계하도록 도와주는 교과목인데 연세대학교에서 실행하고 있는 'Gateway to College'(GTC) 프로그램을 이른다. 실제로 1학점이며, 선택 과목으로서 학사지도사(학사 담당)와 지도교수(전공 담당)가 합동으로 담당하며 1개 반을 50명으로 편성하고 있다.

4. 지역 대학의 위상과 대학 평가

지역 대학의 위상[1]

2006년에 개교 60주년을 맞이하였던 경북대학교는 지금까지 다양한 분야에서 17만여 명의 인재를 배출해 오고 있다. 다수 인재 배출 숫자뿐 아니라 대학 수준에 있어서도 경북대학교는 한국 유수의 대학 중 하나로 상당한 기간 동안 자리 잡았던 적이 있다. 그렇지만 근년에 이르러 그 위상이 예전 같지 않다는 분위기가 대학 내외에서 현실로 자리 잡아가고 있다.

최근의 한 설문조사에 의하면[2], 경북대학교가 전국의 대학 중 어느 정

1　경북대학교를 지역 대학의 예로 사용하였다. 여기 실린 글은 「경대인의 정체성 정립 방안 연구 — 'KP형 인재'의 양성을 중심으로」라는 경북대학교 연구 보고서(연구 책임자: 김규원, 공동연구자: 김사열·김경석) 내용의 일부를 발췌한 것이다.
2　'경북대학교 학생 정체성 조사', (주)리서치코리아, 2008.

도 수준인지를 평가해 달라는 질문에 대해 학부모는 6~10위(응답자 중 49.5%), 교사는 11~20위(56.0%)로 평가하는 경우가 대세임이 드러났다. 전자는 경북대학교에 대한 사회적 인식의 수준을, 후자는 교육 현장에서의 인식의 수준을 각각 드러낸 것이어서 결코 무시될 수 없는 수치로 여겨진다. 특히 서울 및 수도권 지역 학부모는 경북대학교를 11~20위 수준으로 평가하는 비율이 가장 높아 대구 지역에 비하여 해당 지역에서의 평가가 더 낮은 것으로 조사되었다.[3]

경북대학교 위상의 하락을 가져온 원인은 아마도 다양하고 복합적일 수 있을 것이다. '서울 중심주의'의 사회적 기류와 '보수성'이 우세한 지역 특성 등과 같은 대학의 외적 요인이 원인일 수 있을 것이다. 또한 시대의 변화에 따른 대학 구성원의 자구적 노력 부족, 교수와 학생의 사기 저하 또는 위축감, 교육 행정 체계의 방만한 운영 및 서비스 마인드의 취약 등과 같은 대학의 내적 요인도 원인이 될 수 있을 것이다.

그러나 위상 하락의 원인이 어떠하든지 간에 경북대학교가 과거 위상의 회복을 위하여 새로운 정체성의 확립이 필요하다는 데는 이견이 거의 없을 것이다. 21세기로 접어들면서 빠른 사회적 변화에 맞추어 시대와 사회가 요구하는 방향으로 한 대학이 정체성을 새로이 설정해 나가는 것은 지극히 당연하기 때문일 것이다. 대학의 처한 현실을 인정하고 거기서 출

---

3   2003년 4월 「경북대 위상 및 이미지 파악을 위한 조사 보고서」에 따르면, 경북대를 전국 대학 중 6~10위권 수준으로 인식한 응답자(고3 학생은 42.5%, 학부모는 55.0%)가 가장 많았고, 11~20위권 수준으로 인식한 응답자는 그보다 낮아 고3 학생은 35.0%, 학부모는 31.0%로 나타났다. 그런 만큼 불과 5년 전에 비해서 경북대 위상에 대한 인식이 나빠지고 있음을 알 수 있다.

발하여 내건 새로운 목표를 교육 현장에서 수행해 갈 때 경북대학교의 존재 이유는 충족될 수 있고, 그 자연스러운 결과물로서 '21세기형 명문대'로의 재도약도 가능하게 될 것이다.

경북대의 현 위치

앞서 언급한 대로 2008년도 조사에서, 경북대학교는 전국의 대학 중 학부모는 '6~10위', 교사는 '11~20위'로 평가하는 경우가 가장 많았다고 조사되었다. 두 조사 집단 간에 보여준 차이는 사회 일반인의 평균적 평가와 교육 현장 전문가의 다소 엄밀한 평가라는 점에서 후자가 현실에 더 가까울 수 있다고 여겨진다. 실제로 근년에 경북대학교에 입학하는 학생들의 수능 점수 획득 순위는 후자 범주에 속해 있기 때문이다.

참고로, 같은 설문 조사에서 경북대학교와 유사한 수준의 대학 평가에 대하여 수도권에서 학부모는 한양대(12.0%)와 중앙대(9.5%)를, 교사는 중앙대(24.0%)와 한양대(12.0%), 경희대(12.0%) 등을 꼽았다. 지방소재 대학에서 학부모와 교사가 공통적으로 부산대를 각각 58.0%와 90.0%로 경북대와 유사한 수준의 대학으로 압도적으로 높게 평가하였다.[4]

앞서 인용한 설문조사에서 경북대학교의 발전 정도를 묻는 문항에 대해서는, 학부모는 경북대가 과거에 비하여 "별 변화가 없다"에 44.0%,

---

4 2003년도 조사에서는, 서울 소재 대학 가운데 중앙대학교가 경북대의 위상과 가장 유사한 대학(고3 학생은 24.5%, 학부모는 17.0%)으로 나타났으며, 이어서 한양대, 경희대, 성균관대의 순서로 비슷한 수준의 대학이라는 인식이었다.

"낙후되었다"에 25.0%의 의견을 표현하였다. 학부모의 79%가 경북대 수준이 제자리이거나 낙후되었다고 평가한 셈이다. "발전하였다"고 평가한 학부모는 단지 18.0%에 그쳤다. 같은 항목 설문조사에서, 교사는 50.0%가 "낙후되었다"고 평가하여 학부모보다 더 부정적 견해를 보여주었다.[5]

낙후의 이유에 있어서는, 교사와 학부모가 "우수한 학생이 서울로 많이 가기 때문에", "우수한 인재의 유치가 어려움"이라는 것을 공통적으로 많이 들었다. 참고로, 발전의 이유로는 학부모와 교사가 공히 "교수진이 좋아짐"과 "학생의 질을 개선하기 위한 노력을 기울임"을 들었다.

그렇다면, 설문조사에서 나타난 것처럼 대학 밖에서 막연히 교사나 학부모가 정확한 근거 없이 느끼는 것과 경북대학교에 대한 실제 지표는 어떤 차이가 날까? 엄밀하게 말하자면, 대학 간 순위종합평가는 무리가 따르고 불합리한 시도이지만 특정한 분야를 계량적 수치로 비교하는 것은 어느 정도 가능할 수가 있다. 예를 들자면, 학생에 있어서 의학·치의학전문대학원 입학자 수 비교나 교수의 연구실적(국제등재학술지 논문) 비교 등을 들 수가 있겠다. 실제로, 전자의 경우 2007년에 경북대는 5위권, 후자는 6위권을 기록하였다. 특별히, 학생은 수능 점수 11~20위권 학생이 입학하여 졸업시 5위권 지표를 기록한 것은 경북대의 4년간 교육체계가 학생들에게 긍정적으로 작용하고 있음을 반증하는 것이라 하겠다.

---

5 2003년도에는 경북대가 "과거에 비해 변화가 없다"고 응답한 비율이 49.3%, "낙후되었다"가 35.5%, 그리고 "많이 발전했다"는 응답자는 15.3%를 차지한 것으로 나타났다. 이런 응답에서도 경북대에 대한 부정적인 인식이 5년 전에 비해 더 늘어났음을 알 수 있다.

경대인의 이미지

2008년도의 동일한 설문조사를 한 번 더 인용한다면, 경북대학교에 대한 가장 큰 이미지는 '국립대학'인 것으로 나타났고, '명문대', '등록금 저렴', '보수적', '성실함' 등의 이미지도 동시에 가지는 것으로 조사되었다. '성실', '전통', '공부를 잘함', '모범적임' 등의 긍정적 이미지와 더불어 '변화에 둔감함', '가난함', '세련되지 못함' 등과 같은 부정적 이미지가 존재함도 나타났다.

재학생에 대한 이미지 평가에서는, 타 대학의 교수 및 실무자가 "조직의 일원으로서 융화를 잘한다"(3.96점)고 가장 높게 점수를 매겼다. "조직을 원활하게 운영한다"(3.78점)에도 비교적 높은 평가를 하였다. 경북대의 졸업자 취업생에 대한 평가에서도, 재학생과 마찬가지로 "조직의 일원으로서 융화를 잘한다"(4.02점)는 이미지에서 가장 높은 점수를 기록하였다.[6]

경북대 출신 인력의 업무적 장점으로는, 대학교수 및 실무자는 '조직 적응력'을, 기업체에서는 '성실하고 부지런함'이라는 항목을 가장 많이 꼽았다. 업무적 단점으로는 대학교수 및 실무자와 기업체에서 모두 '외국어 능력'의 부족을 가장 많이 지적하였다. 인성 및 덕목 분야에서, 경북대 출신 인력의 장점으로 대학교수 및 실무자는 '성실함'과 '책임감', '협동심', '예의 바름' 등을 들었고, 기업체에서는 '친화력이 뛰어남', '부지런

---

6   2003년도 조사 결과에 따르면, 경북대 출신자의 이미지 가운데 긍정적인 측면에서는 도덕적인 사람(52.3%), 부드러운 사람(33.8%) 순으로, 그리고 부정적인 측면에서는 고지식한 사람(46.5%), 촌스런 사람(38.8%), 진부한 사람(30.5%) 순으로 나타났다. 세련되고 스마트한 이미지와는 거리가 먼 셈이다.

하고 성실함', '책임감이 강함' 등에 있어서 경북대 출신 인력을 긍정적으로 평가하였다.

경북대 연구보고서 「경대인의 정체성 정립 방안 연구 — 'KP형 인재'의 양성을 중심으로」, 2008년 7월

새로운 대학 평가 체제 제안[7]

이른바 '대학 평가'는 대학에 대한 평가 목표나 목적이 무엇이냐에 따라 달라질 수밖에 없다. 우리 대학에서 다원적 가치 체계의 21세기 사회에 맞춰 다양한 유형의 인재를 육성하려면, 당연히 대학에 대한 평가도 대학별, 지역별, 수준별, 학문별 수준 등이 고려되지 않을 수 없을 것이다. 동시에 각 대학의 차별적 다양성이 인정되어야 하고, 과정 중심의 세심한 평가 체제의 구축이 필요하게 될 것이다. 이를 위해서는 대학의 신입생 모집 집단에 대해서는 현재와 같은 '전국적인 서열화'보다는 '큰 단위 등급화' 같은 제도가 선결되어야 할 것이다. 후자의 체제라야 대학 간 경쟁이 가속화될 수 있기 때문이다.

우리나라에서는 1982년 '한국대학교육협의회'(이하 대교협)에 의하여 최초로 대학 평가가 이루어진 후, 90년대 이후 고등교육 기관의 양적 팽창

---

7 2005년 대통령자문교육혁신위원회의 '대학 교육 혁신을 위한 평가 및 컨설팅 체제 구축'에 필자가 연구진으로 참여하였는데, 그 중 일부 내용을 발췌하여 실었다.

과 더불어 대학에 대한 평가 작업도 활발하게 이루어져 왔다. 그러한 대학의 평가 과정을 '정부 주도의 평가'에서 '대학의 자율적 평가'와 '다양한 평가' 등으로 발전해 왔다고 주장하는 이들도 있지만, 크게는 교육인적자원부의 영향하에서 머물며 여전히 나름대로의 자율성과 다양성을 확보하지 못하고 있다고 하는 것이 대학가의 대체적인 중론이다.

현재 우리나라에서 대학 외부기관에 의하여 여러 대학을 대상으로 이뤄지는 대학 평가로는 일정한 지표를 가지고 대학 전체의 능력을 평가하는 이른바 '대학종합평가'와 특정한 학문 영역을 한정하여 다루는 '학문분야별 평가'가 있다. 이와는 별도로 '대학 자체 평가'로서 대학마다 자체적인 평가 기준을 마련하여 교수별 혹은 학과별, 단과대학별 평가 등을 실행하는 것까지 합하면 대학 평가의 방식은 크게 세 가지 범주 정도로 나눌 수 있겠다.

실제적으로 한때는 대교협이 유일한 대학 평가 수행기관이었으나, 1990년대 중반 이후 정부와 일부 언론사에 의한 별도 대학 평가가 이루어져 왔다. 이는 대체로 '대학종합평가'에 속하는 것으로 대학에 대한 결과 중심의 여러 가지 지표를 개량화하여 대학 간 수치를 비교하는 방식이다. 특히 교육인적자원부의 평가는 결과에 근거하여 행정 및 재정지원과 연계되는 것이어서 다른 기관의 그것과 구별된다 하겠다. 기관마다의 평가 지표가 나름대로 의미가 있긴 하지만 교육의 질을 제고한다는 애초의 목표와는 동떨어져서, 결과로 주어지는 대학 간 서열에 관심이 쏠려 대학마다 한결같이 제시된 평가 지표에만 제한적으로 보완·치중하게 됨으로써 대학의 다양성이 근본적으로 훼손되는 문제점이 제기되고 있기도 하다.

그러한 '대학종합평가' 방식과는 별개로, 최근에는 한국공학교육인증원, 한국의학교육평가원, 한국간호평가원, 대교협 등에 의하여 '학문 분야별 평가'가 이루어지고 있기도 하다. 이것은 학문 분야별로 '국가적 수준의 최소 기준'을 제시하여 도달하도록 유도하는 것이며, 일부는 국제적 기준과의 합치 문제도 있어서 일정 부분 대학 교육력의 질 향상과도 연결될 수 있을 전망이다.

대학 외부기관에 의한 대학 평가가 기여한 것은 각 대학이 제시된 지표에 관심을 가지고 달성을 위하여 애씀으로써 기본적인 교육 환경이 개선되었고, 어느 정도의 초보적인 교육력이 제고된 것이다. 또한, 대학이 안주하지 않고 대외적인 경쟁력을 확보하기 위하여 다각적인 평가 기준을 대학 자체에서 마련하여 실행하도록 한 것도 외부기관에 의한 대학 평가가 유도한 결과라 할 수 있겠다. 동시에 그러한 시도는 적지 않은 문제점을 노출하거나 야기하기도 하여, 시대에 부합하는 평가에 대한 새로운 패러다임이나 대안이 제시될 필요가 있게 되었다. 대학 평가에 대하여 과연 어떤 접근이 필요할까?

먼저 그간의 평가 방식은 한 종류의 제한된 지표를 근거로 하여 모든 대학을 평가함으로써 대학의 생명력이라 할 수 있는 다양성을 심각하게 훼손해 왔다. 해당 대학이 처한 바의 연륜이나 환경, 수준 등에 대한 고려 없이 일률적인 잣대를 들이대었으며, 적은 예산으로써 단기간에 수행하여 피상적이며 부실한 운영체제를 극복하기 어려웠다. 그것은 대학이나 학과가 처한 상황이나 수준에 맞게 '전문화 혹은 특성화'하는 방향과는 반대로 달렸던 것이다.

둘째로, 대학에 대한 평가가 해당 대학이 가진 교육력을 향상시키는 것을 목표로 한다면, 결과 위주의 평가보다는 과정을 중시하는 평가 방식이 도입될 필요가 있다. 이제까지처럼 주로 교육 환경의 기반 개선이나 연구 실적에 대한 평가에 치중하다 보면, 정작 교육 현장의 '교육력' 개선과는 거리를 둘 수밖에 없다. 또한 이제까지 답습해 온 대학 평가 결과의 서열에 집착하도록 하는 상대평가 방식보다는 대학마다 가진 특수한 환경이 고려된 절대평가 방식이 합리적일 수 있다고 여겨진다. 예를 들자면, 어떤 대학을 대상으로 일차적인 평가가 이뤄지면, 예상되는 기간 동안 개선되어야 할 분야에 대한 적절한 컨설팅을 주기적으로 실행하는 것이다. 그렇게 되면 대학 평가가 기피하고 싶은 것이 아닌 '진단받아 치료받는 방식'으로 전환되어 모든 대학이 평가를 적극적으로 받아들이는 문화가 정착될 것이다.

셋째로, 외부 평가기관의 독립성 문제인데, 적어도 교육인적자원부가 재정 지원을 연계하여 대학을 평가하는 방식은 대학의 자치를 심각하게 훼손하는 점에서 반드시 시정되어야 할 것이다. 또한 대학 대표자들의 협의기구인 대교협에서 국가의 예산을 지원받아 대학을 평가하도록 하는 것은 공정성과 독립성에서 근본적인 문제 제기를 받을 수 있다. 전문적인 대학 평가 전담기구가 만들어져 교육인적자원부의 영향 없이 대통령 직속 혹은 국무총리실 산하에서 독립적으로 운영되어야 할 것이다. 그것은 교육 정책을 제시하고 지원한 기관인 교육인적자원부가 평가까지 전담하는 것은 바람직하지 않기 때문이다. 아울러, '분권'이라는 국정 지표에 맞추어 '지역단위 대학 평가 시스템'을 만들고, 대학마다 '상시적인 평가 전담기구'를 가동하도록 유도하는 것이 보다 지역 교육 특성에 맞고 전문적이며 실제적일 수 있을 것이다.

대통령자문교육혁신위원회 '대학교육 혁신을 위한 평가 및 컨설팅 체제 구축', 2005년 11월 5일

제3장

Autumn Campus

대학 구조와 자치

1. 대학 구조의 현실

대학 구조개혁은 해야 하는가

　21세기에 들어와서도 한국의 대학은 여전히 여러 가지 혼란 속에 있다. 최근에는 '구조개혁'이라는 화두가 대학을 어지럽게 하고 있다. '국립대학 법인화'라는 이웃 일본의 분위기까지 가세하여 우리 대학을 흔들고 있다.

　그렇다면 대학 구조개혁은 꼭 해야 하는가? 물론 반드시 해야 하는 것은 아니다. 그렇지만 그것이 변화의 한 방법일 수 있다는 것이다. 중요한 것은 대학의 변화이고, 변화는 피할 수 없는 대세라는 점이다. 바람직한 변화는 어떻게 가능할까?

　먼저 '구조개혁'을 포함하는 대학 교육 문제에 있어서는 무엇보다 이 나라의 고등교육을 그간 주물러온 교육인적자원부의 철저한 자기반성과 구조개혁이 필요하다. 전문가들의 연구에 의하면, 한국의 고등교육은 국가의 지나친 통제를 받아 온 것으로 분석되고 있으므로, 그 통제의 중심에 있는 주무부서의 책임에 대해서도 묻지 않을 수가 없기 때문이다.

한 예로, 자연 인구 감소로 인한 대학 입학생 수 감소를 예견하지 못한 채, 불과 수년 전 대학에 학과 증설을 주도했던 한 교육인적자원부 장관이 얼마 전에 다시 동일직에 올라 거꾸로 대학 간 구조개혁을 통하여 대학 입학정원 감소 정책을 펴게 되어도 누구 한 사람 무원칙한 교육 정책에 대한 책임을 지적하는 이가 없다. 좁은 시야로 정책을 펴 온 이들이 그대로 자리를 지키고 있으면서 대학 간 구조개혁 바람으로 오히려 자신들의 책임 소재를 가려 덮고 있는 셈이다.

솔직히 한국 대학의 변화는 필요하고 '대학 간 구조개혁'도 그 변화의 한 가지 접근 방법일 수 있다고 여겨진다. 그렇지만 고등교육 주무부서의 변화 없이 대학만 바꿔서 거둘 효과는 미지수로 보인다. 한 음식점에서 요리사는 바뀌지 않은 채, 음식점의 식단표나 간판만 바꿔서 어떤 진정한 변화를 기대할 수 있겠는가?

실제로 교육인적자원부는 대학에 대한 필수적인 행정지원 이외에도 예산, 정책, 평가 등을 통하여 무소불위의 권한을 행사하고 있다. 교육인적자원부의 기능 중 적어도 정책이나 평가 부분은 별도의 분리된 독립 기구로 이관될 필요가 있다는 지적이 많다. 최근에만 해도 교육인적자원부는 '국립대학 15개 감축안'과 같은 실현 가능성이 다소 희박해 보이는 정책을 포함하여 너무 많은 정책안을 쏟아내면서 오히려 교육을 어렵게 만들고 있다.

교육인적자원부는 지닌 과도한 권한 때문에 제기되는 교육 문제에 대하여 지나치게 단기적 처방에만 골몰한다. 대학 입학생 숫자 부족이라는 현실로 직면한 문제를 푸는 데 있어서도 선진국처럼 대학을 '학술중심대학', '교육중심대학', '취업전문대학' 등으로 재편하는 것과 같은 교육적 접근 방식이 아니라, 대학 간 특성의 고려 없이 얼마나 파격적으로 결합하느냐 여부에 관심을 집중하고 있으니!

그리고, 한국 대학이 처한 어려움에는 대학 구성원의 불합리한 행동도 한몫을 하고 있는 것으로 보인다. '구조개혁' 문제에 있어서도 큰 틀에서는 구성원들 간에 쉽게 합의가 이뤄지지만, 소속 학과나 자신의 이해관계가 걸리면 엉뚱한 논리를 개발하여 딴죽을 건다. 구체적으로 말하자면, 자신의 소속 학과나 단과대학이 대학 간 합병이라는 구조개혁에 의하여 타 지역으로 위치를 옮겨야 하는 경우에는 필사적으로 반대한다. 그럴 경우, 큰 구도에서의 합의나 대학의 장기적 발전에 대한 관심은 어디론지 사라지고 없다. 대학 교육의 다른 한 주체인 학생에 대한 배려는 오간 데 없다.

그런데, 역사적으로 개혁 주체자의 고통이 수반되지 않는 변화가 가능한 적이 있었는가? 실제로 대학의 모든 구성원에게 좋고 편한 변화는 찾기가 거의 불가능하다. 자신에 대한 변화의 구체적 적용을 거부하는 교수들을 보고 학생들은 과연 무엇을 배우겠는가? 변화에 대한 안이한 사고와 수동적 태도는 시대의 문제를 풀어 갈 수 없다. 그런 변화를 두려워하는 교수와 학생들이 모인 대학 공동체가 어떻게 나라나 해당 지역 사회를 혁신할 수 있단 말인가?

군이 경쟁적 시각으로 보지 않더라도, 양적 팽창을 거듭해 온 한국 대학은 이제 질적 수준의 도약을 위한 큰 변화를 필요로 하고 있다. 그 변화에는 주무부서인 교육인적자원부에 대한 구조개혁이 전제되어야 할 것이며, 대학 구성원의 개혁에 대한 주도적 자세와 자기희생정신이 밑바탕에 깔려야 할 것으로 여겨진다.

지역을 바꾸려면 지역 대학이 바뀌어야 하고, 대학이 바뀌려면 구성원인 나부터 바뀌어야 한다. 변화를 피할 수 없을 때, 차라리 대학의 주체가 적극적 개혁을 주도하자는 얘기이다. 결국 대학이 스스로 변화의 시기를 놓치면 대학 밖의 힘이 대학의 혁신을 강제하게 될 것이기 때문이다.

『경북대신문』 대학시론, 2005년 4월 4일

빛 좋은 개살구 '국립대 법인화'

2005년 9월 24일 오후 3시에 '국립대학 법인화 추진 반대를 위한 전국 국공립대학 교수대회'가 서울의 종묘시민공원에서 열렸다. 전국에서 몰려온 1,500여 명의 교수는 '전국국공립대학교수회연합회'의 주도로 대회가 끝난 후, 명동성당 앞까지 합법적인 거리 시위를 벌이기도 하였다. 한마디로 그 많은 숫자의 교수가 거리에 나섰던 것은 최근 교육인적자원부가 무리하게 강행하려는 '국립대 법인화'를 반대하기 위해서였다.

우리나라의 교육인적자원부는 국민들의 눈에 너무 부지런한 것으로 비친다. 그렇지만 교육인적자원부는 '교육이념과 목표에 대한 진정성'이 부족한 탓으로 쏟아내는 정책의 숫자만큼 학교와 학부모들이 자주 놀램 속에 고통을 받아 온 것도 사실이다. 국립대학을 포함한 대학도 예외가 아니었다.

대학에 개혁이 필요한가?

당연히 대학에도 개혁이 필요하다. 그간 한국사회의 발전을 선도해 온 대학은 알게 모르게 꾸준히 개혁 작업을 진행해 왔다. 그러한 대학의 변화 없이 한국의 세계적 산업화 대열에 필요한 인력을 대학이 공급해 올 수는 없었을 것이다.

그러한 한국의 산업화 수준과는 달리, 한국 대학의 국제 경쟁력은 그 평가 기준에 근본적인 이의가 있지만 그리 높은 수준이 아닌 것으로 알려져 있다. 국가의 장기적 발전을 위하여 이제는 좀 더 차분하게 대학의 교육체계에 대하여 장기적인 고민을 해야 할 시점에 온 것으로 보인다. 국제적인 수준의 대학 경쟁력 확보를 위하여 우리의 대학도 훨씬 강도 높은 변화가 필요하다면 합리적인 제안에 대해서는 겸허하게 받아들여야 할 것이다.

그렇지만 최근 교육인적자원부가 '대학 경쟁력 확보'를 위해 제시해 온 이른바 '대학 개혁안'은 졸속하고, 오히려 반개혁적이기조차 하다. 국립대 교수 다수가 그렇게 일시에 거리에 나섰던 것은 이른바 '철밥통'이나 지키려는 의도보다는 그러한 교육인적자원부의 정책이 해결점보다는 오히려 많은 문제점을 포함하고 있으며 대학의 경쟁력 확보에도 큰 도움이 되지 않는다는 판단이 섰기 때문이다.

진행 중인 대학의 구조개혁

2005년에 들어서 전반기에는 교육인적자원부가 '대학 구조개혁'이라고 하여 대학 간 통합 혹은 대학 내 구조조정을 하도록 전국의 대학에 요구하였다. 대학으로서는 그것이 그다지 내키지 않은 제안이었지만, 대학의 변화 필요라는 사회적 대세에 밀려 실제적으로 변화의 몸부림을 쳤다. 대다수 대학이 그 문제로 수개월씩 진통을 겪었으며, 대학 간의 이러저러한 대화와 협상 끝에 일부분은 통합의 첫 단추를 끼우기도 하였다.

그렇지만 그러한 '대학 구조개혁'의 이면에는 대학 입학생의 자연 인구 감소에 의한 대학 규모 축소라는 현실이 도사리고 있음을 아는 이는 많지 않다. 그것이 아직 10년도 채 지나지 않은 '문민정부' 시절에 교육부가 대학 입학정원 증대와 대학 팽창을 무리하게 시도한 것에 의하여 강화되었다는 사실을 아는 이는 더욱 드물다. 시대의 변천에 따라 '대학 구조개혁'은 할 수도 있지만, 교육인적자원부의 근시안적 정책에 대한 반성이 전혀 없이 대학에만 '뜨거운 감자'를 안기는 모습은 결코 아름다울 수 없다.

2005년 후반기에 들어서 '대학 구조개혁'에 대한 경과가 진행 중이고 아직 그 모습이 형체도 제대로 갖추기 전에 교육인적자원부는 이번에는 '국립대학 법인화'라는 '뜨거운 감자'를 다시 대학에 던졌다. 오전에 아이를 낳은 산모 격의 대학에게 오후에 밭일을 나가라고 성화를 부리는 시모의 모습이 교육인적자원부에 겹쳐지고 있음을 어쩌랴!

'국립대 법인화'의 속내

'국립대 법인화'는 대학에 적절한 자치권을 부여하여 자구적 재정 확보 노력을 하도록 함으로써 중앙정부의 재정 부담을 줄이려는 개혁적 의도가 있는 것으로 알려져 있다. 그렇지만 자치권과 관련하여 정작 알려진 법안의 내용은 오랜 민주화운동의 소산물인 '총·학장 직선제'를 무력화하여 정치권에 의한 대학 이사 임명을 통한 교육인적자원부의 '대학 지배구조 재장악'과 같은 반개혁적 음모가 담겨져 있음을 아는 이는 많지 않다.

일본의 '국립대 법인화' 실시에서 볼 수 있듯이, 재정 확보의 부분도 몇 개 대학을 제외하고는 특별 기금 마련에 어려움을 가지게 될 것이어서 결국 국립대의 사립대 수준 '등록금 인상'으로 이어질 것임은 불을 보듯 뻔한 노릇이다. 그러한 지적에 대하여 최근 교육인적자원부는 '등록금 지도'를 통하여 인상을 사전에 통제하겠다고 발표하였다. 교육인적자원부가 국립대학에 대한 재정 지원을 줄이면서 간섭은 계속하겠다는 것은 실로 모순적 태도가 아닐 수 없다.

결국 교육인적자원부의 '국립대 법인화' 속내는 국립대에 대한 재정 지원은 줄이면서 대학 지배구조를 다시 장악하려는 의도가 있음을 부인할 수는 없을 것이다. 아무리 좋은 제도라 하더라도 그것을 먹어 소화해야 하는 대학이 받아들이기 어려운 '국립대 법인화'라는 개살구를 강제로 먹이려는 교육인적자원부의 일방적 기도는 아무리 지켜보아도 시대착오적 발상으로 보인다.

교육인적자원부가 시대의 변화에 맞춰 '대학 구조개혁'과 '국립대 법인화'를 관철시키려면 무분별했던 교육 정책에 대한 '과거 반성'이 있어야 할 것이다. 또한 교육인적자원부는 그러한 대학 개혁에 맞추어 방만한 자신들 부처에 대하여 축소 혹은 분리와 같은 구조개혁을 동시에 단행해야 할 것이다. 실제로 '국립대 법인화'가 실행되면 교육인적자원부는 대학에 대하여 간섭할 부서가 필요없어지게 되는데, 자신들 조직 내 대학국의 폐지나 구조 축소에 대한 제안도 동시에 마련되어야 교육인적자원부의 대학에 대한 '뜨거운 감자' 던지기 논란이 씻겨질 수 있을 것이다.

어떻게 대학 경쟁력을 확보할 수 있는가?

'국립대 법인화'에 대하여 교육인적자원부가 대외적으로 내건 목표는 '대학의 국제 경쟁력 확보'였다. 물론 그러한 교육인적자원부의 '법인화' 시도가 '대학의 경쟁력 확보'에 전혀 도움이 되지 않는다고 말하기는 어렵다. 진정한 대학의 자치는 결국 대학의 자발적 경쟁력 확보 노력에 필수적이기 때문이다.

대학의 충분한 재정 확보나 유연한 행정력 구사도 당연히 대학의 발전에 필요하지만, 실제적인 대학 경쟁력 확보는 교수와 학생의 수준 향상이 요체일 수밖에 없다. 국립대학의 경우, 최근 교수 채용과 교수 평가는 어느 정도 합리적으로 이루어지고 있어서 결국 대학 경쟁력 확보는 '학생 모집' 부분에 쏠릴 수밖에 없다.

'대학 경쟁력' 매기기는 '국내 대학 간 경쟁체제 구축'이 우선시되어야 한다. 지난 50년 동안 우리나라 대학 간에는 진정한 의미의 '대학 간 경쟁 리그'가 없었다고 말하는 옳을 것이다. 늘 '1위의 대학'에는 '1위 수준'의 학생이 공급되어 리그전을 벌일 필요가 없었기 때문이다.

해방 후 수많은 교육 정책이 바뀌어 적용되어 오면서도 한결 같았던 것은, 현재처럼 수십만 명의 고등학생에게 수능과 같은 학력 위주 성적에 근거한 '엄정한' 순위 매기기를 하여 속칭 일류대학에서 그렇지 않은 대학 순으로 배분해 왔던 것이다. '학력 위주 성적' 매기기가 객관성은 다소 있을지 모르지만, 해당 학생의 전인적 능력을 교육적으로 평가하기에는 유일하거나 합리적인 수단이 아님은 잘 알려져 있음에도 불구하고 그동안 무리하게 진행해 온 것이다.

일반적으로 프로스포츠 세계에서는 진정한 리그의 활성화를 위하여 그해 최하팀에게는 그 다음해 선수 드래프트에서 최우선권을 주는 제도를 적용한다. 그래야 경쟁의 역동성이 부여될 수 있기 때문일 것이다. 우리나라 대학의 경우, 그러한 프로스포츠계가 쓰는 경쟁 드래프트의 원리 적용을 거부해 왔기 때문에 그동안의 '대학 간 경쟁'에 일정 부분 한계가 있을 수밖에 없었던 것이다.

대학 간에 역동적인 경쟁이 가능하도록 하려면, 고등학교 학생의 다양한 능력을 '구분이 적은 등급제'로 적용하여 대학에서 학생 선발 자료로 사용하는 것이 한 가지 대안일 수 있을 것이다. 예를 들어서 대학에서처럼 고등학교에서 특정 능력에 대하여 상대적인 5등급제를 적용하면, 수십만 명의 고등학생에게 대하여 수만 명의 학생 단위로 등급이 매겨져서 학생의 잠재능력을 포괄적으로 평가하게 될 것이다.

그런 변별력이 모호한 학생 집단을 대상으로 선발하게 되면 대학마다 '좋은 교육'을 시키려는 치열한 경쟁체제가 가동되게 될 것이다. 그렇게 되면 고등학교보다는 대학에서 더 치열한 경쟁시스템이 도입되어 대학 간 경쟁이 불붙게 될 것이다. 그러한 시스템 속에서 국내 대학 간 경쟁이 치열해져야 비로소 우리 대학의 국제적인 대학 간 경쟁력도 확보될 수 있을 것이다. 교육인적자원부는 우리나라 대학의 국제 경쟁력 확보를 위해서는 '국립대 법인화'보다는 국내 대학 간 진정한 경쟁이 이뤄질 수 있는 대학입시제도의 개선을 먼저 해결해야 할 것이다.

'국립대법인화'는 무조건 나쁜가?

'국립대 법인화'를 무조건 나쁘다고 할 수는 없을 것이다. 해당 제도를 받아들여야 하는 대학 구성원들은 현재 교육인적자원부가 일방적으로 강행하려는 '국립대 법인화' 제도의 내용이 그다지 개혁적이지 않고 대학 발전에 대한 진정성이 담겨져 있지 않기 때문에 반대하는 것이다. 그렇다면 어떻게 '국립대 법인화'를 개선해야 할 수 있을까?

한 가지 가능한 대안은 국립대학에 '기초학문 분야'를 육성하도록 하는 것이다. 높은 학비 적용을 전제로 하는 전문대학원은 지역 대학의 공유 체제로 돌리고, 취업이 유리한 학과나 인기 학과는 사립대학에서 당연히 관심을 가질 것이므로 거기에 굳이 공적인 재원을 지원할 필요는 없을 것이다. 대학의 운영을 시장 원리에 맡겨 두면 자연히 도태하게 될 '기초학문 분야'를 국가 재원에서 지원하도록 하는 것은 교육의 공공성을 위하여 나름대로 타당성이 있기 때문이다.

차제에 교육인적자원부는 대학의 전문 분야 특성화를 '국립대 법인화'와 연계하여 심도 있게 고민을 시작할 필요가 있을 것이다. 구체적으로 국립대와 사립대에 백화점 식으로 난립한 학과를 조정하여 '분야 특성화'를 유도하여야 하고, 같은 방식을 전문대학과 4년제 대학 간에도 적용할 필요가 있을 것이다. 그러한 무분별한 학과 난립은 허가를 해준 교육인적자원부에 다분히 책임이 있으므로 이제 합리적으로 정리할 의무도 마땅히 져야 할 것이다.

이제 교육인적자원부는 '국립대 법인화'를 포함한 대학 교육 개혁 정책에 대하여 당사자 간 충분한 논의와 관련 정책의 튼튼한 교육 기반 조성을 통하여 진정한 대학 개혁을 이루도록 애써야 할 것이다. '국립대 법인화'를 그 빛은 좋지만 먹지 못하는 개살구가 아닌 진짜 먹음직스런 살구가 되도록 바꾸어야 해당 대학의 구성원들이 비로소 받아들이게 될 것이다. 교육인적자원부가 1,500명 이상의 교수가 거리에 나서 외치는 소리를 '철밥통'을 두드리는 소리 정도로 인식하는 오류를 극복해야 이 나라 대학 교육에 비로소 희망이 있게 될 것이다.

내실 있는 대학 만들기?

'대학 발전'을 말할 때 흔히 우리는 교정의 외형적 변모에 큰 관심을 가지는 경향이 있다. 그것은 경제적으로 어려웠던 시절을 지나오면서 교육이나 연구에 필수적인 건물이나 시설을 갖추는 것을 우선시했던 관행이 남아서일 것이다. 이제 21세기 대학은 건물 수의 외형적 증가보다는 그 효율적 관리가 더욱 중요한 시대가 되었다.

2012년 3월 현재 경북대학교는 4만여 명이 활동하는 대구와 상주 캠퍼스에서 무려 166개의 건물을 품고 있다. 만약 건물에 대한 효율적 관리가 이뤄지지 않을 시 예산의 상당 부분을 유지와 보수에 낭비하게 된다. 그렇게 되면 정작 요긴한 교육이나 연구 분야에 대한 콘텐츠 지원이 상대적으로 빈약해질 수밖에 없게 될 것이다. 그래서, 학내 제공되는 공간·전기·물 등에 대하여 일정한 사용 허용치를 넘어서면 적절한 비용을 매기는 방식의 도입을 통하여 관리 효율성을 재고해야 한다는 지적이 있기도 하다.

그런데, 대학 발전은 때로 그러한 효율성 제고를 넘어서는 큰 흐름이 대학의 근본을 흔들 경우, 그에 대한 대응도 당연히 포함한다. 최근 한국의 국립대는 사상 유례 없는 큰 위기에 처해 있다. 교육과학기술부(이하 교과부)가 오래 전부터 강요해 오던 '국립대 법인화'를 작년에 힘을 모아 저지하였지만, 교과부는 '국립대학 선진화 방안'이라는 미명하에 법인화되어 실행할 사안들을 잘게 쪼개어 국회 통과 없이 시행령 수준으로 강제하고 있기 때문이다. 구체적으로, 학장 직선제 폐지에 이어 총장 직선제 폐지, 성과급적 연봉제, 기성회계 제도 개선, 총장의 대학 운영 성과목표제 등의 시도나 도입이 그러하다.

경북대학교가 '국립대'로서 시대적 변화의 물결을 피하기는 어렵다. 시중 여론이 국립대 구성원들은 철밥통처럼 변화를 회피하고 있다고 알려져 있기 때문이다. 여전히 경북대에도 변화의 여지는 있지만, 관심 있게 들여다보면 이미 가동되고 있는 경쟁체제가 그리 비효율적이지 않다는 분석도 있다. 구체적인 예를 들자면, '자연과학대학 연구력'의 경우 국내 최고대학이라는 S대학과 비교(경북대:S대)하여 훨씬 더 효율적이라는 것이다. 2011년 대학정보알리미 데이터에 근거하면, 교수 숫자(110명:210명), SCI 논문 수(103.4편:204.5편), 연구비(774억 원:114.6억 원), 교수당 대학원생 수(2.8명:3.8명) 등을 요소로 하여 비교할 때 경북대가 4.77배(0.3279:0.0687)나 더 효율이 높은 것으로 나타났기 때문이다. 또한, 경북대는 학부생들의 의·치·약 전원 합격률, 고시 합격률, 취업률 등의 분야에서 상당한 강세를 유지하고 있기 때문이다.

경북대는 국민 세금을 예산으로 사용하는 국립대로서 시대를 선도하는 변화가 필요하고 효율성 제고도 지속적으로 이루어져야 한다. 그렇지만, 신자유주의적인 무한경쟁 체제의 도입을 내세워 대학 자치를 훼손하려는 교과부의 의도는 그나마 이룩해 온 대학 본연의 진리탐구 정신과 발전의 근간을 송두리째 흔들고 있어서 몹시 우려스럽다. 그 대안으로서, 지역거점 대학에 대하여 지역 연계 특성화를 향한 파격적 예산 인상과 등록금 인하를 통하여 지역과 대학의 발전을 위한 새로운 전기를 마련하는 것이 오히려 바람직하다고 여겨진다. 내실 있는 대학 발전을 위하여 교육적 상황에 대한 진지한 성찰과 행동이 필요한 때이다.

「경북대신문」 사설, 2012년 3월 19일

2. 대학 자치의 현실 — 대학 살림

원칙이 바로 서야 대학이 산다

한국의 현대사에서 대학생들은 군사독재에 저항하면서 민주주의 운동과 민족통일 운동의 발전에 뚜렷한 족적을 기록하였고, 자연스레 대학 내에서는 그들의 이러저러한 역할이 증대해 왔다. 이 과정에서 대학 구성원들의 역할에 혼란이 있어 왔고 원칙이 제대로 세워져 오지 못했음은 또한 부인할 수 없는 사실이다. 그러나 사회 민주화가 정착되어가고 있는 이 시점에서, 과거 비정상적인 사회상황 속의 한국 대학에서 구축되고 관행화된 방식은 새롭게 논의되어야 할 필요가 있다. 20세기 말 한국 대학의 화두가 '민주화'에 모아졌다면, 21세기 대학 캠퍼스의 화두는 경쟁을 통한 '대학 발전'에 있기 때문이다.

이를 위해서는 무엇보다 대학 구성원의 역할이 분명해야 한다. 대학에서 학생은 민주사회에 필요한 교양을 쌓고 전문 지식인이 되기 위한 교육을 받는 데에 제 본분이 있고, 교수와 행정직원은 각기 학생들을 제대로 가르치고 그러한 환경이 잘 조성되도록 적극 지원해야 하는 것이 그 본분일 것이다. 이런 점에서 본인은 경북대의 한 구성원으로서 이 대학의 올바른 발전을 위하여 학교와 학생 측에 몇 가지 원칙 세우기를 제안한다.

예산 집행의 투명성은 양측 모두 필요

첫째로, 총학의 주장대로 학교 본부의 예산 집행 내역이 대학 전 식구들에게 투명하게 공개되어야 함은 시대적 대세이다. 근년에는 교수회에서 감사를 하고 있지만 그 정보의 공개나 감시가 학생들로부터도 가능해야 한결 바람직해질 것이다. 부정과 불합리가 발붙이지 못하도록 근원적으로 차단되어야 하기 때문이다.

마찬가지로 총학의 예산 집행 내역도 감사를 받고 그 내용이 상세하게 공개되어야 바람직하다. 또한 학생회 활동의 순수성을 지키기 위해서라도 총학이나 대학생은 대학 내에서 이윤 추구의 상업적 행위에 직·간접으로 개입되어서는 안된다. 졸업 앨범, 어학 강좌 마련 같은 것은 더 이상 학생들의 주관 업무일 수 없으며, 과감히 학교 본부로 되돌려져야 한다.

대학 발전 위해 학생들의 동참 필요

둘째로, 대학에서 교육예산의 편성에 학생이 결정의 주체로 나섬은 무리라고 본다. 대학생이 등록금 납부자의 편에서 등록금 책정에 대하여 관

심을 가짐은 자연스런 일이지만, 극도의 전문성을 필요로 하는 예산 편성 과정을 생각할 때 심의나 의결권을 달라는 학생들의 요구는 지나친 감이 있다. 이런 시각에서 '기성회비조정협의회'에 학생이 들어가 있는 것 자체가 원천적으로 잘못된 발상이다. 기성회비를 내야 하는 당사자인 학생은 당연히 적게 내려고 애쓸 것이고, 그래서 봄학기마다의 등록금 시비는 구조적으로 발생되게 마련이기 때문이다.

대학도 경쟁해야 하는 현 상황에서 예외 없이 모든 대학은 필요한 교육 재원의 확보를 위하여 다각도로 애쓰고 있다. 지금 우리 대학은 지방 대학으로서 서울의 대학과 경쟁해야만 할 뿐만 아니라 지역의 다른 사립 대와도 경쟁해야 하는 이중고에 처해 있다. 지금 지역의 다른 대학들은 학교 발전을 위해 엄청난 재원을 투입하고 있음은 주지의 사실이다. 무조건 등록금을 동결하자는 주장은 이러한 상황을 외면한 채 경북대학의 삼류화를 추진하자는 말이나 다를 바 없다.

대학의 등록금은 소비되는 것이 아니라 투자되는 것이다. 따라서 대학의 발전은 그 재정 확충도에 비례한다고 볼 수 있다. 국립대학의 등록금이 현재 사립대학의 반도 안 되는 실정에서 교육재원의 확보를 위한 등록금 인상은 정말 불가피한 일이다.

물론 국가의 교육비 예산이 증가하고, 지방 국립대에 대한 국가 지원이 대폭 강화될 수 있게 된다면 더 이상 바랄 나위 없다. 이를 위해 최근 서명을 받고 있는 '지방대 육성을 위한 특별법안'의 국회 통과를 촉구하는 운동에 학생들이 함께 동참하는 것도 정말 필요하다. 이 기회에 학생들과 학교가 항상 대립하는 것이 아니라 공동 목표를 위해 함께 노력하는 모습도 보이자.

막무가내 식의 주장, 잘못된 관행 단절돼야

마지막으로, 대학 내에서 막무가내 식의 불법 행위는 근절되어야 한다. 학생들이 민주화를 주장하면서 이와는 모순되게 해마다 본부 건물을 점거하고 공무를 방해하는 행위는 더 이상 방치될 수 없다. 비록 배우는 과정의 학생이라 하더라도 다수의 힘이나 폭력으로 대학의 정상적 활동을 위협함은 그 행위가 군사 독재의 폭력과 무엇이 다른지 묻고 싶다. 이 문제에 대해서는 교육적인 목적에서라도 한 번은 엄벌로 다스려져야 그 잘못된 고리가 끊어질 것이다.

물론 이러한 원칙 세우기가 대학 구성원 중 유독 학생들에게만 적용되어서는 곤란할 것이다. 교수나 행정직원도 각자의 역할에서 잘못된 관행을 과감히 바로잡으려는 노력이 필요할 것이며, 이 부분에 대해서는 학생 입장에서 허심탄회한 지적이나 각별한 관심이 필요할 것이다. 작금의 상황에서 경북대학교 식구 각자가 대학 공동체를 위하여 서로 이해하고 원칙을 세우지 않으면 우리 대학의 미래가 불투명할 수밖에 없다. 대학의 전체 구성원들이 합심하여 위기를 극복해야만 경북대학교가 더 좋은 대학으로 비약할 수 있을 것이다.

『경북대신문』 대학시론, 2002년 4월 1일

성과급적 연봉제 도입은 신중해야 한다

다들 평안하실 줄 믿습니다. 청명한 가을 아침, 난데없는 공문을 받게 되어 몇 자 적습니다. 그것은 바로 교육과학기술부 대학선진화과에서 2010년 10월 12일에 발송한 '국립대학 교원 성과급적 연봉제 도입 관련 공무원보수규정 일부개정령(안) 입법예고 알림'입니다. 관련 지식이 부족한 이공학계 교수의 한 사람으로서 보기에도, 매우 중차대해 보이는 제도를 관련자들에 대하여 충분한 의견 수렴을 거치지 않고 정부가 일방적으로 황급히 적용하려는 시도에 대하여 우려를 금할 길 없습니다. 관련하여 몇 가지 제안하고자 합니다.

첫째, 기본 연봉을 현재의 봉급액 전액을 기반으로 하고, 성과급에 대해서는 추가 예산을 배정하여 실행하는 것이 좋겠습니다. 실제로 국립대 교원의 봉급이 사립대에 비하여 턱없이 낮으므로, 국내 사립대를 모델로 하는 것은 부적절해 보입니다. 만약 성과급이라는 채찍을 가하기 위해서는 정부의 예산 상승 배정(교원 봉급의 전체적 인상 필요)을 통하여 당근을 제시하며 진행하는 것이 상식이라고 여깁니다.

둘째, 약자에 대한 배려가 전무하여 보완하는 것이 바람직합니다. 예를 들자면, 공무 수행 중에 갑자기 사고를 당하여 건강에 문제가 생긴 교원이나 임신하게 된 여성 교원에 대하여 평가를 공평하게 받도록 이에 대하여 특별 규정으로 보완해야 할 것입니다. 경북대학교교수회에서도 교과부의 관련 규정 개정령 시도에 대한 체계적인 의견 수렴과 대책 마련이 있어야 할 것입니다. 깊이 익어가는 가을 계절처럼, 국립대도 격조를 가지고 익어 갔으면 합니다.

경북대교수회 홈페이지 사랑방 게시판, 2010년 10월 18일

3. 대학 자치의 현실 — 등록금 문제

대학 등록금 협상의 대안?

해마다 봄이면 대학 사회는 등록금 협상으로 골머리를 앓는다. 우리는 누구나 봉급이나 성적이 오르는 것은 반기지만 세금이나 등록금이 인상되는 것은 싫어한다. 모순되게도 현실 생활에서 세금 내기를 꺼려하면서도 복지 혜택이 늘어나기를 바라는 것이 인간의 모습인 것이다. '작은 정부'를 선거 슬로건으로 내건 대통령을 선출해 놓고도 대학 등록금 인상 조정에 정부가 나서 주기를 바라는 국민 속에 우리가 포함되어 있다.

2008년 봄학기 대학 등록금은 이전과 비교하여 대폭 올랐다. 등록금 인상 계획은 수개월 전부터 준비된 것이지만 최근의 가파른 물가 상승 기류와 맞물려 우리 사회에 부정적 이미지를 선사하고 있다. 대부분의 대학에서 접근이나 제기 방식은 달라도 등록금 협상이 대체로 난항을 겪고 있다. 어떤 지역에서는 대학총학생회 연합 공동대책위 구성 정도를 넘어 지역 시민사회단체가 나서 '등록금 대책을 위한 연대회'를 발족했을 정도이다.

이번에 국립대의 등록금도 예외 없이 인상되었다. 우리 대학에서도 본부에서 당초 14.1% 인상안을 제시했다. 학생등록금 협상단과 대학본부 측은 여섯 차례의 '기성회비조정협의회'를 진행하다가 학생협상단이 인터넷 게시판에 공개한 협상대화록의 삭제 여부 때문에 결국 협상이 결렬되고 말았다. 지난 2월 20일에는 대학에서 기성회비 예산안에 대한 의결권한을 가진 기성회 이사회가 열려 신입생 8.8%, 재학생 8.5%로 인상률을 결정하였다. 이 과정에 200여 명의 학생이 이사회가 열렸던 본관 회의실 주변에서 인상에 반발하는 시위를 했으며, 학생 측 교육투쟁위원회는 조만간에 2007년도 결산안이 나오면 본부 측과 재협상을 시도할 계획으로 알려졌다.

대학 공동체의 일원인 필자는 등록금 협상 과정과 양측의 상반되어 보이는 주장을 지켜보면서 이와 관련된 공존적 입장과 대안을 생각해 보았다. 지구촌 대학에서 학생측과 대학본부가 등록금 협상을 벌이는 것은 아마도 한국 대학의 특성일 것인데, 그것의 정당성 여부에 대한 논의는 여기서 일단 제외하기로 하자.

먼저 학생들의 주장 중에 왜 총장이 등록금을 일방적으로 인상하는가, 왜 자신들의 재학 기간 학습활동과 직접적으로 상관 없어 보이는 토지 구매나 재산 투자를 하는가 등의 내용이 포함되어 있다. 일반적으로 총장은 대학의 경영자로서 합리적 근거를 가지고 등록금을 인상할 수 있는 권한을 가지며, 대학의 장기적 발전을 위하여 이러저러한 활동을 수행해야 하는 임무를 가지고 있음을 학생들은 아쉽게도 간과하고 있다. 그래도 학생 측은 등록금 인상의 근거가 합리적인지 따져 볼 권한이 있으며, 그러한 입장에서 대학본부 측은 학생 대표자들에게 기성회비의 결산안과 예산안에 대한 소상한 정보를 제공해야만 한다. 그러한 정보 제공은 학생들의 알 권리 충족을 위해서 반드시 필요하며 본부 측이 주장하는 내용의 설득 근거로도 필요하기 때문이다.

또한, 대학에서는 이제 기성회비 협상이나 의결 기구를 일원화하고, 협상 틀은 당자에서 다자 체제로 넓혀가는 것이 바람직할 것으로 여겨진다. 전자의 경우 우리 대학에서는 '기성회비조정협의회'에서 대학본부 측과 학생대표 측이 1차적으로 협상을 하고, 그것에 대한 의결 권한은 '기성회 이사회'가 가지고 있는데, 이것을 한 기구로 통합하는 것이 한결 나은 효율성을 가져다 줄 것이다. 후자의 경우도 '기성회비조정협의회'나 '기성회 이사회'에서 공히 당사자가 나서거나 혹은 대리인을 내세워 학생 측과 대학본부 측이 극단적 대립을 만들어 갈 수 있으므로 다자간 협상 협의체를 만들어 조정 능력이 발휘될 여지를 가지는 것이 보다 나을 것이다. 예를 들자면, 대학본부 측이나 학생 대표자 측 외에 학부모와 학생의 의견을 대변할 회계사, 교수회나 시민단체가 추천하는 자 등이 포함되는 방식이다.

마지막으로 대학에서의 등록금 협상은 민주주의의 구체적 실현 현장일 수 있으므로 전 과정이 공개되고 서로 간에 품위가 지켜져야 할 것이다. 회의록 공개 여부도 협의를 거쳐야 할 것이며, 공개될 수 없는 내용을 협의하거나 사소한 기술적 문제로 협상을 일방적으로 파기해서도 안 될 것이다. 학생 측은 대학본부 측의 경영 권위를 인정해야 하고, 대학본부 측은 학생이라고 하여 함부로 권위주의로 누르려 해서도 안 될 것이다. 아무리 급하더라도 총장은 "등록금 차등 인상을 지양하겠다"와 같은 현실과 유리된 약속은 학생 측에게 하지 않아야 할 것이다. 학생 대표자들도 합법적 협상 진행과 합리적인 결과를 도출하도록 노력해야 할 것이다. '대학의 세계화'는 바로 그러한 등록금 협상에서도 선진적 모범을 만들어 갈 때 비로소 가능할 것이 아닌가!

『경북대신문』 대학시론, 2008년 3월 10일

우와, '등록금 없는 KNU'?

2011년 한국 대학의 화두가 무엇이냐고 묻는다면, 단연코 '국립대 법인화'와 '반값 등록금' 문제를 들 수 있겠다. 그것은 한국사회의 정치경제적 흐름과 일정 부분 얽혀져 있어서 대학의 노력으로만 풀기는 어렵다. 그렇지만, 기본적으로 국가의 허락과 통제의 틀 위에 운영되어 온 한국의 대학에게 원인제공자 격인 정부가 오히려 결과에 대한 책임성을 대학에게만 묻는 것은 불합리해 보인다.

그간 두 단계로 제시되어 온 '국립대학 선진화 방안'을 통하여 현 정부의 그러한 태도는 잘 드러나 있다. 실제로, 교육과학기술부에서는 2010년

9월에 '1단계 국립대학 선진화 방안' 도입으로 '서울대법인화법' 제정, 학장 직선제 폐지, 성과급적 연봉제 도입 등의 성과를 거두었다고 일방적으로 홍보해 왔다. 그러나, 막상 대학 현장의 분위기는 그러한 아전인수적 해석과 상당한 거리가 있다. 이 괴리를 어떻게 좁혀갈 것인가가 한국 대학 문제에 대한 풀이의 요체이기도 하다.

최근 정치권 전체에 대한 국민들의 불신감이 '안철수 효과'로 나타났지만, 교육 분야도 다르지 않다. 먼저, '국립대 법인화' 문제의 경우 2010년 12월 9일 국회에서 '국립대학법인 서울대 설립·운영법'을 한나라당이 날치기 통과한 것이 도화선이 되었다고 할 수 있다. 서울대 법인화가 대학 내 적절한 민주적 절차를 거치지 않고, 대학본부가 정부와 결탁하여 대학 기업화의 발걸음을 정치적 법안을 근거로 하여 내딛게 한 것은 안타까운 일이 아닐 수 없다.

그런데 최근 국회 교육과학기술위원회 야당 간사인 민주당 안모 의원이 기자회견을 열어 '국립대학법인 인천대 설립·운영에 관한 법률안'을 임시국회에서 처리하자고 여당에 제안한 일이 발생하였다. 근본적으로 개별 대학의 사정과 형편으로 국립대 전환이 가능할 수도 있겠지만, 전국적으로 국립대에서 법인화 반대의 물결이 일고 있는 상황에서 그간 국립대 법인화를 반대하는 입장을 보여 온 야당 소속 의원으로서 참으로 지각 없어 보이는 행동이라 하겠다. 이제 대학은 정치권이나 정부에 대한 기대감을 접고, 스스로의 행동과 국민들에 대한 합리적 설득으로 나설 수밖에 없게 되었다. 그런 관점에서, 대학마다 용기 있는 '안철수 아바타'가 필요할지도 모르겠다.

한국사회에서 국립대학의 지배구조는 대학 구성원들이 사회민주화운동에 지속적으로 기여해 오면서 대학 내 총장 및 학장 직선제를 획득하여 자치성을 확보한 것이다. 그렇지만 이명박정부에 들어와서 학장 직선제를 폐기하도록 일방적으로 강요하고, 총장 직선제가 현재 대학이 가진 모든 문제의 원인제공자로 지목하여 없애려고 하는 분위기가 매우 강하다. 현 정부의 민주화에 역행하는 태도와 국립대법인화 시도는 무관할 수 없다.

'반값등록금' 문제와 관련해서는, 필자는 오히려 정부 책임이 크고 복지시대의 흐름에 맞추어 발상의 전환이 필요하다고 여겨진다. 그간 대학 등록금 결정은 정부의 일정한 통제를 받아 왔으므로 현재 세계 2위로 높아진 등록금에 대한 책임을 대학에만 묻는 것은 온당하지 않다. 오히려 고등교육에 투자하는 국가 재정의 비율이 0.6%로 너무 낮아서 대학등록금이 높아지도록 한 간접 책임이 상당 부분 정부에 있는 것으로 보이기 때문이다. 장차 이 나라 미래를 책임질 대학생들을 위하여 적어도 국립대학에서는 등록금을 면제하는 방안이 적극 마련되어야 할 것이다.

그렇다고 '국립대학 선진화 방안'에서 지적된 문제점이 모두 부정적이지는 않다. 대학도 다양한 면에서 변화해야 하고 시대의 발전에 맞게 그 체계를 혁신해야 한다. 그러기 위해서는 지역거점 국립대학을 통합하여 하나의 대학교(Korea National University, 이하 KNU)로 만들어 지역분교 단위로 특성화하는 것도 한 해결책일 수 있을 것이다. 이를 위하여 국가 단위에서는 고등교육 예산을 대폭 늘려, '반값'이 아닌 아예 '등록금 없는 대학'으로 가도록 애써야 한다. 동시에 대학에서는 자율적으로 공통기준을 높이고 지혜를 모아 뼈를 깎는 선도적 시스템으로 거듭나야 할 것이다. '국립대 법인화'와 '반값 등록금' 문제를 풀어가다 보면 '등록금 없는 KNU'도 한 가지 해법일 수 있을 것이다. 우와, '등록금 없는 KNU'!

『경북대신문』 대학시론, 2011년 9월 26일

4. 대학 자치의 현실 — 지배구조

총장 직선제, 팔아도 되는가

오늘(2012년 6월 13일)과 내일, 양일간 경북대학교에서는 교육과학기술부에 의한 '총장 직선제 폐지' 강요에 대하여 '대한민국 국립대학의 자율성'을 지키기 위한 교수총투표가 있게 됩니다. 참으로 통탄스럽고 서글픈 현실입니다!

지난 봄 교과부는 대학역량강화사업에 대하여 '총장 직선제 개선' 내용의 양해각서(MOU)를 전국 국립대학에 강요하였습니다. 결국 예산지원 감액의 압박을 받은 41개 국립대 중 36개 대학이 울며 겨자 먹기 식 수용을 하기에 이르렀습니다. 이 나라 국립대학의 굴욕이 교과부에 의한 강박 분위기 속에서 일어난 것이지요. 너무나 부끄럽고 개탄스러운 일이었습니다.

수년 전부터 교과부는 '국립대법인화안'의 국회 본회의 통과 시도가 무력화되자, 만약 법인화가 되면 적용할 내용인 성과급 연봉제, 재정·회계법, 대학지배구조 개선 등을 잘게 쪼개어 국무회의 통과 방식으로 국립대에 대하여 일방적으로 밀어붙여 왔습니다. 이 과정에 교과부는 예산지원 연계라는 바람직하지 않은 방식을 적용해 온 것입니다. 급기야 올해 봄부터 성과급 연봉제 적용이 개시됨으로써 국립대 교원이 가졌다는 소위 '철밥통'은 쉽게 망가지고 말았습니다. 그것은 그간 국립대 교수가 '철밥통'을 지키려 한다는 여론몰이가 허구임을 드러낸 것이기도 합니다. 대학 지배구조 변화와 관련하여, 실제로 교과부의 1단계 선진화 방안에서 제시되었던 '학장선거 개선안'은 학장선거 직선제 폐지로 이어져 대학에서 민주주의 토대가 이미 무너져 내렸습니다. 2단계 선진화방안에서 교과부가 제시한 '총장선거 개선안'도 결국 총장선거 직선제 폐지 의도로 비쳐져 이제 대학이 양보할 선을 넘은 것으로 여겨집니다. 현재 총장선거 운동의 방식은 개선할 여지가 있어 보이지만, 민주주의적 투표 자체를 부정적으로 보는 관점은 국민이 직접선거로 대통령을 뽑는 나라에서 강요될 일은 아니기 때문입니다.

『정의란 무엇인가』로 우리에게 잘 알려진 미국 하버드대 마이클 샌델 교수가 최근에 출간한 책 중에 『돈으로 살 수 없는 것들』이 있습니다. 샌델은 세상에는 돈으로 살 수 없는 것들이 있어야 하는데, 요즘 그것이 그리 많이 남아 있지 않다고 지적하면서 여러 가지 예를 들었습니다. 시장지상주의 시대에 미국에서는 1박 82달러로 교도소 감방 업그레이드, 러시아워 8달러로 나홀로 운전자 카풀차로 이용하기, 6,250달러로 인도인 여성의 대리모 서비스, 50만 달러로 미국 이민하는 권리, 15만 달러로 멸종 위기종 검은코뿔소 사냥할 권리 등을 살 수 있다는 것입니다. 그렇지만 샌델이 제시한 다양한 리스트 속에도 우리나라에서처럼 국립대 지배구조를 사고판다는 항목은 발견되지 않고 있습니다. 그는 이 책 속에서 "특정 재화를 사고팔아도 무방하다고 결정할 때, 우리는 은연중이라도 그것을 상품으로, 즉 이윤을 추구하고 사용하기 위한 도구로써 다루는 것이 적절하다고 판단한 것"이라는 것입니다. 물론 교과부에 의한 학장이나 총장 직선제 폐지 시도와 예산 지원과 연계시키려는 협박적 분위기를 그렇게까지 해석한다면 다소 지나치다고 할 수도 있겠지만, 그럴 만한 개연성이나 혐의는 있다고 추정됩니다. 국립대가 직면한 이러한 총장 직선제 폐지에 대한 투표 결과가 당연히 가야 할 길을 선택해야 하지만, 만약 그르친 방향으로 간다면 이 나라 미래를 책임질 청년들을 교육시키는 대학의 장은 공공적 바탕을 뿌리 채 훼손하게 될 것입니다.

이번 일을 계기로 국립대 구성원들도 시대를 선도하는 변모를 자치적으로 수용해야 합니다. 지역과 대학, 학생의 발전을 위하는 방향으로 다각적인 변화 시도가 있어야 할 것입니다. 샌델이 지적한 것처럼, "우리가 소중하게 생각하는 사회적 재화를 평가하는 방법에 관해 공적인 방식으로 함께 토의해야" 할 것입니다. 이제 대학 밖의 사회구성원들과 대학지배구조를 포함한 보다 바람직한 국립대학 발전 방안에 대하여 논의를 시작할 때입니다.

경북대교수회 홈페이지 사랑방 게시판, 2012년 6월 13일

대학 민주화와 대학 공공성의 틀에서 바라본 총장 선출 문제

한국의 대학에서 총장 선출은 기존의 정부임명제에서 1987년 6월항쟁 이후 민주화의 기류를 타고 직선제로 바뀌었다. 그런데 총장 직선제 실행에 따른 갖가지 폐단이 지적되면서 최근에는 대학마다 그 보완작업에 관심이 쏠리고 있다. 그러한 폐단을 빌미로 정부가 법인화를 배경으로 하여 총장에 대한 임명제 혹은 대의기구 임명제를 기정사실화해 가려는 태도는 한국 국·공립대학의 민주주의 역사에 대한 심각한 도전으로 비치고 대학자치권에 대한 심대한 파괴를 목표로 하는 듯 보여서 현장 대학 단위에서 수용되기가 어렵다.

'국·공립대학의 바람직한 총장 선출 방안'에 대하여 이태기 전국공무원노조 대학본부 정책위원장이 제시한 열 가지 안은 전체적 흐름에 대해서는 공감이 가지만, 부분적으로 동의가 곤란하거나 보완적 혹은 대안적 제안이 있어서 몇 가지 제안하고자 한다.

먼저, 총장 선출 방식에 있어서 직선제 고수는 대학이 당연히 지켜야 할 사항이다. 그런데 교수, 직원, 학생 등으로 구성되는 대학평의회가 법제화된 후 대학의사결정구조의 민주화가 정착되면 간선제나 혼합방식의 검토도 가능하다는 인식은 제고될 필요가 있을 것으로 여겨진다. 그것은 대학평의회 법제화 여부와 상관 없이 대학 자치에 대한 하나의 중요한 표상적 가치이기 때문이다.

둘째로, 선거권자 구성에 있어서 참여 비율을 조정해야 한다는 것은 당해 집단의 협의를 거쳐 가능할 것이다. 그렇지만 선거권을 교수, 직원, 학생, 조교 등의 학내 구성원에게만 부여하려는 것은 다소 협소한 시각으로 비친다. 실제로 총장 선출에 있어서 학외 인사에게 후보자 개방이 점차 확대되어 가는 추세에 맞추어 선거권자에 있어서도 기존의 학내 구성원 외에도 학부모, 동문, 비정규직 교수를 포함한 비정규직 노동자, 시민단체 활동가를 포함한 지역인사 등에까지 확대해 가는 것이 바람직할 것이라 여겨진다. 또한, 기존의 선거권자 구성 비율에 있어서 민주주의적 대표성에 입각하여 학생에 대하여서는 현재보다 그 비율을 높여가는 고려가 필요할 것으로 여겨진다.

셋째로, 총장 선출에 있어서 학외 후보자를 허용하는 것은 개방성을 통한 대학 발전을 위하여 필요한 조처이다. 이와 관련하여 교원 또는 선거권자 추천제도를 폐지하려는 주장은 대학의 다양한 측면을 고려하여 신중한 접근을 요하는 대목이다. 물론 그것이 학외 후보자 등록을 제한한다는 우려가 있으므로 추천인 숫자를 높이는 것은 바람직하지 않을 수 있다. 그렇지만 현실적으로 학외 후보자가 실제 선거운동을 하려면 학내 구성원에 대한 연대나 협조가 있어야 가능하므로 오히려 추천인을 두는 것이 요구되는 사안일 수도 있다. 학내 후보자의 경우에 있어서도 기존의 무추천 방식은 후보 난립을 부추길 수 있고, '스스로 하고 싶은 출마자'보다는 추천을 통하여 '되었으면 하는 출마자'가 후보가 되는 것이 공공적 대학 발전을 위하여 더 바람직할 수 있기 때문이다.

넷째로, 총장 후보자 검정 과정 도입은 선거권자로 하여금 상대적으로 나은 후보 선택에 있어서 큰 도움을 줄 수 있으리라 여겨진다. 이미 대학

밖에서는 정부의 중직 선임 과정에서 국회에서 대상자에 대한 인사청문회 제도가 차츰 자리 잡아가고 있음은 엄연한 현실이다. 총장 선출에 있어서 학내에서는 총장임용추천위원회 혹은 유사활동위원회에서 그러한 역할을 감당할 수 있을 것이다. 실제로, 선거운동 기간에 총장 후보자에 대하여 일반적으로 교수 평가의 대상이 되는 교육능력, 논문과 저서 출간 현황, 학내·외 봉사 경력 외에도 보유재산의 취득 상황, 겸직 여부나 비위 사실 등에 대한 정보를 객관적으로 제공한다면 선거권자의 후보 선택에 합리적 근거가 될 수 있을 것이다.

다섯째로, 선거운동 기간에 후보자들에 의한 터무니없는 공약 제시를 막아야 하고, 당선자 공약 이행 여부에 대해서도 객관적 평가 작업이 필요할 것으로 여겨져 이와 관련된 내용을 제안하고자 한다. 당선을 위해서 수단과 방법을 가리지 않으려는 성향의 일부 후보자들에 의한 과도한 공약 제시를 막기 위해서는 '메니페스토 정책선거'의 도입이 당연히 요구된다. 나아가 당선자의 공약 이행에 대한 중간평가 결과는 일정 수준 이하일 경우 탄핵까지 가능하도록 규정을 마련해야 할 것이다.

바람직한 총장 선출 방안 마련은 대학 구성원에 의하여 해당 문제에 대하여 심도 깊은 문제 제기가 꾸준히 이뤄져야 하고 관련된 수정 작업도 지속적으로 있어야 가능할 것이다. 왜냐하면 대학민주화나 대학 발전은 한 번에 완성될 수 있는 것이 아니어서 시대에 따라 상황 전개에 따른 다양한 반응 수용과 개혁적 진화가 요구되기 때문이다. 동시에, '훌륭한 총장 선출'만으로 대학의 민주주의 진전이나 공적인 대학 발전이 이뤄질 수 없으므로, 대학의 구성원들도 훌륭한 책무 수행이 이뤄질 수 있도록 다양한 방책 마련이 수반되어야 그야말로 세계적 수준의 바람직한 대학 공동체 완성 작업이 비로소 가능해질 것이다. 아울러, 대학은 역사적으로 지역과 국가 발전의 이노베이터 역할까지 감당해야 하는 현실을 고려한다면, 총장 선출 방안 마련이 단지 소속 집단에 대한 이해적 관점에만 매몰되지 말아야 하고 대학의 민주주의적 가치 진전이나 공공적 대학 발전을 염두에 두어야 마땅할 것이다.

경북대민주단체협의회 '전국국·공립대학의 바람직한 총장 선출 방안 토론회', 2009년 10월 23일

변화 환경에 대응하는 바람직한 대학 지배구조 제안[1]

21세기에 접어들어 지구촌 인간 공동체에 몰아쳐 온 자유무역협정 (FTA)과 신자유주의 파도는 국제화와 경쟁의 물결을 사회 전반과 개인에게 몰아붙이고 있다. 이 점에서 한국의 교육뿐 아니라 대학도 예외이지는 않다. 구체적으로 대학 간 통합과 구조조정, 국립대 법인화, 각종 전문대학원제 도입, 교수 계약제, 비정규직 교수 양산 등이 그러한 물결의 부산물이라 할 수 있겠다. 최근에는 국제 금융의 대위기와 우리 사회의 경제 양극화 심화를 맞이하며 새로운 가치의 패러다임을 요구하는 환경이 조

---

1   2009년 경북대교수회 대학운영소위의 일원으로서 정리한 내용이다.

성되고 있지만, 여전히 기존의 신자유주의적 무한경쟁의 물결은 수그러들지 않고 있다.

역사적으로 살펴 볼 때, '이상'을 추구해 온 대학이 한편으로 급격히 변화하는 환경의 요인을 반영하는 '현실'도 무시하지 않아 온 것이 사실이다. 역사가 비교적 짧은 우리나라 대학의 경우도 크게 다르지 않았다. 빠르게 변화하는 사회 환경에 맞추어 지금까지 대학은 빠르게 변화해 왔고 앞으로는 대학 내뿐만 아니라 사회 변화를 지속적으로 선도해 나가야 할 처지에 놓여 있다. 대학의 변화는 꼬여진 문제 찾기에서 시작하여 합리적 풀기를 시도하며 시작될 수밖에 없다.

근자에 경북대도 대학 통합에 따른 부정적 여파와 교수에게 편중된 연구력 과다 중시의 분위기가 조성되면서 오히려 대학의 교육력 전체에 대한 기반이 점차 취약해져 가고 있다. 학생들은 사회의 경쟁 풍조에 떠밀려 대학을 점차 취업준비학원 정도로 여기게 된 것이 오늘 한국 대학의 현실이다. 구체적으로, 급변하는 사회에 능동적으로 대처하려는 대학본부의 체계적 활동은 위축되고 상주대와의 2008년 3월 통합 후 긍정적인 효과는 고사하고 학과 통합 관련 불협화음이 지속되고 있어서 대학 구성원으로서 느끼기에 여간 우려스럽지 않다.

잘 알려져 있다시피, 대학의 난맥상에 대한 책임은 구성원이 공유할 수밖에 없지만, 일반적으로 대학의 지배구조를 형성하며 앞서서 경영적 권한을 행사해 온 대학본부의 총장이나 법적기구로서 심의·의결권을 행사해 온 교수회의 의장에게 그 책임을 상징적으로 물을 수밖에 없다.[2] 그러한 관점에서, 사회 발전과 대학 통합에 따라 대학의 지배구조를 형성하는 위치의 자를 형성하는 과정이나 그 권한, 책임, 의무 등에 대한 범주를 보다 합리적으로 규정하는 것은 매우 중요하다.

일반적으로 대학의 지배구조(University governance system)란 "대학의 교육 목적, 조직, 인사, 재정, 시설, 교육 · 연구 및 학내 질서유지 등 대학의 통치와 관리에 대한 관계 당사자의 의사결정에 관한 권리 · 의무의 관계"[3]를 이르는 것으로 알려져 있다. 대학의 지배구조는 시대나 나라마다 다양하게 변화해 왔지만, 그 의사결정기구는 대체로 대의기구, 집행기구, 견제기구 등으로 나눌 수 있다. 실제로 우리나라의 국 · 공립대학에 있어서는 '총장, 교무위원회, 학 · 처장회의, 단과대학장, 평의원회, 교수회 또는 교수협의회' 등을 이르고 있다.

대학의 의사결정에 관한 권한구조를 두고 학내 집단 간 갈등이 있고, 이미 다수 대학에서 총장 선출의 선거권을 교수뿐 아니라 학생, 교직원 등에게도 부여하고 있는 것이 한국 대학의 현실이다. 어떤 상태이든 그것은 "대학의 자율성 보장, 민주성과 효율성의 조화, 전문성과 개방성이 조화를 이룰 수 있어야"[4] 바람직할 것이다. 이제 대학이 지역사회의 변화를 선도하고 시대적 요청에 부응하기 위해서는 보다 전문화되고 개방적인 태도로 대학의 사명을 감당해야 할 것이며, 이를 위해서는 대학의 지배구

---

2   역사적으로 대학의 주요 구성원은 교수와 학생이다. 대다수 한국 국 · 공립대학의 경우 20세기 후반 민주화운동을 겪으면서 대학본부(총장)에 대하여 총학생회(회장) 외에도 교수회(의장)라는 기구가 생겨 견제 기능을 수행하게 되었다. 재단법인을 배경으로 하는 사립대의 경우, 이사회가 총장의 권한을 감시 · 보완하는 기능을 가진다. 만약 국 · 공립대가 법인화되면 교수회의 일부 혹은 일체 기능이 법인의 이사회로 이관될 수 있다..
3   강인수, 『대학경영의 원리와 진단』, 학지사, 2007, 65쪽.
4   강인수, 같은 책, 67쪽.

조에 대한 검토와 진단이 필요하다 하겠다.

현재 경북대에서는 총장 선출에 있어서, 자천 후보제를 적용하여 선거 운동 기간에 대한 제한이 없고, 주로 개인적 선거운동에 의존하도록 하고 있다. 또한, 교수·학생·교직원 3자 배분 방식에 의한 직선제로서 현장 투표만 인정하고 있다. 관련 분야에 대한 국내 타 대학의 사례를 살펴보면서 문제점을 해소하기 위한 대안을 모색해 보았다.

1. 국내 타 대학의 예

1) 서울대학교

서울대학교의 경우, 총장 선출은 '총장후보선정운영위원회'(50인, 이하 운영위원회)가 '총장후보초빙위원회'(13인, 이하 초빙위원회)를 구성하여 일단 3~4인의 총장 후보대상자를 초빙하도록 한다. 이들 총장 후보대상자를 대상으로 하여 전임강사 이상의 교원과 평의원회가 정한 자가 투표를 실시함을 통하여 2인의 총장 후보를 뽑아 교과부 장관에게 추천하는 방식을 채택하고 있다.

'운영위원회'의 구성은 각 대학(원)에서 선출한 대의원 35인과 평의원회가 추천한 학내 평의원 7인 등 42인의 학내 인사와 평의원회와 교직원, 학생 등이 각각 추천하는 8인의 학회 평의원 혹은 학외인사 등 전체 50인으로 구성된다. 여기서 전체 위원 중 여성위원의 비율을 20% 이상으로 하고 있다. 총장은 임기 만료일 9개월 전에 평의원회에 '운영위원회' 구성을 요청하도록 하고 있다.

'초빙위원회'[5]의 구성은 7인의 학내 인사와 6인의 학외 인사 등 모두 13인으로 구성된다. 총장 임기만료일 8개월 전에 '초빙위원회'를 구성하도록 정하고 있다. 참고로, 서울대에서는 총장 후보대상자의 자격을 정해 두고 있다. 구체적으로 '서울대학교의 총장으로서 필요한 인품과 학덕을 갖추고 사회적 지도력과 행정 능력을 고루 갖춘 인사'로서, 학내 인사와 학외 인사를 불문하고 있다.

서울대에서는 오래전부터 부총장제를 도입해 오고 있는데, 이전의 수원캠퍼스(농대)와 연건동캠퍼스(의대)에 각각 1인씩의 부총장을 두어 왔다. 최근에는 전자가 관악 캠퍼스로 이동해 온 바람에 후자의 1인 부총장만 있다. 어느 경우든 해당 캠퍼스를 대표하면서도 대학 전체에 대해서도 일정한 역할을 수행하였다.

2) 부산대학교

부산대학교의 경우, '총장임용추천위원회'(30~50인, 이하 위원회)의 관장 하에 전임강사 이상의 교수와 직원단체의 의견이 반영된 직원 등이 선거권을 행사하여 총장 후보자 2인을 선정한 후 총장을 통하여 교과부 장관에게 추천하는 방식을 채택하고 있다. '위원회'의 구성은 모두 부산대학교의 교수 또는 부교수로 한정하고 있으며, 그 중 20% 이상을 여성에게

---

5 유사한 방식을 포항공대와 같은 일부 사립대에서도 '총장후보추천위원회'와 같은 이름으로 도입하고 있으며, 활동 내용을 비밀로 유지하면서 정밀하게 추진하여 정해진 숫자의 총장 후보 추천을 대학 이사회에 한다고 알려져 있다.

할당하고 있다. 선거 후보자는 '부산대학교의 교수 또는 부교수'와 '선거 권자 30인 이상의 추천을 받은 자'로 하여 학외 인사 후보가 가능한 길을 열어두고 있다.

3) 전남대학교

전남대학교의 경우, '총장임용추천위원회'(10~50인, 이하 총추위)의 관장 하에 선거일 1~2일 직전에 선출한 '총장선거후보선정위원회'(132명, 이하 선정위)가 등록된 총장 후보자 숫자를 한 차례 압축하도록 하고 있다. 이 것은 대학 구성원에 의한 직선제 선출 골간을 유지하면서 그 앞부분에 총 장 후보자를 일정 숫자 이하로 줄이도록 하는 간선제를 혼합하는 방식인 셈이다.

'선정위'는 132명으로서 교수 대표 120명과 직원대표 12명으로 구성되 는데, 컴퓨터를 통하여 무작위로 선출되도록 하였다. 실제로 2008년 5월 에 실시했던 전남대 총장선거에서는 8명의 후보자가 등록하였고 '선정 위'가 그 중 4명을 최종 후보로 압축하여 구성원에 의한 직접선거에 붙인 바 있다.

4) 카이스트

한국과학기술원의 경우, '총장후보선임위원회'(5인, 이하 위원회)가 총장 후보자 3인 이내를 선출하여 이사회에 추천하는 방식을 채택하고 있다. '위원회'의 구성은 이사회에서 선출한 이사 2인, 이사장이 지명하는 외부 인사 1인, 주무 장관이 지명하는 당연직 이사 1인과 과학기술원에서 선출한 교수 1인으로 되어 있다. 선거후보자는 학내외 인사가 모두 가능하도록 하고 있으며, 공개모집 방식으로 선출함을 원칙으로 하고 있다.

특이한 사항은, '위원회'는 재적위원 3분의 2 이상 출석으로 개회하고, 위원장의 요청에 의하여 비공개회의가 가능하며 이 경우 회의록 작성조차 생략이 가능하도록 해 두고 있다. 카이스트의 운영 방식은 국립대의 법인화가 이뤄질 경우 국내의 현실적 모델인 셈이다.

2. 경북대 총장 선출 방안의 문제점과 대안 제시

경북대학교의 경우, '총장임용추천위원회'(10~50인, 이하 위원회)가 주관하여 재직 전임교원과 직원과 학생의 일정한 비율에 의하여 선거권을 행사하여 총장 후보자 2인을 선출하여 총장에게 통보를 거쳐 교과부 장관에게 추천하는 방식을 채택하고 있다. '위원회'의 구성은 부교수 이상의 재직 교원으로 하고 20% 이상을 여성위원으로 하도록 정하고 있다. 선거 후보자의 자격은 대학 전임교원으로 10년 이상 재직한 경력이 있는 자로 한정하고 있다.

여기서 문제점으로 거론될 수 있는 것은, 주로 총장 선출 후보자와 관련된 사항이다.[6] 물론 선거운동, 투표방식과 관련된 것도 있다. 아래에 이

---

6   어느 경우든 관련 법안 수정이 전제되어야 하는데, 변화될 내용을 2010년 차기 총장 선출시에 적용하려면 최소한 선거 실행 1년 전인 2009년 6월 이전에 교내 구성원의 합의에 의한 해당 규정 수정 작업이 이루어져야 바람직하다는 것이 대학의 중론이다.

와 관련된 여섯 가지 제안을 하고자 한다.

1) 먼저 자천에 의한 후보 등록만 가능하도록 하여 다수 혹은 검증되지 못한 후보자가 난립하고 있다. 이는 서울대의 경우처럼 '총장후보초빙위원회'와 같은 기구를 두어 양질의 후보가 초빙되도록 하면 한 가지 바람직한 해결책이 될 수 있을 것이다.[7] 이 제도는 우선 일차적으로 후보 숫자의 압축을 통하여 후보자 난립을 막도록 하고 있다. 선거운동에 돌입하고 싶어하는 후보자가 일정한 기준을 통과하여 숫자가 압축됨으로써 현재와 같은 직접 접촉 선거운동에 의하여 선거권자들이 겪게 되는 괴로움이 상당히 줄어들 수 있다. 동시에 선거권자를 대상으로 장기간 경조사 참여 활동에 의한 사전선거운동 문제도 어느 정도 해소될 수 있을 것이다.

2) 선거 후보자의 자격을 현재는 10년 이상 재직한 전임교원으로 한정하고 있는데, 이는 재직 교수만, 일정한 기간 근무한 이에게만 기회를 부여하는 한계를 가지고 있다. 이제는 전임교원 이외 학외 인사도 가능하도록 하는 것이 대학 발전을 위한 추세로서 반영하는 것이 바람직할 것이다.

3) 선거 후보자에 있어서 전임교원의 경우, 대학이 정한 보직이나 공개

---

7   이 제도에 대하여 명칭은 다소 다르지만, 서울대·전남대·영남대 등 다수 대학에서 도입하여 실행하였다.

적 지위의 자리를 점하고 있는 자 혹은 있었던 자에 대하여 일정 기간 출마 제한을 할 필요가 있다. 요즘은 사회의 일반 선출직 자리에도 후보자가 되려고 하면 법으로 정하여 선거 전 적절한 기간에 사퇴하도록 하고 있다. 대학에서 대학본부의 처장이나 부처장, 학장, 교수회 임원과 같은 대학 내 지위 때문에 영향력을 가졌던 자가 선거 직전에 그 자리를 사퇴하고 후보로 출마할 수 있도록 한 현 체제는 해당 자리에 근무하면서 관련된 업무에 집중하지 않은 채 영향력을 이용하여 선거운동을 할 수 있도록 방조하고 있다. 이런 관행은 대학 사회의 부끄러운 부분이며 불합리하므로 가능하면 구체적인 규정을 정하여 부당한 선거 활동에 대하여 엄격한 제한을 할 필요가 있다고 여겨진다.

4) 현재 선거 관련 규정에는 선거 후보자의 등록이 선거일 전 14일 전부터 2일간으로 하고 있어서, 실제로 2주간 동안의 선거운동이 가능한 셈인데, 일부의 사례지만 알게 모르게 수년간 선거운동을 실행하는 불법이 저질러지기도 하였다. 이에 대해서는 선거 (예비)후보자 등록을 선거일 전 30일 전 정도로 하여 선거운동 기간을 현실화하고 정해진 기간 외의 선거운동에 대해서는 엄격하게 규제하고 후보들 간에 자정적 노력을 하도록 유도함으로써 문제 해소가 가능하리라 여겨진다.

5) 대학 총장선거에서도 일반 선거와 마찬가지로 선거운동시 기본적으로 후보자마다 공약을 내걸고 자신의 의지를 표현하도록 하고 있다. 그런데 최근에는 자신이 당선되어서 도저히 지키거나 실천할 수 있는 과도한

내용의 공약을 포함하여 보는 이의 눈살을 찌푸리게 한다. 예를 들자면, 후보자들이 당선되기에 급급하여 교직원에 대한 인센티브 제공 약속이나 발전기금 모금 액수 산정에 있어서 과도한 공약을 보여주기도 한다. 이에 대한 대비책으로는 2006년부터 지방의회선거에서 도입되었던 '매니페스토 운동'을 가미하여 후보자의 공약을 스스로 계량화하도록 유도하고 구체적인 추진 계획이나 일정까지 제시하도록 유도하고 평가하면 어느 정도는 해결될 수 있을 것이다.[8]

⑥ 현재 투표 방식은, 일정하지 않은 투표 개시 시간에 반드시 투표소 주변에 있어야 투표가 가능한 현장투표제를 도입하고 있다. 이것은 보다 많은 구성원의 의견을 수용해야 바람직한 민주주의 원리에 다소 배치되는 측면이 있다. 그래서 1차 투표에 한하여 부재자투표나 전자투표를 실시하는 것도 시도해볼 만한 것이라 여겨진다.

그 외에도, 변화하는 사회적 환경에 대응하여 여러 가지 문제점이 총장선거에서 노출될 수 있다고 여겨지는 바, 필요시 마련된 적절한 제정안과 수정안에 대하여 토론회와 공청회를 거친 다음 교수회 평의회의 심의 혹은 총회 의결을 거쳐 새로운 방안이나 수정안이 도입되어야 할 것이다. 이미 대다수의 대학이 그렇게 개선책을 적극 도입하고 있어서 본교도 더

8　전남대에서는 2008년 5월 총장 후보자 추천선거에서 '매니페스토 정책선거 실천협약식'을 가진 바 있으며, 영남대에서는 2008년 12월에 실행했던 총장선거에서 '매니페스토 제도'를 적극적으로 도입한 적이 있다.

이상 수동적인 태도로 일관할 수는 없는 형편이다. 이 부분에 대한 대학 구성원의 지혜 모으기가 필요한 시점이다.

솔직히 총장 선출과 관련된 선거문화의 적극적인 개선도 대학 발전에 매우 소중하므로 대학 구성원은 이 부분에 대해서도 큰 관심을 가질 필요가 있다. 대학 지배구조에서 총장이 가지는 권한이 가장 크기 때문에 더욱 그러하다. 또한 대학은 교육기관이어서 비합리적인 선거문화를 개선하지 않을 때 미래에 이 사회를 짊어지고 나갈 청년세대나 학문후속세대에게 바람직한 모범을 보여주지 않는 셈이어서 그 폐해가 클 수 있으므로 보다 적극적으로 선거문화의 풍토를 개선할 필요가 있다.

'경북대교수회 대학발전포럼', 2009년 3월 11일

제4장

Winter Campus

대학 정치와 역사

1. 대학 구성원의 정치 참여 — 학내

총장에게 바란다
— 대학을 질적으로 발전시키는 총장이길

최근 대학 평가에서 경북대가 점차 뒤로 밀린다는 현실 속에서 17대 새 총장의 출범은 반가운 일이 아닐 수 없다. 이번 당선자가 선거과정에서 "1차 투표에서 역대 최다 득표를 한 것"은 그만큼 대학 구성원이 신임 총장에게 거는 기대가 크다는 것을 의미한다. 실제로, 그동안 전임총장들이 한결같이 대학 발전을 위해 애썼음에도 불구하고 대학 평가에서 우리 대학이 상대적으로 쇠락해 온 이유를 치밀하게 분석하여 이번에는 제대로 된 발전의 전기가 마련되길 바라는 것이다. 그렇다면, 과연 어떻게 해야 할까?

먼저, 새 총장은 큰 시각으로 다가올 미래에 대비하고, 현실적으로 대학이 수준 높은 질적 향상을 이루도록 애쓰길 바란다. 구체적으로, 현재의 'IT대학' 브랜드가 30년 전 '전자공학 특성화'에서 출발해 왔듯이, 도전적인 특성화 방안을 마련하여 새로운 미래를 출발할 수 있어야 할 것이다. '캠퍼스 조성'이나 '대형건물 신축'과 같은 가시적 치적에만 치중할 것이 아니라, 오히려 '캠퍼스 특성화'나 '지혜교육 특화'와 같은 선도적 교육체계 마련에 집중하는 것이 바람직할 것이다. 동시에, 총장임기 동안 대학에서 교육·연구·봉사 등 분야에서 우리 대학 특유의 창의적 콘텐츠를 각각 개발하여 실제적인 대학 발전을 실현해 주었으면 한다.

둘째로, 새 총장은 대학 발전을 위해 대학 구성원과 함께 풀어가는 민주적 리더십을 발휘해 달라는 것이다. 비록 우리나라 대학에서 총장에게 권력이 대체로 집중되어 있지만, 모든 일을 총장의 고독한 결정으로 밀어부쳐선 곤란할 것이다. 국립대 법인화와 같은 대학의 중요 문제들은 교수회나 교직원회, 총학생회와 같은 대의기구와 반드시 협의하거나 심의를 받아야 할 것이다. 신임총장이 가질 수 있는 열정이나 적극성은 민주적 리더십을 바탕으로 할 때 보다 큰 힘을 발휘할 수 있을 것이라 여겨지기 때문이다.

셋째로, 신임총장은 합리성과 과감한 혁신의 조화를 통하여 진정한 대학의 발전을 도모해야 할 것이다. 대학 경영은 기본적으로 대학의 존재이유와 목표에 충실해야 하지만, 때에 따라서는 대학 내 구조와 운영뿐 아니라 국제 수준의 교육체계 마련을 위해서도 획기적 혁신을 해야 한다. 대학발전기금 모금과 같은 총장 후보자 시절 내걸었던 공약은 원칙적으로 완수해야 할 것이다. 그렇지만 일부 당선용 공약은 실질적 대학 발전을 위해서 수정·폐기할 수도 있는 지혜가 필요할 것이다. 보직자 임명은 선거 인맥이나 학맥을 떨치고 반드시 능력 위주로 해야 한다는 것이 그간 여러 총장의 인선방식을 지켜봐온 대학 구성원들의 중론이다.

끝으로, 경북대 총장은 단지 구성원을 위한 대학 경영자에서 지역민을 위하여 확장된 역할까지 해야 한다. 미래에 지역을 먹여살릴 수 있는 비전을 현실화하여 '청년 이탈 최고의 지역 도시' 이미지를 씻도록 해야 할 것이다. 그래야 지역 대학인 경북대도 살 수 있기 때문이다.

『경북대신문』 사설, 2010년 8월 30일

총학생회장에게 바란다
— 전문성과 대안을 가진 신임 총학생회이길

대학생은 대학생활을 통하여 학문 탐구 외에도 다양한 사회적 가치를 배우고 훈련받게 된다. 그 중 민주시민으로서 기본 소양을 닦고 민주주의에 대하여 직접 실천을 해보는 것도 매우 중요하다. 그것은 대학을 거친 지식인이 대체로 추후 민주사회의 리더가 되기 때문에 더욱 그러하다.

대학 내에서 민주주의 훈련과 관련된 것 중에 학생들이 직접 학과(부) 대표를 선출하는 일로부터 총학생회와 단과대 학생회를 구성하는 일을 빼놓을 수 없을 것이다. 지난 주간에는 경북대에서도 총학생회와 단대학생회 구성을 위한 선거가 있었다. 후보자 출마 단대 수가 '최근 5년 중 최고치'라고 알려졌지만, 실제로는 단독 입후보자에 대하여 찬반을 묻는 단선 방식이 대종을 이루는 현실은 안타깝다. 구성원의 적극적 참여와 관심을 기본 바탕으로 하는 민주주의에 위기가 온 것처럼 느껴지기 때문이다.

어쨌든 선거를 통하여 2010년을 맡을 총학생회가 구성된 것을 축하드린다. 그러면서 신임 총학생회에 대하여 몇 가지 바라고자 한다. 첫째로, 무엇보다 기본에 충실한 총학생회이길 바란다. 학내외 제반 문제에 대하여 민주주의적 가치와 공공성을 바탕으로 하여 총학생회는 원칙 있는 노선을 지켜가야 할 것이다. 구체적으로 얘기하자면, 국립대의 현안이라 할 수 있는 재정회계법이나 법인화 문제에 대하여 학생의 입장에서 깊이 천착하여 목소리를 내고 학내외 제위들과 학생들을 설득할 필요가 있을 것이다.

둘째로, 높은 전문성을 가진 총학생회이길 바란다. 학내에서 제반 문제에 대하여 학생들이 제시하는 수준 이상으로 해결하려면 리더 집단은 당연히 전문성을 갖추어야 한다. 리더는 반드시 다양한 문제에 대하여 일정 수준 이상의 지식을 쌓아야 하고, 필요시 전문가 의견을 청취하며 수용할 수 있어야 바람직한 업무 수행이 가능할 것이다.

셋째로, 학내외 현안들에 대하여 비판과 견제 기능을 하면서도 그 대안까지 제시할 수 있는 총학생회이길 바란다. 예를 들자면, '등록금 투쟁' 문제도 기존 방식처럼 인하나 상한제 등의 주장에만 국한하지 말고, 대학 재정의 결산 내역을 전문적으로 분석함으로써 그 자료를 등록금 협상과정에서 합리적 근거로 사용하여 대안을 제시하는 것이다.

넷째로, 선거 공약을 지키는 총학생회이길 바란다. 만약 구체성이 결여

된 공약을 제시했다면 임기 초기에 학생들에게 양해를 구한 후 실현가능한 것들로 바꾸는 작업이 필요할 것이다. 아울러 적절한 기구를 만들어 자신들의 공약 실천 정도를 객관적으로 평가받는 것도 바람직할 수 있을 것이다.

마지막으로 총학생회는 학생의 대표기구이므로 끝까지 학생들과 뜻을 함께 나누며 활동하는 총학생회이길 바란다. 구체적으로 단대학생회가 소속 대학 특성을 살린 행사를 하도록 총학생회가 적극 지원하는 시도를 통하여, '총학 따로, 단학 따로'의 풍토가 개선되었으면 한다. 대학 내 학생들 간에 만연해 가는 기능제일주의 풍토를 줄여 나가기 위해 통합적 시각을 선사해 주는 여러 가지 학술적 콜로키움이나 토론회를 총학생회가 지원하는 모습도 기대한다. 전문성과 대안을 가진 총학생회가 새해에는 교정에 신선한 바람을 몰고 오길 바란다!

『경북대신문』 사설, 2009년 11월 30일

나와 17대 교수회
─ 대학 교육 민주주의의 실현 현장에 서다

2년 임기의 17대 경북대교수회에서 필자는 후반 14개월을 봉사하는 행운을 가졌다. 초반부터 참여하였던 부의장 중 한 명이 사퇴함으로써 생긴 공석에 선거를 통하여 투입된 셈이다. 짧지 않은 기간 동안 개인적으로 능력과 시간이 부족하여 열정을 쏟아붓지는 못했지만 교수회를 통하여 고등교육의 공공성을 유지해야 한다는 본유적 미션을 부여받아 나름대로 바쁜 나날을 보냈다.

대학 사회에서 이공학계 교수로서 실험실을 지켜야 하는 현실적 어려움 속에서도 '경북대학교교수회'라는 대학 교육 민주주의의 역사적 현장에 서는 경험은 참으로 각별하였다. 대학 내에서는, 대학을 경영하는 총장과 대학본부 측의 일 방향을 읽고, 그러한 방향에 대비하여 교수회 의장단의 일원으로서 사무국과 함께 전체 교수 혹은 평의원들이 심의·의결하도록 그 과정을 엮어내는 일은 매우 소중한 경험이었다. 대학 밖으로는, 국립대학교수회의 틀에서 국립대학에 대한 법인화나 재정회계법 문제 등을 공부하고 풀어나가는 싸움에 대한 진행도 생생하였다. 비록 필자가 활동을 통한 기여도는 미미하였지만, 그러한 다양한 측면을 경험하고 배우는 기쁨은 적절한 표현을 찾기가 어려울 정도이다.

17대 경북대교수회 임원의 일원으로서 우리는 무엇을 했는가, 한번 되돌아보았다. 대학 외에서는, 국립대재정회계법과 국립대법인화 문제를 합리적으로 풀어가기 위해 국회의사당을 방문하여 항의 집회를 가졌던 기억이 난다. 그러한 문제에 대한 대국민 홍보를 위하여 뙤약볕 속에서 부산, 전남에서 서울로 가는 국토대장정에 참여하기도 하였다. 우리나라 국립대가 현재 이상적 수준에 있지 않아서 경우에 따라 적절히 변화를 수용해야 하지만, 현재 교육과학기술부가 제안하는 관련 법안에 대한 수준과 내용은 빈약하고 교육 공공성에 대한 진정성이 매우 부족한 것이 사실이기도 하다.

대학 안에서는, 총장 선출 규정을 개정하는 일과 글로벌 플라자 건축에 대한 문제 풀기, 경북대-상주대 간 통합에 따른 다양한 후속문제 풀기 등이 주요 과제로 다뤄졌다. 특히 총장 선출 규정 관련 개정작업은 대학 발전을 위한 다양한 의견을 수용하기 위하여 상당한 땀을 뿌렸다. 이 과정에서 변화를 반대하는 이들의 주장을 민주적으로 설득하는 데 적지 않은 공을 들였다. 여러 가지 입장이 부딪힐 때는 항상 교육의 공공성과 합리성을 바탕으로 한 대학 발전의 잣대가 기준이 되도록 하였다. 교수회는 단지 교수들의 입장만을 대변하는 '교수노동조합'과 같은 기관이 아니어서 대학 내 여러 입장을 가진 층들의 입장을 수렴하고, 경북대가 국립대학이기 때문에 일반 시민들의 견해까지 들어야 하는 일들이 쉽질 않았다.

드디어 2010년의 봄이 왔다. 교수회 부의장으로서의 14개월은 솔직히 꿈결같이 지나갔다. 그 한바탕의 꿈이 때론 식은땀을 흘리게 하고 고통을 안겨주기도 하였지만, "대학 교육 민주주의의 실현 현장에 서다!"라는 엄연한 감동이 필자에게 큰 위안을 안겨주었다. 경북대교수회여, '진리, 긍지, 봉사'라는 가치와 함께 부디 영원하라!

「경북대교수회보」 KNU 작별인사, 2010년 2월 28일

2. 대학 구성원의 정치 참여 — 학외

청년 · 대학생의 현실과 정치 참여?

21세기에 들어와서 한국의 대학생들은 얼핏 정치적으로 지혜로워 보이질 않아 보인다. 바로 얼마 전 대학 총학생회 연대에 의한 전국적인 '등록금 인상 반대 투쟁'이 있었지만, 그로부터 한 달이 채 지나지 않은 2008년 총선 직전에 「총선에 냉담한 본교생」이라는 『경북대신문』 기사는 매우 모순적으로 비쳤기 때문이다. 학생이 '등록금 인상 반대' 주장을 관철하기 위하여 직접 거리에 나서기보다는 대의세력을 내세워 정치적으로 푸는 것이 훨씬 수월하지만 대부분의 대학생들은 한국이 대의민주주의 국가임을 간과하는 듯 보였다.

이번 총선 기간 동안 '대학 등록금 문제'가 큰 이슈가 되진 않았지만 그것에 조금이라도 관심을 가졌던 진보정당에 대한 젊은 층의 지지율은 오히려 매우 낮았다. 실제로 한 방송국이 실시했던 투표 의향층 조사에서 20대는 보수 정당으로 분류되는 ㅎ당에 대하여 50대가 보여준 지지율에 육박하는 53.1%의 지지를 보여주었다. 그것은 30대나 40대의 지지율에 비하여 10% 이상이나 높은 지지율이다. 한국의 20대가 보여준 최근의 정당 지지 행태는 일반적으로 젊은이가 진보적이고 점차 나이가 들어가면 보수적이 된다는 틀을 깨고 있는 셈이다.

우리나라에서 20대 초반 인구 80% 이상이 대학생인 것을 고려한다면, 그들이 속한 사회에 대한 인식이나 민주주의에 관한 이해가 낮아서 그러한 태도를 보이는 것은 아마도 아닐 것이다. 일반적으로 대학생은 정치에서 선거권과 피선거권을 가진다. 정치와 관련된 권리가 청년층에게는 무제한 주어져 있음에도 왜 그토록 총선에 냉담할까? 그것은 각 정당이 이번 18대 총선에서 20대의 청년을 국회의원 후보자로 내세우거나 젊은 세대의 문제를 공약화하는 데 너무 소극적이어서 그러할 수 있었을 것이다. 진보정당들이 대학생을 포함한 젊은 층을 사로잡는 데 덜 적극적이어서 그럴 수도 있을 것이다. 혹은 대학생은 정치권이나 정치문제와 다소 거리를 유지하는 것이 모범적이라는 기성세대의 주문에 그들이 잘 순응하고 있어서일 수도 있을 것이다. 추정 이유야 어찌하였든, 젊은 층의 선거 참여율은 매우 낮았던 것으로 분석되었다.

중앙선거관리위원회나 제 정당에서는 젊은 연예인을 내세워 투표 참여 홍보만 할 것이 아니라 청년층이 정치에 직접 참여하거나 투표에 관심을 가지도록 기반적이고 능동적인 환경을 조성해야 하고, 청년 자신들도 보다 적극적인 참여 자세를 가져야 할 것이다. 비록 당선자를 내진 못했

지만, 이번 선거에서도 25세의 최연소 출마자가 있었고, 27세의 힙합가수를 포함한 몇몇의 20대가 후보자로 참여한 것에 대하여 우리는 희망을 걸어야 할 것이다. 어려운 여건 속에서도 그들이 보여준 당찬 도전에 대하여 경의를 표하고 싶다.

만약 대의민주주의가 지역 대표자나 여성이나 장애우를 포함하는 소수자나 여러 가지 전문적인 직능 대표자에 대한 것만이 아니라면 또 다른 정치적 소수자인 20대에 대한 배려도 있어야 할 것이다. 구체적으로 각 정당은 차기 선거에서 20대 후보자를 적절히 할애하여 출마자로 내세우거나 비례대표 후보로 선택하여 그러한 문제를 해결할 수 있을 것이다. 우리나라의 젊은 층이 안고 있는 청년 실업과 비정규직, 대학 등록금 인상 등에 대한 문제는 관련 세대가 가장 잘 알 수 있으므로, 20대의 대표성을 가진 이들이 정치세력 속의 대의자로 반드시 나서거나 포함되어야 바람직할 것이다.

이 땅의 대학생과 청년들이여, 현실 정치에 관심을 가져야 하고, 필요하면 젊은 세대를 대표하는 정치가가 되기도 하라! 이제 안주의 틀을 깨고 소속 세대의 현실 문제를 풀어나가는 데 당신들이 주도적으로 나서야 할 때이기 때문이다. 또한, 한국 정치는 젊은 나이층에 대한 대의를 넘어 당신 세대로부터 다양한 진보의 틀과 내용을 과감하게 수혈 받아야 하기 때문이다. 더 이상 3김이나 친박과 같이 특정인의 이미지에 기대는 정치가 아니라, 구체적으로 다문화, 에너지, 지구온난화와 환경, 민족 통일과 평화 외교, 소수자 인권 등과 같은 문제가 중요 이슈가 되는 정책 정치의 시대를 당신들이 만들어 가야 한국의 미래가 보장되기 때문이다.

교수의 정치활동은 학내 지위 정리가 선결돼야

최근에 발표된 '2008년 경제협력개발기구(OECD) 통계연보'에 근거하여, 우리나라는 교육비를 정부에 의한 공공지출보다는 학부모에 의한 민간지출의 부담 비중이 조사된 30개 회원국 중 가장 높았다고 알려졌다. 정부가 국민적 관심이 높은 교육 분야에 대하여 공공성의 책임이나 부담은 피하면서 오히려 정책 변화나 제약, 간섭은 지나칠 정도이다. 대학에 대하여도 마찬가지이다. 대학 재정 분야에서 대체로 90% 이상을 지원하는 유럽 국가들은 차치하고라도, 50% 정도를 지원하는 것으로 알려진 미국이나 일본의 절반 수준에도 미치지 못하고 있는 한국 대학에서 재정의 공공성 확보는 암담해 보인다.

그렇게 재정적 지원을 하지 않으면서 대학에 대하여 통폐합이니 법인화니 하여 정부가 겨누는 칼은 많은 것이 우리의 현실이다. 대의민주주의 국가라는 한국에서 대학 구성원의 의견을 대변해 줄 정치세력이 존재하지도 않지만, 그런 기류 형성이 시도되지 않고 있음은 안타까운 일이 아닐 수 없다. 교수나 학생이 대학 법인화나 등록금 인상과 관련된 자신들의 주장을 관철하기 위하여 직접 거리에 나서기보다는 대의세력을 내세워 정치적으로 푸는 것이 훨씬 수월하지만 현실은 그러하질 못하기 때문이다.

대학 구성원에 의한 정치 참여는 대학 현장에서 어떻게 받아들여지고 있는가? 대체로 부정적인 편이다. 관행적으로 대학 사회와 정치권은 가능하면 거리를 두는 것이 바람직한 것으로 여겨져 왔기 때문이다. 그렇지만 실제적으로 대학이 맞닥뜨리고 있는 제반 문제가 정치행위의 대상일 수밖에 없는 현실을 고려하면, 대학 구성원이 대학 밖 사회의 정치 현상에 관심을 가지는 것이 당연하고 필요시 정치가가 될 수도 있어야 할 것이다.

흔히 대학 구성원 중 학생은 대체적으로 정치에서 선거권과 피선거권을 가진다. 그렇지만, 교수의 경우는 선거권은 주어지지만 피선거권은 제한적이어서 부교수 이상의 직위에서만 정당 가입이 허용되어 있다. 다른 공무원들과는 달리 교수에게 그러한 권한이 허용된 것은 교육자로서 본연의 소중한 역할이 있지만 해당 분야의 전문가로서 정치적으로 봉사하는 것이 지역이나 국가의 정치 발전을 위해 도움이 될 수 있기 때문일 것이다. 그래서 교수에게는 세상의 리더로서의 식견을 가졌다고 인정하여 정치권에서 심심찮게 러브콜을 보내기도 한다. 지난 주간에 가졌던 총선에서도 다수의 교수가 국회의원 후보로 참여하였지만, 언론은 그들을 '폴리페서'로 매도하여 부정적 여론을 형성한 적이 있다.

과연 무엇이 문제인가? 구체적으로 들여다보면, 그것은 교수들이 정치가로서 후보 참여 결정을 하면서 본연의 교육자로서의 역할을 불분명하게 하거나 소홀히 하는 것에 대한 지적이다. 실제로 교수들이 부도덕하게 '육아 휴직'이나 '휴가'를 받거나, 아무런 정리 없이 슬그머니 현직을 수행하면서 출마하였기 때문이다. 수차례 국회의원 당선으로 인하여 이미 직업이 바뀌었음에도 불구하고 교묘하게 휴직 형태의 교수 겸업을 유지하는 이도 있다. 법적으로 보장되어 있는 교수의 정치 참여 자체보다는 휴직이나 퇴직과 같이 교육자로서의 분명한 지위 정리가 없었던 것이 문제라는 것이다.

그런 혼란 중에 최근 서울의 한 대학에서 일부 교수들이 교수의 무분별한 정치 참여를 규제할 수 있는 학내 규정을 만들어 달라고 총장에게 건의한 것은 긍정적인 일이 아닐 수 없다. 그것이 어찌 그 대학만의 문제이겠는가? 다른 모든 대학에서도 그러한 자정적 기류를 적극 수용하는 것이 바람직할 것이다. 한쪽의 선택으로 득을 보면 다른 한쪽은 양보하는 것이 지성인이 견지해야 할 최소한의 합리적 태도이기 때문이다.

「경북대신문」 사설, 2008년 4월 14일

3. 대학과 역사

역사 앞에 서야 하는 '학생의 날'

우리나라에서 지켜지는 기념일 중에 5월에 '스승의 날'이 있고, 11월에 '학생의 날'이 있다. 전자가 평소 존경하는 선생님을 제자가 찾아뵙는 날이라면, 후자는 학생이 과연 무엇을 어떻게 하는 날인가? 이와 관련하여 몇몇 학생들에게 물어보니 "잘 모른다"라고 하였다. 선생님의 날이 있으니 재미 삼아 학생의 날도 있다는 것인가? 전혀 그렇지 않다. '학생의 날'은 본래 분명한 목표와 의미가 담겨져 출발한 날이기 때문이다.

처음 '학생의 날'이 제정된 것은 1953년이었다. 그 공식적 의미는 일제 강점기의 광주학생운동과 6·10만세사건 등 학생 독립운동의 정신을 계승 발전시켜 학생들에게 애국심을 함양하고, 반독재 투쟁에 앞장섰던 학생들의 얼을 기리기 위함이었다. 실제로 '학생의 날'은 광주학생운동이 일어났던 날을 기념하여 매해 11월 3일에 행사를 열어 왔다. '광주학생운동'은 1929년 10월 30일 오후 광주발 통학열차가 나주에 도착했을 때 후쿠다 슈조 등의 일본인 학생이 광주여고보 박기옥 등을 희롱하는 것을 목격한 박준채 등 한국인 남학생이 말리면서 벌어진 싸움이 시발이 되어 11월 3일 전국적인 항일 학생운동으로 번지게 되었다. '학생의 날'은 이 학생운동을 기념하는 날이다. 그러다가 유신체제의 정권 유지를 위하여 안타깝게도 1973년 3월 24일에 '학생의 날'은 폐지되는 수모를 당하였다가, 훗날 '학생의 날' 부활운동이 전개되어 1984년에 다시 '학생의 날'로 지정되기에 이르렀다.

그런 의미에서 '학생의 날'은 그야말로 학생이 주도했던 '항일독립운동'과 '민주화운동'의 역사적 정신을 되새겨, 각 시대마다 기성세대가 가진 한계점을 청년 학생들이 극복하고 보완해가기 위한 출발점이 되는 날이라 할 수 있다. 물론 청년 학생이 제시할 수 있는 '시대정신'은 시대의 상황에 따라 변할 수 있다. 21세기에도 여전히 '항일'이나 '민주화'만 화두로 삼을 수는 없기 때문이다. 예를 들자면, 민족의 처지로는 통일 성업이나 전 지구적 형편으로는 인류 사회에 대한 평화 구축 등이 그러한 목표에 속할 수 있다. 아울러 생활 주변을 보다 합리적이며 행복하도록 만들어 가는 것도 필요하다. 구체적으로 '과 뽐내기 한마당'이나 '가요제' 등을 여는 것도 가능하다.

그렇지만 청년 학생들이 '학생의 날'이 지닌 역사적 의미를 전혀 도외시한 채, 그저 즐기는 행사로만 이날을 채워가거나 자신의 먹고사는 일에만 골몰한다면 우리 대학과 민족의 미래는 밝기가 어렵지 않겠는가! '학

생의 날'의 주인공인 '학생' 스스로가 '학생의 날'에 역사 앞에서 자신의
올바른 역할도 자각해야만 할 것이다. 모름지기 역사 속에서 새로운 물결
의 선도자는 늘 청년 학생이었기 때문이다.

『경북대신문』 사설, 2003년 11월 10일

'인혁당 재건위' 사건과 경북대 동문들

2006년은 '경북대학교 개교 60주년의 해'라고 하여 많은 행사가 준비
되고 있는 것으로 알려져 있다. 캠퍼스 내외에서 '달구벌 긍지 넘어, 글로
벌 으뜸까지'라는 기념 슬로건이 심심찮게 눈에 띈다. 그간 약 15만 명의
동문을 배출하고 새로운 갑자를 시작하는 경북대학교는 이제 지역을 혁
신하면서 세계적 대학으로 재탄생해야 할 시기에 와 있다. 물론 그 이전
에 경북대는 자체의 심도 있는 개혁이 필요하다.

대학 내에서 개혁해야 할 것으로는 작은 것에서 큰 것에 이르기까지
한두 가지가 아니다. 그 중 역사적 기록 작업과 관련된 변화는 이미 우리
대학에서 실천되고 있어서 무척 고무적이다. 2005년 5월 26일 오후 4시,
경북대학교 본관 5층 중앙회의실에서는 경북대학교 60년사편찬위원회(이
상규 위원장)가 주최한 '경북대 학생운동의 회고와 전망'이라는 주제의 학
술회의가 열렸다. 그것은 기존의 틀을 벗기 위하여 새로운 역사적 의미를
부여할 수 있는 학술회였다. 어떤 단과대학이나 학과가 창설되었고, 총

장이 어떻게 바뀌었고, 대학이 어떤 표창을 받았다는 것과 같은 기존 관제식 대학사가 새롭게 바뀌지는 모습으로 갈 것을 예고하였기 때문이다.

한국의 현대사 속에서 학생운동은 가끔 미숙하기도 했지만, 근본적으로 민주주의 역사의 발전에 긍정적인 기여를 했음을 대학 밖 사회가 인정해 왔다. 그럼에도 불구하고, 정작 대학 안은 기존 보수적 세력과 학생운동 세력이 화해하지 않는 모습을 보여 왔다. 민주화된 세상을 기꺼이 누리면서도, 그런 세상을 만들기 위해 애썼던 이들에 대하여 적대감을 표현하는 것은 역사에 대하여 진실하지 못한 태도가 아닐 수 없다. 실제적으로 '비운동권'이나 '비민교협'을 표방하며 총학생회장이나 교수회 의장, 총장선거에 각각 출마하는 이들이 여전히 있지 않은가?

적어도 경북대학교가 이번 '60년사 편찬' 작업을 통하여 그러한 학생운동사를 대학 역사의 한 부분으로 포용하는 변화를 가지게 된 것은 예사롭지 않은 일이다. 그것은 대학의 질적 도약을 위하여 반갑고도 희망적인 변화라 할 수 있다. 관련인들의 과감한 시도와 너른 시야와 당당함이 대학을 바꾸고 머지않아 지역 사회까지 바꿔 가리라고 본다.

이참에 필자는 한 가지 제안을 하고자 한다. 개교 60주년을 맞이하여 경북대학교 내에 가칭 '민주화운동기념공원'을 만들자는 것이다. 비록 규모가 작더라도 광장이나, 숲, 야외공연장 등의 한편에 그런 공간이 꾸며져서, 이 나라 민주화운동에 기여한 자랑스러운 본교 동문들의 활동이 기록되었으면 한다. 당연히 그 속에는 동문인 이재문과 여정남 열사가 포함되어야 할 것이다.

30여 년 전 이 땅에서는 우리 대학 출신의 한 대통령이 독재정권을 유지하기 위하여 매우 안타깝게도 한 명의 동문을 포함한 여덟 명의 운동가를 무고하게 사형시킨 일이 있었다. 그 동문들은 전자가 박정희였고, 후자는 여정남이었다. 여 동문은 1975년 4월 9일 '인민혁명당'이라는 존재하지도 않았던 조직을 재건하였다는 혐의로 누명을 쓴 채 사형되었다. '인혁당 재건위' 관련자였던 이재문 동문은 나중에 '남민전' 주모자로 사형되었다.

한동안 여 동문과 이 동문의 묘비 세우기도 이 땅에서는 허용되지 않았다가 우여곡절을 거쳐 우리 대학 대강당 건너편 정원 한편에 가까스로 작은 자리를 잡게 되었다. 박 동문의 청동제 부조물이 수십 년간 대학 건물 내에 버젓이 자리하고 있는 것과는 큰 대조를 이루는 풍경이라 할 수 있다.

벌써 4월의 교정에는 흐드러졌던 봄꽃이 지고 있다. 그 봄꽃처럼 역사의 바람 속으로 사라져간 자랑스러운 동문들을 상징하는 기록이, 남은 우리 마음속에 선명하게 박혔으면 한다. 꽃이 진 후 돋아나는 푸른 잎처럼, 그들 선배 동문들의 역사 앞에서 올곧았던 정신이 후배 동문들의 영성 속에서 푸르게 부활한다면 두루 행복할 수 있는 세상이 좀 더 일찍 오게 될 것이다. 최근 이웃 영남대에서도 '인혁당 재건위' 사건 관련 동문들을 기리는 민주공원을 만드는 일에 상당한 진척을 이뤄가고 있다고 하니, 우리도 대학 구성원들의 동의와 출연으로 이 사업을 진행하였으면 한다. 더 늦기 전, 이 찬연한 봄에 경북대학교에서도 60주년 기념으로 이 사업을 시작했으면 더욱 좋겠다!

『경북대신문』 대학시론, 2006년 4월 10일

대학 내 공존의 지평 넓히기

2007년 4월 13일 '4·9통일열사 행사 추진위' 관련자 4인(임구호·함종호·오택진·필자)과 2007년 경북대 총학생회장이 오후 2시부터 약 30분간에 걸쳐 경북대학교 총장실을 함께 방문하여 노동일 총장과 간담회를 가졌다. 관련 주제와 내용은 이미 사전에 팩스로 대학 당국에 송부되었던 바 그날은 답변을 직접 들으러 온 셈이었다.

제안된 내용은 두 가지였다. 하나는 최근 재심에서 무죄로 판명된 '인민혁명당 재건위 사건' 관련자 중 여정남 동문에 대하여 '명예 졸업장'을 추서해 달라는 것이었다. 둘은 여 동문을 포함한 이재문, 이재영 동문 등 사건 관련 사망자들의 뜻을 기릴 수 있는 '기념공원'을 대학 교정에 조성해 달라는 것이었다.

먼저 장동익 학생처장의 상황 설명에 이어 추진위 대표격인 임구호 이사장이 제안한 후, 노동일 총장이 최종적으로 답하는 방식으로 진행되었다. 필자가 비록 추진위 일원으로서 참석하였지만, 대학의 일원으로서 느끼기에도 대학 당국에서 문제를 풀어가는 자세가 매우 전향적이어서 반가웠다.

첫 번째 제안에 대해서는 조사 결과 여 동문이 '제명'(제적 처분보다 더 가혹한 것으로 해당자에 대하여 입학 사실조차 지워지는 조처)된 상태이지만, 대학 당국에서 복원시켜 '명예 졸업'이 되도록 하겠다고 하였다. 이를 위해서는 실제로 가족이 해당 사항을 신청해야 하고, 대학 내 진행 시간이 다소 걸릴 것이라는 전망도 곁들여졌다.

두 번째 제안에 대해서는 복현 교정의 땅이 여유가 없는 편이어서 공원까지는 아니더라도 대학 당국에서 관련 '기념비나 기념탑' 정도는 적절한 위치에 설치되도록 협조하겠다고 약속하였다. 아무래도 적지 않게 소요될 설치비용에 대해서는 대학 내에서 마련하기 쉽질 않으므로 정부나 지자체의 관련 예산 신청, 관심 있는 동문들의 모금 등이 필요할 것이라는 지적이 있었다.

마지막으로 동의한 것은, 조만간에 그러한 합의 사항을 구현할 '인혁 관련 실무위원회'를 설치하여 문제를 풀어가자는 것이었다. 지금까지 주로 '보수적 가치'를 중심에 내세워 왔던 경북대학교가 그렇게 다소 파격적으로 '진보적 가치'를 수용하는 태도를 가지게 된 것은 놀랍기도 하지만 현재 대학을 맡고 있는 집행부의 그 열려진 태도가 반갑기도 한 것이었다.

사범대 신관에 설치된 박정희 전 대통령의 부조나 대강당 앞 광장 건너 화원에 마련된 여 동문의 추모비는 솔직히, 대학 내 전 구성원들의 동의를 받아서 설치된 것은 아니었다. 이제 대학은 그러한 것들을 한 가지 한 가지 꺼내어 논의를 거쳐 정리할 필요가 있을 것이다.

이날 경북대학교 집행부의 공존적 결정은 한층 성숙된 것이며 아름답기까지 한 것이라고 필자는 느껴졌다. 이번 문제가 공개적으로 제안되어 대학 내 한 단계씩 동의를 받아 진행되는 일이 술술 풀려갔으면 한다. 역사의 큰 물줄기는 그렇게 아름다운 흐름을 형성하여 참가자들을 즐겁게 하였다.

경북대 동문 —— 박정희와 여정남

어느덧 개교 60년 이상의 연륜을 가지게 된 경북대학교는 무려 20만 명에 달하는 동문을 가슴에 품게 되었다. 지구촌 이곳저곳에서, 사회 각처에서 나름대로 활동해 온 대다수 동문들의 족적은 한마디로 눈부시다. 그 중 학내 활동과 무관하게 졸업 후 사회활동이 고려되어 동문 개인의 부조나 흉상이 교정에 설치된 이는 2012년 10월 현재 세 명이다. 바로 박정희(사범대 전신 대구사범학교), 조운해(의과대 의학과), 여정남(문리과대 정외과) 동문이다. 조금씩 다른 이유로 설치되었고 개인의 취향에 따라 호불호가 갈릴 수 있지만, 그들은 대체로 자랑스러운 동문이다. 그와는 별도로, 대학에서 총장(고병간)이나 교장(우당 김용하)을 지낸 이들의 흉상이나 부조물이 설치되어 있기도 하다.

2011년 가을 어느 날, 인도 프로대쳐 지역 개신교단 소속 목회자 수 명이 대구에 왔다. 그들은 우리나라에서 유일하게 국립대 내에 교회당이 설치된 경북대엘 방문하겠다고 하여 필자가 가이드를 맡은 적이 있다. 그들 일행은 당연히 경북대교회를 방문하러 왔지만, 그전에 교정도 한 차례 둘러보겠다고 하여 몇 곳을 선택하게 되었다. 먼저, 우리 겨레와 지역, 대학 관련 역사적 유물이나 사료들이 전시된 대학박물관과 야외박물관인 월파원을 둘러보았다. 거기에다가 동문 인물 부조물이 있는 두 곳, 구체적으로 사범대 신관 1층과 사회과학대학 앞 정원 부근을 추가하여 보게 되었다.

추가한 두 장소는 한국 역사에 아주 중요한 역할 혹은 사건과 관련된

동문의 부조물이 설치된 곳이다. 실제로, 사범대 신관 1층 휴게 공간 안쪽
벽에는 대통령을 지낸 박정희 동문의 부조가 있다. 또한 사회과학대 건물
앞 소위 '여정남공원'에는 인혁당 사건의 무고한 사형수 여정남 동문의
부조가 설치되어 있다. 인도의 방문자들은 두 인물의 프로필을 듣고 큰
흥미를 표시하였다. 국제적으로 한국은 경제발전과 민주화를 동시에 이
룬 국가로 알려져 있고, 경북대 출신이 양쪽에 관련되어 있어서였다. 실
제로 박 동문은 경제개발시대에 정치지도자로서 큰 역할을 감당하였고,
여 동문은 동시대 한국 민주주의운동사에 중요한 인혁당 사건 희생자가
되었기 때문이다.

　　교육기관으로서 대학이 서로 다른 입장에서 자랑스러운 동문들을 한
교정에서 동시에 여럿 소개할 수 있는 것은 적지 않은 행복이다. 그런 입

장에서, 경북대 대구 산격동 교정은 박정희 동문과 여정남 동문의 부조물을 가지고 있어서 적절한 교육장소일 수 있다. 그것은 자라나는 미래 세대에게 다양한 가치관을 소개할 수 있는 상징적 근거를 한 교정에 가지게 되어서 더욱 그러하다. 자연 생태계와 마찬가지로 다양성은 인간사회에서 요긴한 진화의 이유일 수 있기 때문이다.

페이스북 http://www.facebook.com/ghimsa, 2012년 10월 27일

제5장

Over Campus

대학 너머

1. 광장문화와 역사의식

누가 '포럼 세상'을 두려워하는가

대구를 성장 배경으로 가지지 않은 사람이 대구에 직업을 얻어 살면서 가지는 어려움을 토로할 때 반드시 빠지지 않는 항목이 있다. 모임에 들기가 어렵고, 친교를 통하여 사람을 친구로 사귀기도 어렵다는 것이다. 대부분의 모임이 동창이나 계원 위주로 되어 있어 외지 출신이 섞여지기에는 그 벽이 여간 두텁지 않다는 것이다. 선배, 후배이니, 동창, 동문이니 하며 기수나 나이를 따지고 있을 때 이성적이며 민주주의적인 인간관계가 형성되기는 쉽지 않기 때문이다. 지나친 인맥 문화는 합리성과 상식이라는 테두리에 자주 반칙을 가하게 마련이다. 인맥에 바탕을 두고 이루어지기 쉬운 '밀실문화'는 의안이나 사업에 대하여 쉽고 빠른 결정이 이루어지지만 공동체의 선과 궤를 같이 하기는 어렵다. 닫힌 공간에서 이뤄지는 유착이나 담합은 사적인 이해관계로 얽히기 쉽다. 그렇다면 무엇이 그 대안인가?

밀실문화의 대안은 당연 '광장문화'일 수밖에 없다. 그것은 '열린 문화'로서 '포럼 세상'을 지향한다. 여기서 '포럼(forum)'은 원래 로마시대 도시에 있던 광장을 의미하고, 거기서 행해진 연설, 토론 방식 중 '포럼-디스커션(forum-discussion)'이라는 지칭어의 줄임말이다. 구체적으로 그 방식은 사회자의 주도로 한 사람 또는 여러 사람이 간략하게 발표한 다음, 청중이 그 주제에 대하여 질문하면서 토론하도록 하는 것이다. 포럼은 청중과 더불어 토론한다는 점에서 '민주적'이고, 공개적으로 벌어진다는 점에서 '열린' 구조를 취하고 있다.

흔히 권위주의적 지도자는 포럼을 기피하고 밀실에서 고뇌 어린 결단을 즐기는 경향이 있다. 반면에 민주주의적 지도자는 권위주의적 태도를 벗어버리고 대중과 고통마저 함께 나눈다. 취임 초기부터 '탈권위주의 선언'으로 역사적 주목을 받았던 노무현 대통령이 최근 '이라크 파병 결정'이나 '부안 핵폐기장 사태'에 대하여 광장에서의 토론이 아닌 지도자로서 개인적 결정을 발하여 국민의 우려를 자아내게 하고 있다. '탈권위주의'는 '권위주의적 삶'의 형태를 취하는 이들에겐 일시적인 혼란으로 비치지만 광장을 지향하여 결국 민주주의의 정착으로 이어지게 되어 바람직한 문화이다. 그렇지만 '개인적 결정'은 밀실에서 포럼을 거부하고 탄생한 것이므로 대중의 합리적 동의나 고난에 대한 동참을 불러일으킬 수 없다.

권위주의적 사회는 사안이나 사업의 결정이 일방적이고 공개의 형태를 취하지 않는다. 지난 11월 21일 국회 본 회의에서 '대구경북과학기술연구원 설립에 관한 법률'의 통과로 주목을 받게 된 '대구경북과학기술연구원'의 경우도 언론에 쏟아진 보도의 내용이 설립준비모임 위원들의 의견만 담게 되어 과연 대구를 바꿀 미래적 청사진과 부합되는지 돌아보게 하였다. 동시에 공개된 '대구테크노폴리스'의 제안 내용도 그 제한적 범주를 크게 벗어나지 못하고 있었다. 무엇보다 한 도시의 장래를 거는 중대 사안의 준비 과정에 포럼을 지향하지 않고 광장을 기피한 것은 바람직한 모습이라 할 수 없다. 이 지역의 수구성과 폐쇄성을 극복하기 위하여 과학기술인을 포함하는 지식인 집단도 발상의 전환을 통하여 개혁적이며 합리적인 대안을 제시하여야 할 때가 왔다.

뒤늦은 감이 있지만 우리 대학 교수회에서 지난 11월 20일에 '대구테크노폴리스의 경북대 대응전략'이라는 주제를 내걸고 열세 번째 '대학발전포럼'을 연 것은 바람직한 시도였다. IT, BT, NT 등의 세 분야에서 전문가를 내세워 향후 '지역 발전과 대학 발전의 중핵적인 기획과제가 될 대구테크노폴리스 정책'에 대하여 토론회를 가짐으로써 IT의 특정 분야에만 집중할 것이 아니라 몇 개의 첨단과학 분야가 함께 육성되어야 할 것이라는 자연스런 결과가 도출되었다.

비록 이날의 행사에 대하여 구성원의 참여율은 낮았지만, 대학 광장에서 과학기술 영역의 문제에 대해서도 포럼의 문화가 자리 잡도록 시도한 것은 뜻깊은 일이었다. 이러한 바람직한 포럼의 기운이 우리 대학과 이 도시의 부정적 분위기를 바꿔 가길 빈다. 우리 시대는 의식 있는 지식인들과 과학기술자들이 함께 광장으로 나와 '포럼의 문화'를 적극적

으로 모색하도록 요구하고 있다. 이제 다가올 '포럼 세상'을 누가 두려워
하는가?

『경북대신문』 대학시론, 2003년 12월 1일

'메이 퀸'과 '메이 전'

　드디어 오월이 왔다. 해마다 그리운 오월이 아니던가! '오월' 하면 개
인적으로 생각나는 두 얼굴이 있다. '메이 퀸'과 '메이 전'! 전자는 아름
다운 절기 5월에 열리던 모 여자대학의 미인선발대회에서 뽑혔던 한 낭
만적 여대생의 얼굴이다. '오월의 여왕'! 아카시아 향이 번지던 캠퍼스에
서 벌어졌던 그 축소판 미인대회 이벤트가 이 나라 근대화시대에 성장과
반독재 세력의 긴장 관계를 희석하던 탈역사적 퍼포먼스로 비춰진 적이
있다.

　후자는 1980년 5월, 그 수개월 전부터 언론에 교묘하게 부각되다가 체
육관에서 대통령이 되었던 한 비극적 정치인의 얼굴이다. 그와 얼굴이 비
슷하다고 방송 출연이 규제되었던 코미디언 고 이주일 씨가 "닮아서 죄
송하다"는 유행어를 만들기도 했던 그 장본인이다. 결국 그는 권좌에서
물러나 역사적인 단죄를 받았고, 최근에는 돈이 없다면서 법원에서 통고
받은 벌금은 안 내면서 호화골프를 치고 다니신다!

　그 안타깝고 익살스러운 '메이 전' 하면, 광주라는 도시가 떠오른다.

한때 부르기도 부담되었던 무거운 이미지의 광주는 이제 어엿한 '한국 민주화 운동의 성역'이 되었다. 광주 하면 문득 떠오르는 사람이 있다. 박효선! 그는 극단 토박이의 대표를 지낸 연극연출가였다. 1980년 오월의 광주에서 산화한 윤상원의 곁에서 살아남은 그는 주로 광주민중항쟁에 관한 연극과 영상물을 변주하다가 수년 전 결국 배역을 마치고 이승의 무대를 떠났다. 박효선이 연출한 작품 중에 잘 알려진 〈금희의 오월〉은 광주민중항쟁 당시 도청에서 죽은 한 실제 인물을 설정하여 그 여동생인 금희가 회상하도록 하는 '상황재현극'이었다. '광주'가 금기였던 시대에 '상황재현'은 선을 넘는 행위로서 연출자는 정치권력으로부터 상당한 압박을 받았다. 그 외에도 그는 꾸준하게 〈모란꽃〉과 같은 광주민중항쟁 관련 연희물을 만들었다.

사실 박효선과 같은 많은 광주인들의 다양한 방면에서의 노력으로 오늘날 광주는 그야말로 '민주화운동 역사의 도시'가 되었다고 할 수 있다. 그렇게 '5·18 사태'가 광주의 비극적 정한에만 머무르지 않고 이 나라 민주화 운동의 도화선이 되어 늘 출발점으로 회자되는 것은 그 '사태'에 대한 광주인들의 진지한 성찰과 각고의 실천이 있었기 때문이다.

5·18과 2·18! 5·18은 1980년 5월 광주에서, 2·18은 2003년 2월 대구에서 일어난 사태이다. 사실 5·18과 2·18은 어떤 시각에서 본다면 크게 다르지 않다. 전자는 독재 권력의 폭압이, 후자는 안전 불감 권력의 폭압이 시민을 유린하고 책임을 지지 않은 공통점이 있다. 광주인들은 '메이 전'을 포함하는 책임을 회피하는 독재 권력에 대항하여 싸웠고 결국 역사적으로 항복을 받아내었다. 그렇지만 2·18을 겪은 대구인의 경우는 어떠한

가? 빨리 털어버리고 유니버시아드대회나 잘 치르자는 분위기는 아닌지!

　최근 대구지하철 사태가 사망자의 인정 문제는 관련자들의 노력과 양보로 어느 정도 마무리를 해가는 것으로 알려져 있다. 그렇지만 아직 해결해야 할 몇 가지 문제를 안고 있는 것도 사실이다. 먼저 전동차의 안전 문제는 여전히 해결되지 못하고 있다. 불연재로 교체되지 못한 채 화재의 가능성을 안은 폭탄처럼 전동차는 오늘도 운행되고 있다. 또 다른 큰 문제는 대구지하철이 가진 빚 문제이다. 약 1조 7천억이나 된다는 그 빚을 과연 누가 갚는다는 말인가? 약 3조 원의 연간 예산 규모를 가지는 대구시가 그 엄청난 빚을 자체적으로 해결하기엔 무리로 보인다. 그러면 국가가 그 빚을 해결해 주어야 하는가? 본인은 그렇지 않다고 여긴다. 일제시대 '국채보상운동'의 진원지 정신을 오늘에 되살려 대구지하철부채상환운동을 시민의 힘으로 자발적으로 전개하는 것도 한 접근 방법일 수 있을 것이다. 더 이상 누굴 탓하거나 누구에게 미루지 말고, 너와 내가 함께 이 빚을 갚아야 하지 않겠는가?

　2·18에 대한 보다 진지한 극복으로 대구가 전세계적으로 '안전의 표상이 되는 도시'가 되도록 하여야 지하철 참사의 희생자들에 대한 산 자의 예의가 아니겠는가? 얼마 후 5월 말이면 전개될 우리 '대학 축제'에서도 기존의 술 마시고 노는 동네잔치를 좀 탈피하여 이 시대와 대구를 살리는 2·18 극복의 진정한 공동체 축제가 되도록 하여야 할 것이다. 21세기에 와서도 '메이 퀸'류의 페스티벌을 아직도 벌이고 있어서야 어찌 이 대학과 도시에 희망이 있겠는가?

「경북대신문」 대학시론, 2003년 5월 12일

역사 앞에 아름다운 4월

이제 며칠 후면 봄꽃이 아름다울 4월이 온다. 4월 하면 당신은 무엇이 떠오르는가? '목련꽃'이 다가오거나 '베르테르의 편지'가 생각나는 이가 있을 것이고, 다양한 역사적 날들이 상기되는 사람도 있을 것이다. 후자와 관련해서 우리나라에서는 '4·19혁명 기념일'을 빼놓을 수 없을 것이다. 왜냐하면 '4·19'는 한국 민주화운동의 맹아가 이루어진 날이기 때문이다. 그것은 헌정 후 최초로 학생이 중심 세력이 되어 이 나라의 자유민주주의를 수호하고 불의의 독재 권력에 항거한 날로 기록되어 있다.

바로 그 '4·19'와 관련하여 우리 지역에서는 '2월 28일'을 중요하게 여긴다. 1960년 2월 28일 대구에서 학생들이 독재정권에 집단적으로 항거하여 민주화운동을 벌였으며, 이어졌던 '4월혁명'과 맥을 같이 한다는 것이다. 현재 대구에는 '(사)2·28대구민주운동기념사업회'가 꾸려져 있다. 그것은 부산의 '민주공원'이나 광주의 '5·18재단'의 활동에 비견되는 역할이 지역에서 요구되지만, 안타깝게도 실상은 아직 상당한 거리가 있어 보인다. 최소한도 '2·28'의 진정한 '반독재'와 '민주주의' 정신이 이 도시에 제대로 살아 움직이고 있다고 말하기는 어려운 점이 없지 않다는 것이다.

또한, 4월의 역사적인 날로 '4월 9일'이 있다. 최근에 새로이 부각되는 이날은 '1975년 4월 9일'에서 비롯되었다. 바로 '인민혁명당 재건위원회'(이하 인혁당 재건위) 사건 관련자 여덟 명이 형장의 이슬로 사라진 날이다. '인혁'의 희생자 여덟 명은 모두 이 지역 출신이었던 김용원, 도예종, 서도원, 송상진, 여정남, 우홍선, 이수병, 하재완 등이다. 구체적으로 1974년

4월 중앙정보부는 "인혁당 재건위 조직이 민청학련의 배후에서 학생시위를 조종하고 정부 전복을 기도"하였다고 발표하였고, 이듬해 4월 8일 대법원은 관련자의 사형을 확정 판결했다.

당시 유신독재의 칼을 휘두르던 박정희 정권은 재판 종료 24시간도 지나지 않아 해당자들에 대하여 사형을 집행하는 만행을 저질렀다. 그래서 국제법학자협회는 1975년 4월 9일을 '사법사상 암흑의 날'로 규정하였다. 국내의 사법연수원 교육과정에서도 '인혁당 재건위' 사건의 재판을 잘못된 판결 사례로 연수생들에게 가르치고 있을 정도이다.

또한, 2005년 국가정보원 과거사건 진실규명을 통한 발전위원회도 "'인혁당 재건위' 사건은 정당성이 결여된 독재정권의 유지를 위한 공포 분위기 조성용"이었다고 고백한 바 있다. 그것은 '인혁당 재건위' 사건이 독재정권에 의하여 조작되었다는 의미를 드러내는 것이다. 결국 며칠 전 3월 20일에는 30년 만에 '인혁당 재건위' 사건에 대한 재심 첫 공판이 열렸다. 머지않아 '인혁당 재건위' 사건 피고인들은 존재하지도 않은 조직을 재건한 혐의로 누명을 쓴 채 억울하게 사형되었다는 진실 규명이 이루어질 예정이다. 비록 해당자들은 이미 이 세상에 있지 않지만, '인혁당 재건위' 사건에 대한 역사적 진실이 밝혀지게 될 것은 무척 다행스런 일이라 할 수 있다.

비록 일각에서였지만 우리 지역에서는 한때 경북대와 영남대에서 이들 열사들을 위한 추모비 건립 관련 싸움이 학생과 경찰 사이에 있었고, 지난 수년간 '4월 9일'이 올바르게 자리매김 되도록 가족과 관련 추진위원들이 꾸준히 애써 왔다. 예년처럼, 오는 4월에도 칠곡의 공원 묘역과 시내 2·28공원에서 '4·9 추모문화제'가 열리게 되는 것으로 알려져 있다. 부디 열사들의 정신이 봄꽃처럼 피어오를 행사장으로 당신도 오셔서 그들 '푸른 혼'이 스민 꽃을 한 송이씩 안고 가길 바란다. 남은 우리는 그들의 자유·민주·통일 정신을 부활시켜 이 지역이 역사 앞에 아름답도록 함께 애써야 할 것이다. 당시 "너희들의 꿈꿀 자유마저 없애겠다"고 했던 박정권의 단언을 이제 이슬처럼 날려버릴 차례가 된 셈이다.

『영남일보』 문화칼럼, 2006년 3월 28일

'인혁'의 푸른 정신을 되살리자

벚꽃이 지는 속으로 어김없이 올해도 4월 9일은 다가왔습니다. 이전과 달라진 것이 있다면, 지난 2007년 1월 23일 법원이 '인혁당 재건위'(이하 인혁) 사건 재심 선고공판에서 유신정권하에서 긴급조치 위반으로 사형이 집행되었던 여덟 명(김용원, 도예종, 서도원, 송상진, 여정남, 우홍선, 이수병, 하재완)에게 무죄가 선고되었다는 것입니다. 무고한 '인혁' 열사들에 대하여 독재자 박정희가 정권안보 차원에서 희생양으로 사법살인을 저지른 지무려 32년 만의 일입니다. 그것은 법원이 '인혁'과 관련된 당시의 수사 및 재판의 위법성과 재판의 오류를 인정하였기 때문입니다.

'인혁'에 대한 이번의 '무죄 선고'가 '사법부 과거사 정리'에 한 획을 긋게 되어 다행스럽기도 하지만, 다른 한편으로 당시 형 확정 18시간 만에 사형이 집행되었던 고인들을 떠올리면 너무나 원통하고 비통한 일이 아니겠습니까! "박정희가 죽기 전까지 5년 동안 박정희에 대한 모든 신문기사는 모두 씹어서 뱉었다"고 술회한 우홍선 열사의 부인 강순희 씨를 포함한 유족과 사건 피해자들이 당시 받았던 상처와 고통을 누가 이제 보상해줄 수 있단 말입니까?

좀 더 구체적으로 말하자면, 당시 피고인 여덟 명에게 적용되었던 대통령긴급조치 위반, 국가보안법 위반, 내란 예비 음모, 반공법 위반 혐의에 대하여 무죄가 선고됨으로써 유신정권이 '인혁'을 조작했음이 백일하에 드러난 셈입니다. 무죄 판결을 통하여 이뤄진 '인혁'의 피고인들에 대한 명예 회복은 뒤늦은 감이 없지 않지만, 다시 한 번 유신정권의 폭력성과 독재정치권력에 예속되어 앞장섰던 사법부의 위법성이 증명되었다고 할 수 있습니다.

이제 그렇다면 '인혁'을 대하면서 21세기 한반도에서 살아가는 우리는 어떤 자세를 가지고 살아야 할 것인가? 무엇보다 유신정권에 젖줄을 댄 세력이 다시는 이 땅에 발호하지 못하도록 '민주'와 '정의', '평화'의 아름다운 세상을 일궈가야 할 것입니다. 자신의 기득권적 이해관계에 사로잡혀 겨레 통일을 방해하는 무리가 득세하지 못하도록 하여야 할 것입니다.

그뿐 아니라, 한반도에서 사는 모든 구성원에게 '인권'이나 '기본권'이 확실하게 보장되도록 사회구조를 제대로 갖춰가야 할 것입니다. 실제로 장애우, 여성, 외국인 노동자, 새터민 등과 같은 사회적 약자나 비정규직 노동자에 대하여 '행복하게 살 기본적 권리'가 보장되도록 사회 체제를 바꾸어 가야 할 것 입니다.

또한, '인혁'의 정신은 한반도에만 머물지 않아서, 지구상에서 여전히 '인권이나 기본권 권리' 구현이 어려운 저편 사람들에 대해서도 강한 연대와 협력을 이루어 이 땅에서 1970년대 중반에 저질러졌던 그러한 비극이 세상의 어떤 인간 집단에서도 답습되지 않도록 하여야 할 것입니다. 평소 남의 나라 사람이 겪는 인권을 포함한 기본권 유린의 문제에 관심을 가져야 할 것입니다.

그렇게 하려면 '4월 9일' 문제를 유족이나 관련자의 위로나 보상 문제로 국한하려는 틀을 극복해야 할 것입니다. 관련 행사나 사업도 대중과 유리된 채 폐쇄적인 개인이나 소수 집단에 의하여 주도되는 모습을 벗어나야 할 것입니다. 그 내용에 있어서도 '추모' 수준을 극복하고 '인혁'의 푸른 정신을 뽑아내어 대내외에 발전시켜가도록 애써야 할 것 입니다.

이제 우리는 '인혁'의 정신을 이 시대에 제대로 이어갈 시대정신을 찾아 구현함으로써 그들의 헌신이 값지도록 해야 할 것입니다. 앞으로 그러한 우리의 노력이 하나 둘 결실을 거두어 갈 때 역사의 하늘에서 '인혁'의 별은 영원히 빛나게 될 것 입니다.

끝으로, 희생자 가족과 사건 연루자들이 받았던 슬픔과 고통에 대하여 심심한 위로의 말씀을 올립니다. 열사를 포함한 관계자들의 희생과 헌신이 헛되지 않도록 '인혁'의 푸른 정신을 계승해 나갈 것을 다짐합니다. 떨어진 벚꽃 잎이 땅 위에 박혀지듯, 우리는 당신들의 푸른 혼을 가슴 속 깊이 새겨 두겠습니다.

'인혁공식행사' 추도사, 2007년 4월 9일

2. 체인지 대구?

대구는 어떻게 바뀌가야 하나

"대구를 어떻게 생각하십니까?"

"글쎄요, 애정 가진 도시이지만, 솔직히 힘들어서 한땐 피해서 살고 싶었지요."

"왜요, 대구에서 살기가 불편하세요?"

"불편하다고 말해야 정직한 표현이겠지요."

21세기 첫봄의 귀향! 대구에서 성장하여 청년의 시절을 보낸 후 외국으로 갔다가 10여 년 만에 돌아올 적 일이다. 귀국하여 대전에 머물면서 가능하면 대구 이외의 도시로 가서 정착하고 싶었다. 그런데 세상일이라는 것이 간혹 사람 뜻대로 되질 않는 법이어서 우여곡절을 거쳐 대구로 다시 귀향하게 된 것이다.

필자는 1980년대 지역에서 연극(1983년 극단 놀이패 '탈' 창단, 현 극단 '함께 사는세상' 전신)을 매개로 한 문화운동을 한 적이 있었다. 당시 소박한 수준이지만 지역 풍토에 대한 문화적 개혁이 무척 어려움을 체험하였다. 그래서 기성세대가 되어 그런 모습의 대구를 대면하고 싶지 않았던 것이다.

돌아와 보니 세상의 변천을 따라 대구도 나름대로 변화해 왔지만, 다른 지역은 더 빠르게 변화하여 당시 대구는 상당히 뒤처진 꼴이 되어 있었다. 지역의 경제지표도 전국에서 최하위, 청년들이 일자리가 없어서 다른 지역으로 이탈하는 최고의 도시가 대구였다. 필자가 대구 출신인지라 꼬리 부분에서 가장 앞서 있는 대구의 위치를 바라보는 것은 고통스럽고 안타까운 일이었다.

40대 중반 대구에서 다시 생활하게 되면서, 환경을 바꿀 수 없으면 나를 바꾸는 것이 순리라고 여기게 되었다. 그래서 나름대로 사회변혁에 대한 세 가지 결심을 한 적이 있다. 하나는 긴 세월을 배경으로 '긴 호흡으로' 걸어봐야 하겠다는 것이다. 구체적으로, 금방 우리 세대에서 바람을 이룩하지 못하더라도 다음 세대가 받을 기쁨의 세상을 떠올리며 끈질기게 활동하는 것이다. 매우 느리게 가는 도시에서 조급성 있는 내딛기는 진척에 도움이 될 수 없음을 잘 알고 있었기 때문이다. "너무 빠르지 않게!"

둘째로, 다음 세대의 행복을 위한 놀이판에 그들이 뛰어놀 '멍석의 존재가 되어야' 하겠다고 생각했다. 그것은 어디에서든지 주인공이 되려 하지 말고 바탕이 되고 응원자가 되고 후원자가 되어야 하는 일이다. 그래서 '대구민예총'을 맡고 '대구시민단체연대회의'를 맡았을 때 예술가들의 멍석이 되고 활동가들의 서포터즈가 되려고 나름대로 노력했다. "멍석 혹은 거름!"

셋째로, 세상을 먼저 바꾸려 하지 말고 우선 '나부터 바꿔야' 한다고 여겼다. 마음에 들지 않는다고 상대를 비난만 하거나 기피할 것이 아니라 먼저 만나 소통을 해야 한다. 그러려면 상대방의 입장을 들어보고 인정한 후, 양보할 수 있는 나의 조건들을 따져봐야 한다. 공공적 주제들은 때로 양보나 협상이 어려운 경우가 허다하지만, 가능하다면 내가 먼저 상대의 현실이나 요구를 받아들이려고 애써야 상대도 긍정적 영향을 받을 수 있기 때문이다. 그 양보나 협상이 타협이 되지 않도록 최후선을 설정하여 지키려고 노력하였다. "나부터 바꾸기!"

작년 2011년 가을부터 '체인지대구(Change Daegu)'의 일원으로 함께 하면서 비록 미약한 활동을 하고 있지만, 이전부터 가졌던 그 세 가지 입장은 변함이 없다. 지금도 긴 호흡으로, 멍석이 되어, 나부터 바꿔서 활동하는 방식을 지키려고 애쓰는 셈이다.

"대구는 어떻게 바꿔가야 하나?" 시민 각자나 단체가 자기 영역에서 혁신하면 될 일이지만, 필자는 무엇보다 총체적 지역 발전의 견인차가 될 '정치'의 역할이 매우 중요하다고 여긴다. 바로 지역 내 '정치세력의 다원화' 구축이다. 우리가 성취한 민주주의 사회에서 시민은 투표를 통하여 대의정치 세력을 뽑는 것이 주요 역할이다. 시민에 의한 직접민주주의 체제가 아니기 때문에 시민의 역할은 거기까지이다.

그렇게 정치세력이 다원화되면, 서로 경쟁과 협조를 통한 정치력 고양이 지역발전의 원동력으로 작용할 수 있다. 실제로 국내에서 서울·경기

지역 외에도 제주도나 충청지역을 보면 정치세력의 다원화가 지역 발전에 얼마나 중요한가를 실감하게 해 준다. 동남권신공항 건설이나 지역 혁신도시 문제 앞에서 대다수 지역 여권 정치인은 어떤 행보를 보였는가? 지역에서 오랜만에 확보한 첨단의료복합단지도 어떤 현실을 맞이하고 있는가? 애초에 달성산업단지 내 종합연구원의 형태로 출범하여 미래의 대전 대덕연구단지 형태를 꿈꾸어오던 DGIST가 어떻게 흘러가고 있는가?

여전히 전국 최하위 경제지표를 가진 대구에 대하여 미래를 이렇게 소홀하게 준비하고 있는 정치세력에게 계속 몰표를 찍고 있으면 어떻게 될 것인가? 우려스러운 바가 적지 않다. 그런 중에 2011년 9월 27일, 웨딩비엔나에서 '체인지대구'의 결성은 시의 적절하였다고 여겨진다. '체인지대구'는 '2012-2014 대구시민정치행동'으로 출범하였다. '체인지대구'는 누가 나서서 이끄는 것이 아니라 시민이 함께 하는 정치행동그룹으로 구축되었다.

'체인지대구'는 출범 후, 시민의 정치행동에 영향을 미칠 수 있는 문화적 활동을 꾸준히 펼쳐 왔다. 2011년 9월에는 '나·꼼·수' 공연을 유치하였고, 2012년 3월에는 '콘서트 바람'을 성황리에 가졌다. 다수 시민을 대상으로 하여 여러 차례의 특강과 북콘서트를 가졌다. 오는 11월 중에는 세 차례 '청년 페스타'가 벌어질 예정이다. 바로 '청춘 스캔들 바람나기 좋은 날'이다. 그것은 99% 청년들의 유권자 축제로서 탁현민, 문성근, 조국 등과 함께하는 '청춘솔직토크 페스타'인 셈이다.

'체인지대구'는 다양한 시민정치행동도 구체적으로 펼쳤다. 지난 5월 총선 정국에서 지역 야권후보단일화 작업을 주도하여 나름대로 성과를 올렸다. 그 이후에는 대선 정국에서 민주통합당 내 대통령예비후보를 대부분 초청하여 다수의 대구시민 앞에서 정책토크를 가지기도 하였다. 최근에는 '2012대선 대구정책·공약위원회'를 구성하여 미래지향적 지역정책개발안 마련을 시도하고 있다.

드높은 가을 하늘 아래, 오늘도 미래의 푸른 대구를 향하여 "긴 호흡으로, 멍석이 되어, 나부터 바꿔서" 살려고 일터에서 애쓰고 있다. "체인지 대구!"

대구환경운동연합, 『지빠귀와 장소하늘소』 2012년 11+12월호

대구희망기금?

2012년 총선정국, 대구시민사회는 '체인지대구'를 중심으로 범야권후보단일화 활동을 벌이며 희망과 연대의 씨앗을 찾고 있었다. 패배의식에 사로잡혀 출마 자체가 힘들었던 그간의 분위기를 깨치고 오랜만에 모든 선거구에서 야권후보가 출마하였다. '2012-2014 대구시민정치행동'을 기치로 내건 '체인지대구'가 정당 중심으로 사고하던 후보자들에게 지지율을 중심으로 후보단일화를 협상하도록 시민의 힘으로 압박하였다. 결국 12개 선거구에서 두 곳을 제외하고 정당 간 후보단일화가 이루어져서 미흡하지만 나름대로 성과를 거두기도 하였다. 구체적으로, 대구 지역에서 야권연대를 통한 후보단일화의 효과로 인하여 12개 지역에서 평균 22.3%

지지율 획득이라는 초유의 결과를 얻었다.

그러한 총선 국면에서 진보·개혁적 후보들은 법이 허용한 테두리 내에서 정치후원금을 모금하여 뛰었지만, 부족한 재정적 여건으로 어려움을 겪고 있었다. 그런 어려움을 타개하기 위하여 자연스레 '대구희망기금(Hope fund for Daegu, HOFDA)' 조성 제안이 나왔다. 최봉태 변호사를 위시한 몇 사람이 기금 조성의 바닥을 깔기로 하였다. 2012년 3월 20일 드디어 '대구희망기금' 통장이 만들어졌다.

조성된 기금은 정치적 활동 지원금 외에도 시민사회가 후원해야 할 지역발전을 위한 여러 가지 활동이나 사업을 위하여 쓰도록 결정하였다. 기금 운용에 대한 원칙은 빌려간 개인이나 단체가 나중에 이자 없이 반환하도록 정하였다. 기금 관리를 위하여, 실제 3인(최봉태·김용현·김사열)의 동의가 없으면 기금 인출이 되지 않도록 하였다. 현재까지 민변이나 인의협, 건치, 민교협 등을 포함하는 전문인단체협의회 회원들을 중심으로 기금 조성에 참여하고 있어서, 수천만 원이 기금이 마련되어 있다. 누군가 나서서 지역의 변화를 대신해 줄 수는 없다. 역사 앞에서 지나친 욕심은 금물이지만, 약진과 희망의 싹을 피우기 위하여 다수 시민의 힘으로 작은 씨앗을 뿌리고 거름을 주어야 한다. 그런 목적으로 '대구희망기금'이 키워지고, 보다 많은 대구시민의 따뜻한 관심이 쏠렸으면 한다. 희망의 결실은 키우는 자가 거두게 됨을 우리는 안다. '대구희망기금'을 시작했으니 헌신과 연대를 통하여 키워나가야 한다. 자, "호프다(HOFDA)!"

페이스북 http://www.facebook.com/ghimsa, 2012년 10월 29일

축하, 『웹진 체인지대구』 시작!

가을이 깊어가던 2011년 11월 17일 오후 7시 경북대 4합동강의동에서 다수 시민들이 모여 '체인지대구' 창립대회를 연 것이 엊그제 같습니다. '체인지대구'는 "대구가 바뀌면 대한민국이 바뀐다"를 내걸고 애초에 '2012-2014 대구시민정치행동' 조직체로 출범했습니다.

'체인지대구'에서는 올 들어 총선을 거쳐 대선의 국면에 들어와서 이리저리 뛰고 하는 사이 세월이 저절로 흘러가는 듯 느껴집니다. 대구를 바꿔가는 일은 장시간이 소요되고 시민의 힘과 생각이 모아져야 가능한 일임을 우리는 잘 알고 있습니다. 더욱이 다수 시민이 함께 해야 달성할 수 있는 일임을 압니다.

'체인지대구'가 그렇게 시민의 힘과 생각을 모으고, 다수 시민과 함께 하기 위해서는 당연히 언론매체가 필요합니다. 변화 선도의 언론매체로 '웹진(webzine)'이 대세임을 시민들과 공감했습니다. 그래서 이렇게 『웹진 체인지대구』를 창간하게 된 것은 매우 자연스런 일입니다.

『웹진 체인지대구』는 세 가지를 기본으로 삼고자 합니다. 첫째로 신속하게 정보를 알리고자 합니다. 둘째로 정확한 정보를 싣겠습니다. 셋째로 "체인지 대구"를 위해 다수 시민과 함께 가겠습니다.

흔히 웹진은 출판하지 않아서 기사 근거에 대한 정확성 논란이 끊이지 않지만, 『웹진 체인지대구』에서는 "체인지 대구"를 위한 정론과 정확한 사실만 다루겠습니다. 인터넷상에서 만들어 보급하는 잡지여서 수백만 이상의 시민과 소통을 목표로 분화 발전해 가겠습니다. 다양한 매체와 융합하여 네트워크하겠습니다.

시민의 행복을 위해서, 시민의 동참과 공감을 위해서, 시민이 바라는 정치를 위해서 웹진 출간 시작을 자축합니다.

"자, 웹진으로 체인지 대구!"

『웹진 체인지대구』 창간사, 2012년 11월

꽃처럼 피어나는 마을도서관?

흔히 21세기를 '지식 정보화시대'라고 부른다. 새로운 '지식과 정보'는 생산되어 소통되면서 사회 구석구석에 변화를 선사한다. 1980년대 후반부터 일어난 이 땅의 민주주의 발달에 '지식과 정보'에 대한 대중적 공유가 중요한 역할을 감당했다. 최근 우리 사회에 보이는 다양한 삶의 모습도 개성적 가치관과 연결된 '지식과 정보'의 제공과 무관하지 않다.

그러한 '지식과 정보'의 확산은 매체의 발달과 더불어 속도는 빨라지고 제공 통로도 다원적으로 변해가고 있다. 우리가 맞이하고 있는 접속의 시대에는 인터넷을 포함한 디지털 매체가 단연코 위력을 발휘하고 있다. 디지털 매체는 '지식과 정보'의 생산과 증폭이나 전달에는 유리하다. 그렇지만 그 질적인 측면은 오히려 가벼워져 가는 느낌이다. 비록 이 시대가 가벼워져 가더라도 전통적인 인쇄매체나 아날로그 방식 영상물이 가진 '지식과 정보'도 결코 무시될 수 없다.

우리가 선진국민이 되는 데에는 단순히 경제적 단위의 계산으로만 이루어질 수 없고, 보다 고도화된 '지식과 정보'의 획득도 고려되어야 한다. 바로 거기에 '지식과 정보의 보고'라 할 수 있는 제대로 갖춰진 '도서관'의 중요성이 있다. 그러한 '지식과 정보'의 획득을 개인이나 가정 단위로 해결하는 데에는 과다한 비용이 소요되므로, 아파트 단지나 마을 단위로 도서관을 만들 필요가 있다.

마을 어귀마다 도서관이 있는 선진국이 굳이 아니더라도 우리 주변을 한번 살펴보자. 현재 필자가 살고 있는 수성구는 대구에서 학구열이 높은 것으로 알려져 있지만, 정작 도서관은 없다. 반면에, 10년 전 한때 필자가 살았던 대전 대덕연구단지의 아파트에는 작지만 소중한 아파트 도서관이 있어서 아이들이 들끓었다. 기성세대가 우리 사회의 미래를 짊어지고 나갈 학생들을 학원으로 내몰면서 도서관을 제공하지 않는 것은 직무유기라 할 수 있다. 제때에 제대로 된 '지식과 정보'를 접하지 못한 학생은 일류 대학에 가더라도 시대에 맞는 제대로 된 인물로 커 나가기가 어려울 것임은 자명하기 때문이다.

자, 지금도 늦지 않았다. 우리 지역 여기저기에 도서관을 만들어 가자. 지역의 폐쇄성과 수구성을 극복해 나갈 '지식과 정보'가 넘치는 도서관을 세우자. '새벗도서관'은 그간에 체득한 운영의 노하우를 그러한 아파트나 마을 도서관에 전수시켜, 효율적이고 제대로 된 도서관이 되도록 도와주면 좋겠다. 멀지 않은 장래에 우리 지역의 마을과 아파트에 도서관이 꽃처럼 피어나도록 이 봄에 그 소중한 씨앗을 뿌려 보자!

『새벗』 2006년 여름호(60호) 새벗칼럼

나의 첫사랑이여!

누구나 인생길을 걸어가면서 첫사랑이 있게 마련이다. 그것은 때로는 아름답기도 하지만, 자주 서투르게 이뤄진 경우가 많다. 대체로 첫사랑은 순수하지만 어설프다. 세월이 흘러가도 흰옷에 물든 감물의 흔적같이 기억에 박힌 그 첫사랑의 추억은 지울 수가 없다. 첫사랑의 추억은 음미하기엔 얼굴이 붉어지고 그렇다고 이제는 어찌할 수도 없는 기억의 편린으로 우릴 설레게 한다. 첫사랑과 연관된 그 단어, 그 이름, 그 장소, 그 빛, 그 냄새, 그 장면은 올 때는 각각 오지만 순식간에 뭉쳐져 몰려와서 오늘도 우릴 들뜨게 한다.

첫사랑! 필자에게 '한국 사회를 향한 첫사랑'은 바로 '신일야학'이었다. 1977년 대학의 선배였던 권현대 선생님의 권유로 대학 동기로 지금은 청주대학교에 근무하는 이상만 선생님과 함께 이른바 '신일야간중학교'엘 가게 되었다. 그 당시 신일은 대구 동구 신암동 소재의 '동대구초등학교' 1층 왼쪽 끝의 세 교실을 야간에만 할애 받아 더부살이를 하고 있었다. 신일의 학생과 교사는 해가 어둑어둑해지면 낮 동안 하던 일을 접고 그리로 꾸역꾸역 모여들었다. 여름밤 불빛을 향하여 날아드는 나방처럼 우리는 함께 그 '신일'이라는 불빛을 사랑했다. 칭찬과 채찍으로 이어지던 수업, 깨어진 가정으로 방문하면 부모가 부재한 경우가 많았던 가정 방문, 교사들도 긴장되던 검정고시, 자고 나면 얼굴과 다리에 문신이 새겨지던 산간학교, 진지한 학예회, 탈진하도록 뛰었던 체육대회, 한 땀 한 땀 채워내던 교지 발간, 아쉽고 기뻤던 졸업식 등을 거치며 그 불빛은 밝아졌다가 기울었다가 하였다.

실제로 필자는 1977년에 신일로 간 이후, 대학에서 쫓겨났다가 복학하고 군에서 제대하고 대학원에 복학하면서 1980년대 중반까지 머물렀으니 햇수로야 복무 기간이 상당하였다. 많은 지인들을 신일의 교사로 데려오긴 했어도 솔직히 자신은 정작 교사생활에만 집중하여 열심히 하진 못했다. 지금 생각하면 아쉽지만 그것이 내 첫사랑의 그대로 모습이었다.

첫사랑의 기억 중 가장 인상적인 일은 이상만 선생님과 반을 맡아 가정을 일일이 방문한 것이었다. 부모가 안 계신 경우가 적지 않았고 결실된 경우는 참으로 많았다. 또 왜 그렇게들 가난했던지! 칠성시장 주변을 두리번거리며, 신암동 대구공고 건너편 언덕에 빼곡히 들어선 집들을 누비며, 경북대 동편 아래의 복잡한 골목을 챙겨 보며, 한국사회의 경제적 비민주성을 철저하게 목도하였다. 그런 가운데에도 그 속에서 살던 가족들의 순박하고 아름다운 모습은 밤하늘의 폭죽처럼 피어나 그 좁은 방들과 골목을 밝혀 주었다. '그래, 우리의 청춘은 이런 걸 올바르게 바꾸는 데 바쳐져야 되겠구나!' 문득 필자는 그런 생각을 하였다.

1983년부터 2000년까지 필자가 전문극단을 운영하며 연극 운동을 하던 시절에도, 신일에서 가졌던 가정 방문의 생생한 기억이 마당극·민중극·민족극 운동의 열정을 지펴주고 투철한 활동의 근간이 되도록 해 주었다. 늦은 나이에 유럽과 미국으로 유학을 갔다가 대전을 거쳐 2000년 봄부터 경북대학교에서 교단에 서게 되면서도 여전히 신일에서의 생생한 기억들이 필자를 겸손하게 해 주었다. 이 민족의 연극이 어떻게 펼쳐져야 하고 이 땅의 교육이 또한 어떻게 자리매김해야 하는지, 그 시절의 신일은 아직도 필자에게 많은 화두를 선사해 주고 있다. 첫사랑으로부터의 끊임없는 선물이 주어져 온 것이다. 그것은 잊을 수 없는 도저한 첫사랑의 화인이다.

지난 2001년 봄 인터넷서핑을 통하여 필자는 '신일야학'이 아직 건재하고 있음을 우연히 알게 되었다. 그곳 게시판을 방문하여 짧은 글과 연락처를 남겼다. 그 뒤 사무실로 몇 통의 전화가 오고 메시지가 남겨지고 그랬다. 그러다가 얼마 후엔, 그러니까 9월 2일에 '신일야간중학교'의 졸업식이 경북대에서 있으니 참석해 달라고 연락이 왔다. 당시 교사는 신암동 골목의 한 중국집 건물 2층에 세 들어 있어서 식을 치르기가 어려워 인근 대학교의 한 계단강의실을 빌려 행해진다는 것이었다. 그날 필자는 틈을 내어 식장엘 참석했다. 학교에는 당시 교무로 계시던 김창묵(2003년에 작고)이라는 분이 아직 교장선생님으로 봉사하고 있었다. 무척 반가웠다.

그날 졸업식이 끝나자 복도에서 대여섯 사람이 필자에게 인사를 하러 왔다. 어디서 본 듯하기도 한데 언뜻 알아보지 못하고 약간은 엉거주춤해 하고 있었다. 결국 저쪽에서 몇 회 졸업생인 누구누구라고 힘차게들 밝혀 왔고, 필자는 해당 학생의 그 당시 얼굴 모습을 떠올리며 현재의 얼굴 모습으로 연결하려 애썼다. 다들 이미 결혼하여 아이들을 가진 가장과 주부가 된 30대 후반이었다. 잠깐 동안 말 없이 우린 서로를 얼싸안았다.

"선생님, 스물두 해 만입니다!"

"왜 선생님은 그간 연락이 전혀 없으셨어요?"

"선생님은 머리카락만 좀 희어지셨지, 옛날 모습 그대롭니다!"

"그때에 선생님이 보내주셨던 크리스마스 카드 아직도 한번씩 꺼내봅니다."

"선생님, 정말 반갑습니다!"

잠시 투정과 기쁨이 뒤섞였다. 그렇게 자랑스러운 모습으로 변한 옛 학생들을 바라보며 필자는 몰래 눈시울이 뜨거워졌다.

"그래, 어떻게 살다 보니 그렇게 되었구나!"

우리는 그날 밤이 깊도록 헤어지지 못하고 지나온 세월을 서로 나누었다. 서로를 말하면서 줄곧 기쁨을 주체할 수 없었다. 새벽에 헤어지면서 본 보름달은 이전에 결코 본 적이 없는 둥근 모습이었다.

앞으로 하루하루 이 세상을 순례하며 갈 나날에도 필자는 솔직히 신일에서의 그 열정과 화두를 보듬고 가고 싶다. 그 어설펐던 신일에서의 첫 사랑은 이젠 아쉽게도 가고 없지만, 그 추억의 메시지가 남은 날들의 나를 떠밀어 갈 것이다.

이제는 되돌아갈 수 없는 자리,
다시는 돌아올 수 없는 세월,
'신일 야학이여!',
'나의 첫사랑이여!'

DGIST를 살려야 한다?

국가나 민간영역이 기관이나 회사를 세울 때는 반드시 설립 목적이 있게 마련이다. 만약 해당 기관이나 회사가 설립 목적을 이탈하면 그들은 존재 가치를 상실하게 된다. 물론 설립 목적이나 정체성을 변화시켜 생존을 꾀할 수도 있지만, 그것은 여러 가지 노력 끝에 최후에나 써볼 카드이다. 그런데 출범 3년 만에 대구경북과학기술연구원(Daegu Gyeongbuk Institute of Science & Technology, 이하 DGIST)은 본연의 연구기관으로 서려는 노력도 제대로 해보지 않은 채 설립 목적을 변경하는 지경에 이르렀다. DGIST가 처한 안타까운 현실이다.

'지역 산업의 기술적 발전 및 경쟁력 향상과 연관된 최첨단산업 분야를 연구함으로써 대구 경북의 지역 경제를 활성화시키고, 국가 과학기술 발전에 이바지하고자 설립된 국가 출연기관'으로 2005년에 출범했던 DGIST는 당시 '지역의 문제 해결사'로 시민들에게 비쳤다. 왜냐하면 특별히 대구는 여러 가지 경제 지표가 전국 최하위 수준을 달리고 있었고, 그 돌파구로 '최첨단 산업 분야를 연구'하는 기관을 세워 차세대 신성장 산업을 구축함으로써 청년층을 위한 많은 일자리와 지역 경제 활성화를 도모할 수 있을 것으로 여겼기 때문이다. 그래서 연구원 입지를 달성산업 단지 인근의 현풍에 정하였던 것이다. 연구원에서 창출한 신기술을 산업 단지에서 바로 제품화하기 위해서였다. 그런데 출범 3년 만에 DGIST는 당초의 설립 목표와 정체성을 달리하기로 하여 '지역의 문젯거리'가 되어 가고 있는 것이 현실이다.

그러한 DGIST의 문젯거리 만들기에는 지역 정치인들이 한몫을 하였음을 지적하지 않을 수 없다. 무엇보다 DGIST가 더디게 진행되어 온 데는 다른 지역의 정부출연 연구기관처럼 과학기술부와 충분히 협의를 거치지 않고 정치인들이 국회 내에서 입법을 통하여 기관을 설립하였기 때문이다. 실제로 지역 정치인들이 발의하여 2003년 12월 11일 국회에서 제정된 '대구경북과학기술원법'(법률 제699호)이 근거가 되었다. 그래서 지자체와 정부 부처 사이에 불협화음이 끊임없이 이어졌고 신속한 설립 지원을 받아오지 못하였다.

또한 최근 DGIST가 지역의 문젯거리가 되도록 한 데는, 역시 지역 정치인들이 현장 여론이나 상황을 제대로 알지 못한 채 법률 개정을 통하여 DGIST에 박사, 석사 및 학사 과정을 신설하도록 함으로써 인재양성 기능을 부여하였기 때문이다. 구체적으로 대구경북과학기술연구원 일부 개정법률안이 2008년 2월 11일에 이한구 의원의 대표 발의를 통하여 5월 22일 국회 본회의에서 가결되었다. 얼핏 보면 연구기능만을 수행하던 DGIST에 인재 양성 기능을 부여하는 것이 바람직한 것으로 보인다. 그렇지만 실제로는 전혀 그렇지 않다는 데 문제점이 있다. DGIST 측이 내걸어 온 '연구원에 교육 기능을 신설하는 의의'를 조목조목 따져보기로 하자.

첫째로, '산학연 일체형 교육시스템'을 실현할 수 있다는 것이다. 이것은 어느 산업체, 교육기관, 연구기관도 시도해본 적이 없는 유니크한 것으로 보이며 실현 가능하리라 여겨진다. 그렇지만 각 분야의 특성을 최대한 살릴 수 없다는 점에서 시도하지 말아야 할 방향으로 여겨진다. 연구기관은 교육기관이나 산업체가 가진 특성 분야는 비교적 약하지만 연구에 있어서는 단연 어느 기관과 비교가 될 수 없을 정도로 탁월한 것이 사실이다. 그래서 산학연은 각각의 다른 특성을 가지며 한 기관이 한 가지 기능만 충족시키기에도 쉽질 않음은 잘 알려져 있다. 한 기관이 세 가지 기능을 동시에 수행하는 것은 비효율적이며 3류로 수준이 전락할 가능성이 높기 때문이다. 산업체 부설 교육 연구기관, 학교 부설 산업장 혹은 연구기관, 연구소 부설 교육기관 혹은 산업장 등이 그 구체적 모습일 수 있다. 그 어느 것도 DGIST 설립 당시의 목표와는 거리가 멀다고 할 수밖에 없다. 실제로 20여 년 전 대전에 연구단지가 들어설 때 교육기관인 KAIST와 정부출연 연구소들은 모두 별개로 설립되어 각자 교육기관과 연구기관으로 달려옴으로써 현재 세계 수준의 교육 혹은 연구기관으로 각각 성장하기에 이른 사실만 보아도 잘 알 수 있다.

둘째로, '지역인재의 역외유출 방지 및 우수인력 유치'를 이룰 수 있다는 것이다. 이 경우 흔히 광주과기원의 재학생 중 수도권과 영남권에서 각각 39.4%, 22.6%의 역외인재가 유입되는 것을 예로 든다. 아마도 그러할 것이다. 그렇지만 영남권의 경우 이미 포항공대가 있어서 그런 역할을 해 왔으며 근년에 울산과기대까지 출범하였으므로 사정이 다를 수밖에 없다. 호남권과 달리 중복적 기관을 세워 국민의 세금을 낭비할 셈이다.

현재에도 대구와 인근 지역에는 이미 고등교육기관이 밀집해 있어서 과다한 숫자의 인력이 양성되고 있지만, 졸업 후 일자리가 없어서 우수한 인재들이 지역을 떠나고 있다. DGIST에서 향후 인재 양성이 이뤄지면 이러한 유출 문제는 더욱 심각해지리라는 것은 불을 보듯 뻔한 노릇이다. 수년 전부터 대학 입학자 숫자의 감소로 한국 대학 전체에 대하여 대학 간 통합의 구조 조정이 이루어지고 있는 중에 고등교육기관을 증가시키려는 것은 비현실적 시도가 아닐 수 없다.

셋째로, 'DGIST의 기초과학능력을 지역 대학과 연계하여 지역산업체가 필요로 하는 첨단 과학기술인력의 적시 공급'이 가능하다는 것이다. 여기서 최첨단 산업 분야를 배양하려는 DGIST가 '기초과학능력'을 가진다고 함은 지역 대학의 역할과 뒤바뀐 것으로 보인다. DGIST가 자체 고등교육 체계를 갖추고 인력 양성을 하는 경우 지역 대학과 무엇을 연계한다는 것인지 합리적으로 이해가 되지 않는다. DGIST의 구성원들이 설립 당시의 목적대로 연구기관으로서 위상을 세워 가는 데 자신감이 떨어지는 단계에 있다면 오히려 더 많은 연구 인력과 시설 지원으로 풀어가야할 일이지 교육기관으로 탈바꿈시키려는 것은 스스로 모순을 저지르는행위라 할 수 있겠다.

그렇다면 DGIST가 가진 문제점을 어떻게 해야 해결이 가능할 것인가? 먼저, 산학연이 오히려 분산하여 협력하는 것이 효율적일 수 있으므로, DGIST는 오로지 연구기관으로 되돌아가는 것이 바람직하리라 여겨진다. 또한 지역으로 우수인력 유치를 하려면 연구원을 일차적으로 대형화하고 장기적으로 다양하게 전문적인 분야로 키워 분할함으로써 현풍을 대전의 유성구처럼 연구단지로 만들어 가는 것이다. 종합연구소 형태였던 KIST가 대전에서 다양한 분야로 분리되어 여러 가지 연구소로 훌륭하게 성장한 사례를 우리는 잘 알고 있다.

구체적으로 현재 우리 대구 경북지역이 필요로 하는 것은 '첨단 과학기술인력의 적시 공급'보다는 '첨단 과학기술인력이 일할 수 있는 일자리 공급'이 더 우선적으로 보인다. 이 모든 문제를 해결하려면 DGIST는 지금이라도 교육 기능을 접고 '최첨단 산업 분야'에 대한 연구기관으로 위상을 회복하여 지역의 미래를 일궈 갈 신성장 산업의 초석을 다질 일이다. DGIST의 연구원들이여, 자신감과 융합하라! 누구나 가기 쉬운 길을 택하지 말고 어려워도 가야 할 길로 가라! 그것은 바로 원래 설립 목표대로 '연구기관'으로 돌아가는 것이다.

『경북대교수회보』 복콜시론, 2008년 10월

DGIST, 이대로 좋은가

지난 2008년 10월 31일 달성군 일원에서는 대구경북과학기술연구원(이하 DGIST) 건립 기공식이 열렸다. 거기에 지역 정치인을 포함한 각계인사 1,000여 명이 참석하였고, 본격적 공사를 거쳐 1단계로 2010년 12월 경 DGIST가 입주할 예정으로 알려졌다. 매우 늦은 기공식이지만 지역민의 한 사람으로서 크게 축하할 임임에 분명하다. 실제로 DGIST는 2005년 출범하여 3년여 만에 보금자리 건립 기공식을 가진 셈인데, 그간 본원이 대구 중구에, 실험실은 달서구에 위치해 왔음을 보아도 구성원들의 불편이 적지 않았을 것으로 짐작이 간다. 앞으로 2단계 건립사업까지 차근차근히 완료되어 2015년에는 DGIST가 국제적 수준의 연구원으로 시설을 갖춰가길 바랄 뿐이다.

뒤늦은 건립 기공식을 가진 DGIST는 제대로 가고 있는가? 2003년에 '대구경북과학기술연구원법'이 국회에서 발의되어 2005년에 DGIST가 출범하였을 때만 해도 지역민 대부분이 양손을 들어 환영하였다. 왜냐하면 기관의 설치 목적을 '지역의 경제 활성화'와 '최첨단산업 분야 연구'에 두고 있어서 DGIST가 어려운 지역 경제에 돌파구를 마련해 줄 소중한 기관으로 보였기 때문이다. 식견을 가진 이들은 서울의 KIST가 20년 전 대전에서 여러 연구소로 분사하여 세계적인 연구단지를 형성해 온 것처럼, DGIST가 미래에 연구소 보육 연구원으로 역할하여 미래에 달성산업단지를 첨단융합과학기술을 바탕으로 하는 연구소와 기업으로 채워가길 바랐다. 생각만 해도 가슴 설레는 일이 아니었던가!

그런데 올 들어 5월 국회 본회의에서 '대구경북과학기술연구원 일부 개정법률안'이 가결됨으로써 상황이 바뀌게 되었다. 법률 개정을 통하여 DGIST에 대학원 및 학부 과정을 신설하도록 하여 인재 양성 기능을 부여 하였던 것이다. 아마도 그것을 주도했던 지역 정치인들은 DGIST에 수준 높은 특성화 고등교육기관 기능을 부가하면 일단 수천억 원 상당의 기관 설립 재정이 지역으로 오기 때문에 잘한 일로 여겼을 것이다. 그렇지만 그것은 DGIST를 수조 원의 수입을 창출하며 대구의 미래를 밝혀줄 최첨 단종합연구원의 위치에서 하나의 작은 고등교육기관으로 전락시키는 단견에 근거한 결정일 뿐이다. DGIST의 위상을 너무 낮춰 바꿈으로써 의식을 가진 이들이 가졌던 애초의 큰 기대감이 무너져 내렸다.

그러면 왜 알 만한 사람들은 DGIST가 잘못된 정체성 변화를 한 것에 대하여 문제 제기를 하지 않는가? 두 가지 큰 이유가 있다. 첫째로, 그것 은 명백히 잘못된 방향 정립이지만 이미 법률안으로 가결되었으니 어쩔 수 없지 않은가 하는 것이다. 그러한 변화가 부정적인 줄 알면서 패배적 분위기에 의하여 무조건 수용해야 한다면 어떻게 제대로 된 지역사회 발 전이 가능하겠는가? DGIST의 설립 목적 변경이 분명하게 잘못된 방향이 라면, 지금이라도 과감히 궤도 수정을 감행해야 할 것이다. 둘째로, 만약 문제 제기를 하면 DGIST의 교육기관화에 대하여 지역 대학이 지나치게 시샘하는 것이며 기관 이기주의라고 여론의 매도를 당할 것이 염려되어 서이다. 물론 이전에 DGIST가 인력 양성 문제를 제기하였을 때 지역 대 학들이 협조하지 않은 점은 반성해야 할 일이다. 그렇지만 그런 중요한 결정을 지역에서 일정한 여론 수렴 과정도 생략한 채 국회에서 일방적으로 밀어붙인 것은 민주주의의 기본 원칙에도 어긋나는 것이며, 대학 입학 인구의 감소로 대학 간 통합이라는 몸살을 앓고 있는 한국적 현실에도 부합되지 않는다.

그렇다면 DGIST 문제를 어떻게 풀어가야 할까? 여러 가지 해법이 가능할 수 있지만, DGIST가 원래의 설립 목적으로 돌아가는 것이 한 가지 매우 바람직한 해결책일 수 있을 것이다. 구체적으로 그것은 DGIST가 "지역 산업의 기술적 발전 및 경쟁력 향상과 연관된 최첨단산업 분야를 연구함으로써 대구·경북의 지역 경제를 활성화시키고, 국가 과학기술 발전에 이바지"하는 길이 될 것이다. 그것이 바로 DGIST가 현풍에 입지하도록 최근에 건립의 첫 삽을 뜬 이유일 것이다. DGIST가 설립 목적의 회복 없이 교육기관으로서 달성군에 위치하게 된다면 오히려 치명적 약점이 될 것임은 자명한 일이기 때문이다.

3. 지도자들에게 하고 싶은 말

'인재전문분야할당제'를 제안합니다

국민참여정부에서 토론이 활성화되는 모습은 일시적으로 혼란되어 보여도 결국 바른 길입니다. 민주주의는 원래 와자지껄하기 때문입니다. 사실 이 교수회 홈페이지의 사랑방 게시판도 그런 견지에서 활성화되길 바랍니다. 그런데 교수회나 대학 혹은 정부에 대하여 방문자가 '단소리'만 한다면 문제가 있을 것이고 자주 쓴소리도 떠야 관심 사이트가 되고 긍정적인 역할을 하리라 여겨집니다.

저는 오늘 이 사회의 인재 등용과 관련된 중요한 주제를 간단한 글월로 피력하고자 합니다. 현실적으로 대학 입시에서 학부모와 학생들을 중심으로 확산되어 온 '이공계 기피 현상'은 사회구조적 문제와 관련되어 있다고 봅니다. 이공계 출신의 갈 길이 여전히 넓지만 그 처우와 사회적 인식은 매우 낮다고 봅니다. 물론 일부 기업에서 이공계 출신이 책임을 맡는 경우도 있지만, 이른바 '공직'이라 할 수 있는 정부나 사법부 주도의 행정 분야나 법조 분야에서는 매우 일천하다고 봅니다.

만약 정부에서 '이공계 공직 진출'을 적극 고려한다면, 필자는 과학기술 분야 출신자들을 일정 부분 할애하는 것이 합리적이라고 여겨집니다. 21세기는 '과학기술의 시대'이고 정부의 여러 가지 현안들은 과학기술 정책과 직간접으로 연결이 될 수밖에 없는데, 20세기 방식인 행정고시나 사법고시를 통하여 등용된 인물들만 그러한 공직에 진출한다는 것은 태생적인 비합리성이 있다고 봅니다. 그런 견해에서, 저는 정부가 '인재전문분야할당제'를 실시하길 권유합니다. 지방분권을 위하여 '인재지역할당제'를 실시하듯이, '인재전문분야할당제'를 실시하여 한 단계 높아진 인력 풀에 의한 국가사업의 효율적 추진을 기대합니다.

물론 지금도 우리나라에는 기술고시제도가 있습니다. 그러나, 현재의 '기술고시제도' 수준 방식으로는 문제 해결이 어림없다고 저는 봅니다. 공식적인 지표로도, 상위직인 1~3급은 행정직과 기술직이 약 8 : 2이고, 1급은 기술직이 10%에도 못 미친다는 사실 때문입니다. 또한, 시행 중인 기술고시에는 학부를 졸업한 학생들이 주로 응시하므로 해당 분야 전문성의 부족이나 사회를 보는 안목에도 편협성이 있을 수 있기 때문입니다. 구체적으로, 해당 분야에서 석사학위를 취득 후 7년 정도 혹은 박사학위 취득 후 5년 정도 관련 분야 일들을 하던 사람들을 대상으로 할당하여 고시를 실시하는 것도 한 방법이라 여겨집니다.

사실 지방분권 한다고 해 놓고서는 의학·치의학전문대학원 제도의 도입(사실 이번 정부에서 확정된 것은 아니고 이전 국민의 정부에서 추진해오던 것)으로의·치학 분야에서 기존에 존재해 오던 '인재지역할당제'마저 오히려 파괴해 가고 있다는 인상을 풍기고 있는 국민참여정부가, 인재 등용문제에 대해서는 진지하고 신중하게 접근하여 보길 기대합니다. 국가의 인재 등용 방식은 관료의 수준을 결정하며, 사회 전체의 시스템에 깊이 영향을 미치기 때문입니다. 나아가 그것이 대학의 교육 정책이나 교육 방향에 미치는 파급 효과도 적지 않습니다.

솔직히 매우 중요한 사안에 대하여 국제적인 혹은 전문적인 데이터를 깊이 공부하지 않고 제안하는 것이므로 너무 부족함을 나무라지 마시길 바랍니다. '인재전문분야할당제' 아이디어에 대한 여러 교수님들의 합리적 견해가 표출되길 바랍니다. 그것이 대학의 이공계 분야를 포함한 각 학문 분야를 고루 살려 국가 경쟁력을 높이는 길로 연결되기 때문입니다. 마찬가지로, 인문·사회과학 분야의 기초학문 출신 전문가에게도 국가의 인재 등용에 있어서 동일한 방식이 적용될 수 있다고 봅니다.

비 내리고 후덥지근하지만, 아름다운 하루되시길!

『경북대교수회보』 '교수회 사랑방 Best in July', 2003년 9월

새해, 새 정부가 잘해야 겨레가 산다

무자년 새해는 무척 새롭게 느껴진다. 지난해 연말 대선에서 그야말로

'정권 교체'가 이루어져서 더욱 그러할 것이다. 그것에는 한나라당 측 나름대로의 노력과 이명박 후보의 특색도 한몫 했지만, 그간 국민이 지지했던 '개혁 정부'가 오히려 관료에 끌려다니며 빈부 격차 해소나 개혁 작업과 같은 서민의 염원을 외면한 것에 대한 반작용도 만만치 않았다고 여겨진다. 그런 점에서 이명박 대통령 당선인이 먼저 정부 조직 개편 작업에 나선 것은 자연스런 일로 보인다.

최근 대통령직인수위원회가 국회에 보고한 정부 조직 개편안은 현행 18부 4처에서 14부 2처로 대폭 축소 조정한다는 것이었다. 확실히 중복된 기능의 통합이나 쪼개진 기능의 융합은 필요하다고 여겨진다. 다변화해 가는 세계 질서 속에서 개혁은 어느 정부나 해야 하고, 이명박정부도 합리적 개혁을 멈추지 말아야 할 것이다.

문화와 관련해서, 다음 정부에서 문화관광부가 정보통신부의 통신위원회 관련 기능을 산하 방송통신위원회로 흡수하도록 하여 일원화하도록 한 것은 합리적 조처로 보인다. 문화의 내용도 이전처럼 정부나 지자체가 주도할 것이 아니라 독립적 민간기구에 의한 기획과 국민의 참여가 자발적으로 이뤄지는 분위기로 바꿔지길 바란다.

그런데, 최근의 대통령직인수위원회 활동을 통하여 드러난 이명박정부의 고민이나 열정은 감지되지만, 몇 가지 우려되는 점도 있다. 먼저, 정치철학이 너무 친기업적 논리에 치우쳐 있다는 점이다. 본인이 '화합 속의 변화'를 강조하면서도 서민이나 사회의 그늘진 곳에 대한 관심이 낮아 보이기 때문이다. 둘째로, 자신의 철학이 확고하면 잘못된 여론에 이끌려 혼란을 가지지 말아야 할 것이다. 한 예로, 정부조직개편 논의 시초에 교육인적자원부를 폐지한다고 하더니 어느새 슬그머니 덮고 말았기 때문이다. 셋째로, 앞의 정부와 너무 다르게만 하려고 하거나 세계적 수준을 거스르거나 장기적 비전 없는 섣부른 접근은 삼가야 할 것이다. 실제로, 통일부를 없애거나 국가인권위원회나 방송통신위원회의 독립성을 훼손하려는 시도는 보다 신중해야 할 것이다. 과학기술부와 정보통신부, 해양수산부 등을 축소 폐지할 수도 있다는 소문은 과학기술 분야 소홀로 인하여 미래를 준비하지 않는 근시안 정부로 추락할 수도 있다고 예감되어 무척 우려되는 부분이다.

마지막으로, 이명박 대통령 당선인이나 한나라당에 대한 지지자든 비지지자든 새 정부를 적극 도와 잘되도록 해야 할 것이다. 새 정부의 운명이 우리 겨레의 운명과 다를 수 없기 때문이다. 대의를 위해서 협조할 것은 능동적으로 협조하고, 잘못하는 것은 비판하는 가운데 대안도 제시하는 자세가 필요할 것이다. 새 정부는 이전 정부의 책임자처럼 말을 앞세우지 말고 마지막까지 겸손하게 국민과 소통하고 섬겨 가길 바란다.

「월간 팔공」 제41호 팔공칼럼, 2008년 1월

머슴은 곳간을 지켜라

한국 역사상 최대 표차로 대통령에 당선돼 하늘과 땅으로부터 축복받은 것으로 여겨졌던 이명박 대통령이 이끌어 온 정부가 불과 100일 만에 큰 위기를 맞았다. 더 큰 문제는 아직도 대통령과 정부가 '문제의 본질'이 무엇인지 제대로 파악하지 못하고 있으며, 그러한 문제점이 '광우병 쇠고기 부문'에만 국한돼 있지 않다는 데 있다. 대다수 국민은 아직도 이명박 대통령이 남은 4년 9개월간 국정을 잘 수행해 국민에게 행복을 안겨주며 겨레의 미래를 준비해 주길 바라고 있다. 필자는 이 땅에 살아가는 한 지식인으로서 얽힌 실타래를 함께 푸는 심정으로 나름대로 해결 대안을 고민해 보았다.

먼저 이 대통령과 정부는 국민 섬기기를 진정성을 가지고 해야 한다. 출발 시기에 당신이 제안했던 '머슴론'은 상당히 신선했는데, 그것이 자신을 머슴으로 위치 두는 것이 아니고 국민을 오히려 머슴으로 여기는 것이 아닌가 싶다. 머슴은 주인의 의중대로 곳간을 지키고 제대로 된 먹을거리 확보에 최선을 다해야 한다.

둘째로 모든 일이 꼬여가는 데 대해 대통령과 정부는 스스로에게도 책임이 어느 정도 있음을 인정해야 한다. 규모가 커져 가는 촛불문화제를 촛불 값은 누가 대는지와 같은 '배후론'을 제시하며 압박하는 태도는 안타깝다. 모든 문제를 남 탓으로 돌리려는 자세에서 기인하므로 더욱 우려스럽다. 자기 관련성이나 잘못을 조금이라도 인정할 줄 알아야 문제를 적극적으로 풀고 꼬인 정국을 풀어갈 수 있다는 사실은 누구나 아는 것이 아닌가?

셋째로 모든 국민이 법을 지켜야 하듯이 대통령과 정부도 준법정신을 가져야 한다. 이명박정부는 법으로 임기가 보장된 정부산하 기관장들, 심지어 이공계·정부출연 연구소의 기관장들에게도 보장된 임기에 상관없이 사표를 받았다. 그것은 대한민국 헌법이 허용할 수 없는 초법적 정치 행위이다. 그러한 초법적 행위는 최근의 '광우병 쇠고기 수입반대' 촛불 문화제에 대응하는 경찰의 행동에서도 확인되었다.

그렇다면 '광우병 쇠고기' 문제는 어떻게 풀어야 할까? 구체적으로 국내에서는 국립수의과학검역원을 보강해 유럽이나 일본처럼 자국산 모든 도축 대상 소에 대해 전면적인 광우병 검사를 실시할 수 있는 체계를 구축해야 할 것이다. 한우라고 하여 광우병으로부터 무한정 자유로울 수는 없으며, 그러한 체계를 갖출 경우 미국에도 동일한 요건을 요구할 수 있기 때문이다.

그러면서 미국과는 재협상을 반드시 해 국민이 안심할 수 있는 수준으로까지 협상의 내용을 재조정해야 할 것이다. 위기를 모면하려는 꼼수나 일방적 호도 정도로 문제를 풀 수 없음을 명심해야 한다. 만약 미국과 재협상 내용이 진전되지 않을 경우 미국에서 수입한 쇠고기를 시민감시단과 공적 감시기관이 유통 경로를 철저하게 추적할 수 있도록 허용해야 한다. 또 특정 상점과 식당에서만 제한적으로 유통되도록 하여 국민에게 선택권을 부여해야 한다.

덧붙여 이명박정부는 쇠고기 수입이나 한반도대운하와 같이 우려스럽고 쟁론이 될 수 있는 현안에 대해서는 신중하게 재검토하여 긍정적으로 국정을 펼쳐 나가야 한다. 그럴 경우 겨레의 미래를 근본적으로 위할 수 있는 일들에 보다 많은 관심을 기울여야 바람직하지 않은가? 예를 들자면, 대체에너지 개발처럼 국민이 차세대에 먹고살 수 있는 문제와 관련된 첨단과학기술 분야에 국력을 모아야 할 것이다. 우리나라가 석유 한 방울

없이 이 정도 성과를 이루었지만 이 대통령은 그동안 국민이 당한 에너지 고통을 다음 세대로 대물림하지 않는 지혜로운 지도자가 되길 간곡히 당부한다.

『매일신문』 기고, 2008년 6월 18일

김 시장은 신뢰부터 회복해야

"희망의 도시, 일류 대구"

김범일 대구시장이 대구의 도약을 꿈꾸면서 내세운 슬로건이다. 2006년 7월에 취임한 김 시장은 역대 어느 단체장보다도 '대구 살리기'에 의욕을 보였다. 초기 김 시장의 개혁적이고 적극적인 행보는 신선한 충격을 주었다.

그는 '대구의 강남'으로 꼽히는 수성구의 아파트를 처분하고 상대적으로 낙후지역인 북구로 이사를 결행했다. 겸손한 자세로 서민들과 눈높이를 맞추겠다는 의지의 표현이었다. 문화예술 단체의 건의를 받아들여 지자체 문화사업소 기관장도 공모로 뽑는 등 현장의 소리를 들으려 애쓰기도 하였다. 공직자들에게도 "설령 그릇을 깨는 한이 있더라도 업무를 기피해서는 안 된다"며 분발을 촉구했다. 현장에 나가 시민들과 접촉하면서 성과를 창출하라고 다그쳤다.

그러나 취임 2년이 다가온 대구의 경제성적표는 초라하기 그지없다.

대구의 지역 내 총생산(GRDP)은 16년째 꼴찌를 면하지 못하고 있으며 그 토록 갈망하던 대기업 하나도 유치하지 못했다. 오히려 임기 2년째를 지나오면서 '개혁 증후군'을 보이고 있다. 시정 곳곳이 삐걱거리면서 총체적 위기를 우려하는 목소리까지 나오고 있다.

특히 최근에는 시장 자신이 횡령 혐의로 수사를 받고 있는 건설업체 대표의 구명운동에 나서 구설수에 오르고 있다. 김 시장은 회사자금 104억 원을 빼돌리고 아파트 사업 승인 과정에 정관계 로비 혐의를 받고 있는 건설업체 대표를 위한 탄원서에 서명하는 악수를 두었다.

김 시장 측근은 "건설업체 대표 구속으로 자칫 아파트 건립 공사가 중단되면서 지역경제가 타격을 받을까 봐 서명을 했을 뿐 다른 의도는 없다"고 변명하고 있으나 시민단체들의 반발은 수그러지지 않고 있다. 건설업체 대표가 정관계 전방위 로비 혐의로 연루돼 검찰수사를 받고 있는데도 시정 최고책임자로서 상식 이하의 행동을 보인 것이다.

그의 부적절한 처신과 함께, 현안 업무도 각종 의혹이 불거지면서 속도를 내지 못하고 있다. 대구의 역점사업인 브랜드 택시 '한마음콜 사업'은 기술력이 부족한 사업자를 관리 업체로 선정해 출범부터 삐걱거리더니 4개월 만에 중단돼 버렸다. 또 대구시립북부노인전문병원은 수탁운영업체가 자금난을 들어 사업을 전격 포기하는 바람에 첫 삽도 뜨지 못한 채 건립을 포기해야만 했다. 더욱이 시립북부노인전문병원은 수탁운영업체 선정의 편의를 봐주는 대가로 시청 국장이 구속되고 시청과 북구청의 서기관급 간부 세 명이 불구속 입건되는 등 각종 잡음이 끊이질 않았다.

이런 가운데 시민단체가 반발하고 정부마저 주춤거리고 있는 '낙동강

운하건설'은 시종 고집해 눈총을 받고 있다. 이제 김 시장은 임기 중반을 맞아 시정 시스템을 총체적으로 점검해야 한다. 점검의 첫 단추는 열린 자세로 여러 분야에서 다양한 여론을 수렴하는 것이다.

김 시장도 대내외적인 여건이 어려울수록 시정을 더욱 알뜰히 챙기겠다고 말했다. 다행스러운 일이다. 시정이 주춤거리기에는 지역 현실이 너무 급박하다. 그의 새로운 다짐 속에 후반기 시정이 발전의 동력을 구축하기를 기대해 본다. 시장은 250만 대구 시민을 의식하면서 시정을 이끌어야 한다. 이런저런 핑계로 특정인이나 특정집단을 편애하는 인상을 줄 경우 또다른 저항에 직면할 수 있다. 원칙과 정도로 시민들의 신뢰와 협조를 구해야 한다. 신뢰를 구축할 때 '경제 드라이브 정책'도 탄력을 받을 수 있다. 대구시가 내세운 '희망'과 '일류'가 시민의 동참 속에 뿌리를 내리고 꽃을 피우는 그날을 그려본다.

『경향신문』 '대구에선', 2008년 6월 19일

4. 활동가들에게 하고 싶은 말

열정과 헌신을 자기 성찰과 미래 준비로

이 나라의 민주주의화에 결정적 기여를 한 6·10민주항쟁이 벌써 20년이나 되었다. 1987년, 대부분의 한국인은 당시의 군사독재정권이 물러나고 민주정권이 탄생하고 이 땅에 민주주의가 정착되길 바랐다. 보는 이의 시각에 따라 차이가 있을 수 있는데, '표현의 자유'를 포함한 정치·사회적 민주주의는 상당한 진전을 이룩하였지만, 경제적 민주주의는 오히려 위기 상태에 처한 것으로 보인다.

실제로 6·10민주항쟁 이후, 한국 민주주의운동은 운동가에서 시민의 손으로 확장되는 형식을 취하였다. 다양한 이론으로 무장한 시민운동단체들이 우후죽순처럼 생겨났다. 거의 10년 동안 전성기를 구가하던 시민운동에 대하여 1997년 외환위기 이후 차츰 위기적 분위기가 조성되어 왔다.

그러한 위기에 대하여 시민운동진영 내부에서 몇 가지 이유를 찾아 타개책을 마련해 보자. 먼저 지역 민주화에 대한 철저한 인식과 돌파 전략이 부족하였다. 서울이나 타 지역의 합리적 변화가 대구 지역의 변화와는 궤를 달리해 온 것을 보아도 알 수 있다. 둘째, 각 단체가 가진 운동의 담론이 시민의 생활 속에 뿌리내리지 못함으로써 시민 제 세력과의 결합이 느슨해져서 활동 기반을 확고히 다지지 못하고 있다. 그 결과, 정치권력이나 경제권력 앞에서 적절한 거리두기를 하거나 당당한 자세를 견지하지 못하는 일면도 노출되고 있다. 셋째, 제 분야에서 공공성과 효율성을 적절히 배분하지 못하고, 새로운 변화에 대한 대처가 미흡하다. 최선이 아니면 차선이라도 선택할 수 있어야 하고, 비판과 더불어 대안 제시에도 적극적이어야 한다. 마지막으로 단체의 물적 토대가 취약하고 활동가의 전문성이 부족하여 여러 가지 난황을 겪고 있다. 시간이 걸리더라도 단체의 기본적 재정 기반은 철저히 갖추어야 하고, 활동가의 전문성은 사회 변화를 선도하는 수준에 이르러야 할 것이다.

　　『성경』에서 하나님이 범죄 저지른 아담에게 물었듯이, 지금 역사는 당신에게 "네가 어디 있느냐?"고 묻는다. "20년 전 거기 민주항쟁의 광장에 있었습니다"라는 고백으로 현재를 모두 변명하기는 곤란하다. 다시 20년 뒤를 생각하며 지금 당신과 나는 미래를 준비하는 광장에 이미 서 있어야 하기 때문이다. 그때의 열정과 헌신으로 자신을 돌아보며 미래를 가꿔가자!

'6월 민주항쟁 20년 심포지움', 2007년 6월 10일

시민단체 열 개가 의로우면

어느 지역에서든 대체로 시민단체의 존재는 소중하다. 그렇지만 특별히 대구 지역에서 시민단체의 존재는 더욱 그러하다. 시의회나 주류 언론기관이 지자체 단체장과 정치 성향의 궤를 같이 하는 경우, 시정을 비판하고 대안을 제시할 수 있는 곳이 시민단체밖에 없기 때문일 것이다. 시민이 특정 사안에 대한 합리적 제안을 개인적으로 표현하는 데에는 한계를 가질 수밖에 없어서, 시민단체를 거쳐 표출되는 방식이 한 가지 현실적 접근일 수밖에 없을 것이다.

우리가 살고 있는 대구가 지방자치화된 이래, 이 도시에 대한 여러 가지 대외 지표가 꾸준히 하강해 오고 있다. 특히 경제 관련 분야는 최하위를 기록하고 있어서 우려스러울 정도이다. 그런데 정작 지자체에서는 그러한 기록을 중앙정부의 지원 부족 탓으로만 돌리고 있으며 상당수 시민들도 그러한 분위기에 동조하고 있다. 일부 시민들은 그러한 지역의 부진 현상을 시장을 포함한 지자체 관료들에게 돌리고 있기도 하다. 물론 시정을 주관하는 이들에게 책임이 많은 것은 사실이지만 엄정하게 말하자면 전 시민의 공동 책임이라 할 수 있겠다.

그런데 필자는 그 '전 시민의 공동 책임' 몫 중에서 시민단체의 책임이 크다는 사실을 지적하고 싶다. 지자체가 제대로 가도록 체계적으로 비판하고 견제할 수 있는 세력이 바로 시민단체이기 때문이다. 성서에서도 '소돔과 고모라'가 멸망한 것이 그 도시의 부패 때문만이 아니며, 그 도시에 '의로운 사람 열 명'이 없어서 그러했다는 기록이 오늘 우리에게 시사

해주는 바가 적지 않다고 여겨진다. 대구에서 시민단체 열 개가 진정 '의롭게' 되면 상황은 달라지리라 여겨진다.

이번 대구시민단체연대회의에서는 '소통과 대안'이라는 주제를 내걸고 2회째 '시민사회정책포럼'을 열게 되었다. 이 포럼이 실무자와 실무자 사이, 단체와 단체 사이, 단체와 시민 사이, 단체와 지자체 사이에 형성된 벽을 허물고 소통하면서 '의로움'을 향하여 비판과 더불어 대안을 만들어 가는 큰 계기가 되었으면 한다. 내 아닌 남과 다른 단체와 지자체의 변화를 바라기 전에 우선 나부터, 우리 단체부터 한번 변해 보자! 시민단체의 '의로움'이 끝까지 대구에서 어두운 곳을 밝혀가고 추운 곳을 덥혀가며 부패한 곳을 정결하게 해 갈 수 있다면, 우리 모두의 미래 속으로 희망의 꽃이 솟아오를 것이다.

'제2회 대구시민사회정책포럼', 2007년 12월 7일

주위를 변화시키려면 나부터 바꿔야 한다

최근 일부 젊은이들은 우리가 살고 있는 대구를 '고담시'로 일컬어 부정적으로 보는 경향이 있다. '고담시'는 영화 〈배트맨〉의 배경이 되는 곳으로서 '부패와 탐욕, 범죄로 썩은 상징적인 도시'를 의미하기 때문이다. 잘 알려져 있다시피 대구는 자연재해는 잘 일어나지 않지만, 인위적인 사고나 좀 별난 범죄가 자주 일어나는 곳이어서 아마도 그런 별칭을 가지게

된 듯하다. 어쨌든 그것은 긍정적인 뜻의 도시 명명이 아니다.

실제로 대구는 지자체 내의 정치에 있어서도 특정 정파, 인맥, 학맥 등에 의존하는 색채가 짙어서 주도 그룹에 대하여 비판하거나 견제하는 기관이나 세력이 매우 미약하다. 그래서 시민단체나 인권단체의 역할이 어느 지역보다 더 소중하다. 그렇지만 전망이 어두운 사회에서 시민 대중은 힘을 가진 주도세력에 편승하려는 분위기가 일반적으로 강하므로, 활동가 참여나 시민의 봉사, 후원을 배경으로 한 시민단체나 인권단체의 힘이 타 지역에 비하여 오히려 약한 편인 것이 현실이다. 그 역할을 보강하려면 무엇보다 구성원들을 위한 포럼이나 워크숍, 연수, 교육, 연구 등을 통한 자기 수련이 필요하다.

그러한 필요성을 충족시키기 위하여, 2008년 가을의 문턱에서 세 번째 '대구시민사회정책포럼'을 준비하였다. '2008 새로운 도전, 사회인권운동의 도전과 전망'이라는 주제이다. 구체적으로 세계인권선언 60주년을 맞이하여 세계와 아시아의 인권 흐름을 살펴볼 것이다. 2008년 전반기 우리 사회에서 도드라졌던 '촛불집회'로 대변된 '한국민주주의 운동과 과제'에 대해서도 짚어 볼 예정이다. 그리고, 우리가 살고 있는 대구·경북 지자체의 사회권 정책의 현실과 개선 과제에 대해서도 들여다볼 생각이다.

여기에 참여하는 대구·경북 지역의 제 시민단체 임원, 활동가, 회원들께 이번 포럼이 향후 활동을 위한 보약이 되길 바란다. 우리가 소속된 환경을 변화시키기 위해서는 우선 나부터 바꿔가야 한다. 그 첫걸음을 이렇게 포럼 장소로 내디뎠으니 어느 때보다 자기 및 주위 변화에 대한 예감은 높다. 부디 이번 참가가 긍정적 미래를 향한 새로운 출발의 계기가 되었으면 한다. 이런 참가 없이 자신을 방치하던 어느 날 우리 모두가 '고담시'의 일원이 되어 있을 것이기 때문이다. 이제 우리는 나 자신부터 바꿔보기를 시작하자!

'제3회 대구시민사회정책포럼', 2008년 9월 26일

비판보다 대안 제시하는 전교조이길

안녕하십니까? 대구시민단체연대회의 상임대표 김사열입니다. 먼저 저는 경북대학교 식구 중 한 사람으로서 제8회 전국참교육실천대회 참가차 본 산격동 캠퍼스를 방문해 주신 전국교직원노동조합(이하 전교조) 선생님들을 환영합니다. 솔직히 30여 년 전 교사가 되려는 꿈을 가지고 사범대에 입학했던 저는 당시 시국 상황 때문에 그 꿈을 접어야 했지만, 다른 길로 와서 여기서 이렇게 여러분을 뵙게 되어 큰 영광으로 생각합니다.

한국이 지난 60년간 이룩한 경제발전은 세계사적으로도 기록적인 것을 여러분 선생님께서는 잘 아실 겁니다. 거기에는 경제발전뿐 아니라 민주주의 발전도 함께 이루어왔기에 더욱 소중한 것으로 평가되어 왔습니다. 바로 그 민주주의 발전에 전교조의 기여는 자못 혁혁하다고 여깁니다. 저는 전교조의 그러한 활동을 잘 기억하고 있습니다. 젊을 때 저는 연극운동을 한 적이 있는데, 연대해서 활동을 하던 '분단시대동인'들, 배창

환, 정만진, 도종환 같은 선생님들이 전교조 가입으로 해직되어 오랫동안 어렵게 살았던 모습을 생생하게 기억하고 있습니다. 그런 분들의 고통과 헌신에 한국 민주주의는 큰 빚을 졌다고 봅니다.

저는 국민의 한 사람으로서, 교육 현장에 전교조가 있다는 것이 무척 든든합니다. 전교조와 조합원인 여러분 선생님의 존재를 제대로 된 양식을 가진 국민이라면 하나같이 자랑스럽게 여기고 있습니다. 여러분 자부심을 가져주십시오. 저는 전교조가 근년에는 너무 조용해져서 있는지 없는지 모를 정도입니다. 그런데 최근 이명박정부에서 극우단체와 함께 공격 대상 우선순위에 전교조가 올라 있는 것을 보고 역시 여전히 전교조는 열심히 하고 있구나 하는 생각을 했습니다. 백조가 물 아래서 열심히 발을 움직이는 것처럼 교육 현장에서 계속 열심히 해 주시길 바랍니다.

외부에서 전교조를 바라보는 입장에서 한 가지 바라는 것이 있습니다. 먼저 전교조가 가끔 조합원 이해만을 대변하는 이익단체로 비치는데 큰 틀에서 한국교육을 올곧게 세워가 달라는 부탁입니다. 국민 일각에서 지적하듯이 자기 이해관계에 매몰되어 영혼이 메마른 공무원 집합체로 보이는 교과부에 무슨 제대로 된 교육 정책을 기대하겠습니까? 전교조에서 정책 부문을 강화하여 이 나라 참교육의 틀을 구축해 가길 부탁드립니다. 비판보다는 대안을 제시하는 교육전문가 단체로 거듭났으면 합니다. 경쟁과 동일시를 줄여가며 협력과 다양성을 인정하는 교육을 키워 나갔으면 합니다.

마지막으로, 이 실천대회를 통하여 교육 현장에 전교조가 내세우는 바람직한 참교육의 기틀이 크게 진화해 가길 바랍니다. 앞으로도 국민과 역사와 함께 하는 전교조이길 바랍니다. 감사합니다!

제8회 전국참교육실천대회 연대사, 2009년 1월 14일

'풀뿌리 후보자'가 쑤욱 자라나는 지역 되었으면

저희 '풀뿌리대구연대'(김사열 외 8인 공동대표)에서 오늘 세 명을 '풀뿌리 좋은 후보자'로 발표하게 되어 참으로 기쁩니다. 수성구 아선거구(지산동)의 ㅅ후보, 북구 라선거구(대현 1·2동, 산격 3동)의 ㅇ후보, 동구 바선거구(안심 1·3·4동)의 ㄱ후보 등이 바로 '풀뿌리 좋은 후보자' 당사자입니다. 그동안 저희 '풀뿌리대구연대'에서는 공모를 통하여 후보자 신청을 받았고, 여러 차례 회의를 거쳐 후보자를 확정하여 오늘 발표하게 된 것입니다. 후보자 확정에는 세 가지 이유가 있습니다.

첫째로, 세 분 모두 무소속으로 출마하셨기 때문에 '풀뿌리 좋은 후보자'로 확정하게 되었습니다. 원래 기초선거에는 정당공천이 배제되어야 바람직한 의정이 이뤄지리라고 저희는 보고 있습니다. 해당 지역 유력 정치인이나 당 집권층로부터 공천을 바라는 분위기는 근본적으로 주민의 민의를 실어내기에는 역부족이라고 여겨지기 때문입니다.

둘째로, 세 분은 오랜 동안 주민과 함께 해 온 분들이기 때문에 '풀뿌리 좋은 후보자'로 확정하게 되었습니다. 선거 시기를 만나 갑자기 나타난 것이 아니고 꾸준히 주민운동을 해 온 분들이어서 풀뿌리 후보자로 자

격이 충분합니다. 결국 지자체 단위에서 참여민주주의 실현은 기본적으로 자주적 주민운동의 정체성을 중심에 두고 살려가야 성공할 것입니다.

셋째로, 세 분은 지방분권과 자치를 잘 실현해 갈 전문가들이기 때문에 '풀뿌리 좋은 후보자'로 확정하게 되었습니다. 실제로 ㅅ후보는 교육전문가로서, ㅇ전문가는 탁아방 전문가로서, ㄱ후보는 시민운동가로서 오랫동안 해당 지역에서 주민들과 접촉을 해 온 분들이어서 든든합니다.

근본적으로 기초선거에는 지역 주민의 의사를 적극 반영하는 후보가 선출되어야 진정한 지역자치와 지방분권이 이루어져 갈 것이라는 사실은 잘 알려져 있습니다. 오늘 추천하는 세 분이야말로 구의회에서 민의를 담아 지역자치를 실현해 갈 적임자라고 여겨집니다. 동시에 이 분들은 지역에서 희망을 찾는 저희 '풀뿌리대구연대'가 내건 '정당공천제 폐지', '풀뿌리 민주주의 실현', '생활 자치 구현' 등의 목표에 딱 들어맞는 후보들이기 때문입니다.

그런데 지금 아쉬운 분위기가 이 지역에 있습니다. 2인 선거구제, 특정 정당 싹쓸이 분위기입니다. 정치뿐 아니라 기후 분위기도 말이 아닙니다. 대륙으로부터 황사가 불어오고, 최근에는 멀리 아이슬란드의 화산재까지 날아온다고 합니다. 다시 말하자면, 후보의 개인적 능력만으로 헤쳐 나가기는 어려운 상황이라는 것입니다. 그래서 오늘 여기에 오신 여러분께서 법이 허용하는 범위 내에서 힘을 다하여 도우셔서 이 소중한 분들이 당선되어 풀뿌리의 씨앗이 이 도시 전체로 번져갔으면 좋겠습니다.

'풀뿌리대구연대' 기자회견, 2010년 4월 20일

5. 잊지 말아야 할 평화와 민주주의 정신

부도덕의 태극기 휘날리며

파블로 피카소의 잘 알려진 그림 중에 〈게르니카〉라는 입체파 경향의 작품이 있다. 소와 말이 인간과 더불어 해체되어 무채색으로 그려진 이 명화 속에서 그는 독일공군에 의한 스페인 내전 개입으로 발생한 전쟁의 비참함을 잘 표현해 주고 있다. 바로 이 피카소는 1951년에 〈한국에서의 학살〉이라는 작품을 제작하기도 하였다. 그 작품에서 피카소는 무장한 병사들이 아이들과 여자, 특히 임산부를 상대로 무자비한 무력을 행사하려는 장면을 섬뜩하게 묘사하고 있다. 실제로 이 작품은 1950년 한국전쟁 시 이른바 '신천 대학살'이라고 하는 황해도 신천군에서 벌어졌던 3만 5천 명 학살 사건을 다룬 것이었다. 피카소는 인간의 야만과 전쟁의 참상을 표현한 두 회화작품을 통하여 보는 이들로 하여금 평화를 희구하도록 유도하는 인도주의적 메시지를 전달하고 있다. 그렇지만 지구상에서 전쟁은 세기가 바뀐 오늘날에도 끊이지 않고 있다. 과연 평화 추구가 비단 한 유명한 화가의 바람이기만 한가?

한국군에 의한 이라크 파병이 이루어진 지 벌써 일 년이 지나가고 있다. 파병 결정이 이루어지기 전 어느 날 한 여론조사기관의 이라크 파병 관련 물음에 본인은 "파병 반대"라고 명확하게 대답한 적이 있다. "대한민국은 침략적 전쟁을 부인한다"는 헌법 제5조 1항을 굳이 들먹이지 않더라도, 본인의 종교적 소신이 '땅에서는 기뻐하심을 입은 사람들 중에 평화'를 선택할 수밖에 없었기 때문이다. 실제로 이라크 파병에 대한 국민들의 가부 여론이 형성되기 전에 우리 정부 관리들과 국회의원들은 신속하게 미국이 주장하던 파병 요청 이유를 근거로 하여 파병 결정을 내렸다. 실제로 2003년 4월 30일에 국군 서희, 제마부대 1진이 이라크 현지로 출발하였다.

그 후 미국이 당초에 전쟁의 이유로 내세웠던 "후세인 정권이 대량살상무기를 숨겨 놓았다"는 주장은 허구임이 드러났다. 결과적으로 미국의 대이라크전은 '평화 전쟁'이라기보다는 석유 자원을 확보하기 위한 '침략 전쟁'의 성격이 더 강해지고 말았다. 최근에 이르러서는 미국 내에서조차 반전 혹은 철군 여론이 급등하고 있고, 급기야는 스페인이 철군 결정을 발표한 것을 계기로 남미 국가나 유럽연합에서도 동조의 의사를 내비치고 있는 실정이다.

그러한 상황 변화에도 불구하고, 정작 대한민국 정부는 다시 이라크에 대한 '추가 파병'을 결정하고, 국회는 압도적으로 관련 안을 통과시켰다.

참으로 한심한 노릇이라 아니할 수 없다. 아직도 이라크 추가 파병이 장기적으로 우리의 국익을 위해서, 혹은 한반도 남북문제의 전향적 해결을 위해서 필요하다는 주장을 펴는 이들이 있다. 우리의 이익을 위해서 남의 불행을 이용하는 행위는 결과적으로 어떤 명목으로든 지탄받을 수밖에 없다. 솔직히 우리의 추가 파병 결정이 강도 맞은 사람에게 '선한 사마리아인'의 도움은커녕 그 주머니를 강탈하는 꼴은 아닌지! 이른바 추가 파병의 목적으로 내세우는 '평화 재건'의 속내는 무엇인가? 젊은이들의 목숨을 걸고 3천억 원 이상의 우리 돈을 들여 이라크에 추가 파병해야 할 만큼 그것은 중요한 일인가?

그렇게 복잡해 보이는 문제일수록 원론으로 돌아가서 간명하게 들여다볼 필요가 있다. 과연 당신은 전쟁과 평화, 어느 쪽을 사랑하는가? 본인은 진정으로 평화로운 세계를 구축하는 것이야말로 역사 속에서 여러 차례 외국군에 의한 침탈을 겪어 본 우리 겨레가 지향해야 할 바라고 여긴다. 이제라도 우리 정부는 미국의 이해관계에 맹목적으로 동조하는 '추가 파병'을 내던지고 과감히 평화를 향하도록 하는 것이 옳다. 추가 파병은 해병대 출신의 한 국회의원이 한 달간 이라크에 군인들과 동행한다고 희화적으로 양해될 성격의 문제가 아니다.

합법을 내세워 '대통령 탄핵'까지 저지른 용감하신 이 나라 국회의원들이여, "국익을 위해서는 아무 전쟁에나 끼어들 수 있다"로 헌법을 개정하시라! 지금이라도 노무현 대통령은 추가 파병을 거부하여 이 나라의 평화주의적인 헌법 정신을 수호하길 바란다. 필자는 솔직히 제2의 피카소가 '이라크판 게르니카'나 '이라크에서의 학살'이라는 그림 속에서 태극기 휘날리는 한국 병사가 그려지는 일이 제발 일어나지 않았으면 한다.

미얀마의 민주시민투쟁을 지지합니다!

나의 일도 바쁘고 우리나라의 챙길 일도 많지만, 어떨 때는 다른 이나 다른 나라의 일에도 관심을 쏟을 수 있어야 지구 공동체가 제 길을 갈 수 있으리라 여겨집니다. 필자가 보기에 최근 '미얀마 민주항쟁'이 바로 그러한 것 중의 하나라고 여겨집니다. 지구촌의 한 시민으로서 이웃 아시아권 나라인 버마의 사태에 대하여 세 가지 제안을 하고자 합니다.

먼저, 16년째 계속되어 온 군사정권의 탄압을 뚫고 시작된 버마 민주시민의 민주화 투쟁을 적극 지지합니다. 유혈사태를 부른 군사정권을 몰아내기 위해서 비무장 투쟁을 끝까지 멈추지 말길 바랍니다. 결코 민주주의는 그냥 선물로 오는 것이 아니며 쟁취되어 주어지기 때문입니다.

둘째, 탄 슈웨와 소원을 비롯한 군사정권의 핵심 인물들은 하루 빨리 죄를 회개하고 권좌에서 내려오길 요구합니다. 당신들이 무슨 권한으로 오랜 동안 철권통치를 하며 미얀마 국민을 괴롭힐 수 있습니까? 더구나 선량한 시민의 인명을 살상하여 다수의 희생자를 낸 일은 용서될 수 없기 때문 입니다.

셋째, 그동안 미얀마 군사정권을 지원해 온 중국과 일본 정부는 더 이상 지지를 철회하고 국제사회의 압박 대열에 동참하길 바랍니다. 한국 정부도 불분명한 태도를 지양하고 적극적인 압박 대열에 앞장서길 바랍니다. 이 땅의 민주시민들과 민주시민단체들도 이번 버마 민주시민의 투쟁을 적극 지지하고 지원하도록 합시다.

『경북대교수회보』, 2007년 10월 31일

부록

동창회는 본교의 소중한 울타리

총동창회 사무처장 김사열 교수 인터뷰

육신혜 기자

본교에 대한 애교심으로 똘똘 뭉친 사람들의 모임이 있다. 바로 동창회다. 본교에는 총동창회가 동문들의 살림을 도맡아하고 있다. 하지만 총동창회와 재학생들 간의 거리감으로 인해 함께하지 못하는 부분이 많다. 이에 총동창회 사무처장 김사열 교수(자연대 생명공학)를 만나 총동창회의 현주소와 앞으로의 발전 방향을 들어봤다.

총동창회의 현황과 역할은 어떠한가?

동창회는 주로 학교 발전을 목표로 한 재정지원을 담당한다. 최근 국립대 법인화 문제가 이슈화되면서 대학 내의 자구책 마련에 대한 목소리가 높은데, 이러한 부분을 보완해줄 수 있는 곳이 총동창회다. 총동창회는 지난해 발전후원회가 발족된 이후 지역동창회 결성에도 힘쓰고 있다.

총동창회가 씨줄이라면 지역동창회는 날줄이다. 활동이 저조한 지역동창회를 활성화시키고자 하는 취지로, 이는 날줄을 엮는 소중한 작업이다.

현재 총동창회가 하고 있는 일은 무엇인가?

크게는 발전기금 모금과 장학사업을 한다. 장학사업은 '총동창장학재단'의 추천을 받아 매년 60여 명의 재학생들에게 전액 장학금을 지원하고 있다. 하지만 장학금 전달 기준이 지금과 같이 성적순으로만 주는 것은 재고해 볼 필요가 있다고 생각한다. 개인적인 생각으로는 리더십을 가지고 학생회 활동을 하는 학생들에게 특색 있는 장학금을 주는 방향으로 나아갔으면 한다. 재학 시절에 남을 위해 봉사하는 학생들이 나중에 동창회에서도 애교심을 바탕으로 중심적인 역할을 할 가능성이 많기 때문이다.

총동창회와 재학생들 간의 거리감을 극복해 나갈 방법이 있다면?

그동안 총동창회가 사업을 진행하면서도 홍보가 부족해 재학생들에게 총동창회의 활동이 드러나지 않는 경우가 많았다. 이에 총동창회는 이번 대동제 때 '우리 전통 바로 보기와 효 실천'이라는 프로그램을 집중 후원했으며, 앞으로는 홍보를 강화해 동창회원과 재학생의 만남의 자리도 주선할 예정이다.

최근 총동창회가 변화 양상을 보이고 있는데 구체적인 활동 방향은 무엇인가?

총동창회라 하면 대부분 유명한 사람이나 재력가들만 회원으로 있다고 생각하는 사람들이 많다. 물론 모교 발전에 금전적 기여를 하는 동문들도 좋지만 어렵고 힘든 곳에서도 자신감을 잃지 않고 살아가는 이들도 '자랑스런 경대인'이다. 총동창회는 이러한 동문들을 포용하고, 재학생과 젊은 동문들을 위한 여러 가지 프로그램을 마련할 계획이다.

끝으로 재학생들에게 하고 싶은 말이 있다면?

항상 경북대인이라는 자부심을 가지고 세상을 살았으면 한다. 졸업한 후에도 애교심을 버리지 않고 본교에 많은 관심을 가졌으면 한다. 우리 한 명, 한 명이 다들 소중한 존재라는 사실을 기억하고 본교와 총동창회의 발전에 다 같이 힘을 모을 수 있길 바란다.

『경북대신문』 인터뷰, 2004년 5월 24일

내 인생의 전환점이 된 11·7

그때 그 사람 — 11·7과 김사열 교수

권용남 기자

1978년 11월 7일, 유신체제의 어두운 그림자가 대학가를 휩싸고 있었던 그때, 본교에서는 큰 시위가 있었다. 당시 본교 학생이었던, 생물학과 김사열 교수를 만나 그때의 생생한 이야기를 들어 봤다.

유신정권 아래 모두들 숨죽여 지내던 1978년 11월 2일, 네 명의 학생이 시계탑 앞에서 「반유신정권 성명서」를 낭독하다 경찰에 체포되는 일이 있었다. 김영희 총장은 그날 밤 교수회의를 소집해 네 명의 학생들을 제적했다. 이를 계기로 제적 학생을 구제하기 위한 서명 운동이 전교생을 대상으로 전개됐다.

당시 김 교수는 3학년생으로 '경탈'이라는 탈춤 동아리 회장을 맡고 있었다. 그는 11월 7일 한 차례의 데모가 있을 것이란 소식을 접했다. 7일 오전, 철학과 4학년에 재학 중이던 김병호 씨의 성명서 낭독을 시작으로 학생들의 분노는 서서히 표면화되기 시작했다. 11월 7일, 수업을 마치고 시계탑에 갔을 때 그는 자연스럽게 모인 수많은 학생들의 무리들을 만날 수 있었다. 1만여 명의 본교생 중 8천여 명이 참가한 이날의 시위에 대해 김 교수는 "당시의 움직임은 유신체제 아래서의 민주화 운동이라는 측면도 있지만 그보다는 학생을 보호해야 할 학교가 법을 어겨가며 부당한 처우를 한 것에 대한 분노였다"고 회고했다. 즉 유신체제에 대한 반대의 목소리를 낸 네 명의 학생들은 법적으로 형이 선고되지 않았음에도 불구하고 총장이 그날 밤 곧바로 '제적'시켜버린 것에 대한 학생들의 분노였던 것이다.

당시의 모습에 대해 그는 "야외 박물관과 시계탑 주위에 수많은 학생들이 모여 있었는데 이 학생들을 진압하기 위해 경찰들이 투입됐었다"고 말하며 당시의 긴박했던 상황을 설명했다. 흥분한 학생들은 최루탄을 쏘아대는 경찰을 무장해제시키고 서문(현재 후문)을 통해 학교 밖으로 행진했다고 한다. 늘어선 학생들의 행렬은 도청에서 시민회관까지 이어졌고 이 행렬은 도청교를 지나 통일로, 시민회관, 중앙로 등을 거쳐 오후 5시쯤 학교로 돌아왔다고 한다. 김 교수는 그 행렬에 동참한 것과 동아리 회장이라는 이유로 그날 새벽 집에서 경찰에 의해 강제 연행됐다. 그는 "당시 경찰은 시위의 주동과 상관 없는 학생들까지 연행했다"며 "강제로 끌려갔던 다수의 사람들은 결국 유신체제를 유지하기 위한 하나의 희생양이었던 것"이라며 억울했던 당시를 회상했다.

25일간의 구치소 생활을 끝내고 집으로 돌아왔을 때는 이미 학교 측으로부터 '무기정학'이라는 통지가 내려진 후였다. 그 후 그는 카이스트 대학원에 진학하겠다는 꿈을 접어야 했다. 김 교수는 "당시에는 하늘이 무너지는 기분이었지만, 이로 인해 사회의 부당함을 깨닫게 됐다"고 한다. 오히려 그는 이를 계기로 대구에서 시대의 부당함을 소재로 한 탈춤과 연극을 통해 '문화운동'을 전개해 나갔다. 박정희 대통령이 시해되고, 무기정학 조치가 취해진 지 약 1년 만에 김 교수는 학교로 복학할 수 있었다. 그의 인생에서 커다란 전환점이라고 할 수 있는 이 사건을 그는 "힘들었던 시절이 나에게 준 선물"이라고 이야기한다.

『경북대신문』 개교기념특집, 2005년 5월 23일

시민단체연대회의,
아낌없는 지원군 역할로 거듭나야

초대석 ─ 김사열 대구시민단체연대회의 공동대표

인터뷰_은재식 / 정리_장미정

대구시민단체연대회의 창립 2주년을 맞이하여, 민예총 대구지회장이자 대구시민단체연대회의 공동대표인 김사열 교수(경북대 생명공학부)를 만나 공동대표로서의 활동소감과 대구 지역 시민운동에 대한 진단, 시민단체연대회의의 반성과 나아갈 방향에 대해 의견을 듣는 시간을 가졌다.

─ 회의 때나 행사 때 잠시 뵙기만 해서 죄송했는데 대표님과 말씀 나눌 기회가 마련되어 감사드립니다. 먼저 시민사회운동과 인연을 맺게 된 특별한 계기가 있으신지요?

저를 잘 모르는 사람들은 온실 속의 화초마냥 편안한 삶을 살았을 것이라고 생각하더군요. 제 인상이 좀 그런가 봅니다. 하지만 인생의 전환점이 있게 마련이지요. 대학시절 학생운동에 관심은 갖고 있었으나 운동권은 아니었습니다. 그런데 1978년 경북대 유신반대 데모가 있었고 당시 학내 탈춤반 대표를 맡고 있었던 탓에 사건에 연루 체포되었습니다. 학교에서도 무기정학 처분을 받았죠. 옥살이를 하면서 "왜 내가 잡혀야 했는가" 하는 의문이 들었고 지식인에게마저 부당하게 대하는 현실에서 힘 없고 소외된 서민에게는 얼마나 불평등하고 부당하게 대할 것인가에 대해 분노하기도 했습니다. 이때부터 운동가의 길을 걷게 되어 1983년 극단 놀이패 '탈'을 창단하여 문화운동을 전개하기 시작했습니다.

— 당시 사건으로 학업의 제약은 없으셨는지요?

복학 후 대학원을 다니던 동안 경찰이 늘 따라다녔지요. 하지만 전공분야를 비롯하여 사회과학학습에 더욱 열중했습니다. 졸업 후에는 85년부터 90년까지 부산에 있으면서도 거의 매주 주말 대구로 올라와 연극 연습을 했습니다. 당시 월급의 대부분을 극단에 투자할 정도였으니 제 아내의 원성이 컸습니다. 현재도 소득의 20~25%는 사회로 환원하고 있는데 예전의 어려운 시기에 비하면 지금은 훨씬 나은 편이죠.

— 현재 민예총 대구지회장으로 계시면서 올해 2월부터는 대구시민단체연대회의 공동대표로도 활동 중에 계십니다. 대구시민단체연대회의 공동대표를 맡고 난 후 활동하시면서 느낀 소감은?

대구 지역만 해도 시민사회단체가 대략 100여 개에 달하는데 그냥 두면 시장 논리에 맡겨질 수밖에 없습니다. 때문에 운영이 어려운 곳은 격려해 주고 잘되는 곳은 모범을 보여주어야 할 것입니다. 이런 측면에서라도 연대는 당연하고 장려되어야 할 것으로 봅니다.

하지만 연대회의 공동대표로서 느끼는 부담감은 있습니다. 현재 대구 시민단체연대회의 소속단체가 25개인데 각 단체별 행사가 많아서 일일이 챙기기 어렵고 미안한 마음에 최대한 참여하려고 노력하지만 본업을 가진 아마추어 활동가로서는 한계를 느낍니다. 때문에 시민단체연대회의 장기적 전망을 위해서라도 공동 대표는 전업 활동가로 전환해서 보다 실질적인 참여가 이루어질 수 있도록 해야 할 필요가 있지 않겠나 생각합니다.

— 오랫동안 대구 지역 시민운동을 지켜보시고 직접 참여도 하시고 계십니다. 현재의 대구시민운동에 대한 진단과 나아갈 방향을 제시해 주시면 감사하겠습니다.

제가 몸담고 있는 한국민족예술인총연합(민예총)에도 직접 적용했던 부분이기도 합니다. 첫째, 민예총의 모토가 "문화의 힘으로 대구를 바꾼다"인데 이를 위해서는 "내가 먼저 바뀌고 거듭나야 한다"는 것을 강조하고 있습니다. 시민단체도 특정인물 중심의 조직 운영보다 유연성을 더욱 더 확보할 필요성이 있고요.

두 번째, 거리를 두고 비판하는 경향에서 탈피해야 합니다. 민예총에서도 대구시를 비판만 했지 직접 관여는 하지 않았습니다. 그러나 대구시는 행정책임자 개인의 소유물이 아니라 대구시민의 것입니다. 따라서 시의 행정에 대한 비판은 지속하되 시관계자들을 직접 만나 소통하고 대안제시를 통해 적극적으로 견인해 나가는 것이야말로 시민사회 진영의 몫이라고 생각합니다.

— 2005년 3월에 창립된 대구시민단체연대회의는 그동안 성과도 있었고 부족한 부분도 많았다고 봅니다. 연대회의에 특별히 주문하시고 싶은 말씀이나 소속 단체간의 보다 원활한 소통구조와 연대정신을 발휘하기 위해 연대회의가 어떤 역할을 해야 한다고 보십니까?

연대회의가 개별단체들의 상위개념이어서는 안 된다고 보는데 간혹 옥상옥(屋上屋)으로 비춰지기도 합니다. 시민단체연대회의는 개별단체들에게 많은 것을 요구하기보다 조정기구로서의 역할과 각 단체를 지원하는 역할을 수행해야 할 것입니다.

좋은 예로 얼마 전 발간한 시민단체주소록은 개별단체로서는 힘든 작업을 연대회의에서 해낸 것이지요. 뿐만 아니라 각 단체의 후원행사를 통합한다거나 재단법인 구성 등 공동재원을 만드는 것을 구상하는 것도 필요한 일입니다. 다음으로는 공동으로 정보를 공유할 수 있는 방안을 모색해야겠습니다. 연 2회 정도 저널을 제작·배포하는 방식을 통해 시민사회 진영의 활동을 시민들과 연결하고 홍보하는 역할을 연대회의가 맡아줘야 합니다. 이것이 바로 시민과의 소통의 매체가 되는 것이지요. 마지막으로, 전문가를 초빙한 활동가 연수 등의 교육프로그램을 마련해야 합니다. 교육을 통해 활동가들의 실무력을 증진시키고 나아가 그들의 전망까지 제시해 줄 수 있도록 해야 할 것입니다. 이처럼 시민단체연대회의는 개별 단체들에게 많이 나눠줄 수 있는 다양한 방안을 구상하여 시민단체 전체를 '인큐베이팅'한다는 책임의식을 가져야겠습니다.

— 아시는 분들도 많겠지만 선생님은 현재 민예총 대구지부장으로 왕성한 활동도 하시고 계시는데, 민예총에 대해 간략하게 소개해 주시죠.

민예총 대구지회는 1994년 창립 이래 건전한 지식인과 문화인들의 연대와 문화운동 영역 확장에 힘쓰고 있습니다.

— 귀중한 시간을 할애해 주셔서 감사드리며 끝으로 우리복지시민연합에 대해 당부하시고 싶은 말씀이 있으시면 부탁드립니다.

우리 사회는 복지시대로 갈 수밖에 없고 또 가야 할 것이라고 봅니다. 덴마크 유학시절 복지와 사회보장은 '시혜'가 아니라 '공존'한다는 것을 느꼈습니다.

그런데 현재 우리 사회는 시장 논리를 앞세워 미국식을 따라가고 있어 문제입니다. 이러한 문제를 해결하기 위해서는 시민단체가 주도적으로 복지정책의 다양한 틀을 만들고 적용하고 제시해야 할 것으로 봅니다. 이런 측면에서 우리복지시민연합은 첨병 역할을 하고 있다고 여겨지며 앞

으로 복지와 문화 교육 등 타 영역과 결합하는 활동까지 모색하기를 기대
합니다.

우리복지시민연합, 『함께사는세상』 116호 인터뷰, 2007년 5월

캠퍼스 드림

김사열 교수의 대학과 지역 돌아보기

초판 1쇄 발행 2012년 12월 29일
초판 2쇄 발행 2014년 4월 2일

지은이 김사열
펴낸이 오은지 **펴낸곳** 도서출판 한티재 **등록** 2010년 4월 12일 제2010-000010호
주소 706-821 대구시 수성구 범어4동 202-13 **전화** 053-743-8368 **팩스** 053-743-8367
전자우편 hantijaebook@daum.net **블로그** http://hantijaebook.tistory.com

ⓒ 김사열 2012
ISBN 978-89-97090-12-9 03810
책값은 뒤표지에 있습니다.

이 도서의 국립중앙도서관 출판시도서목록(CIP)은 e-CIP홈페이지(http://www.nl.go.kr/ecip)와
국가자료공동목록시스템(http://www.nl.go.kr/kolisnet)에서 이용하실 수 있습니다.
(CIP제어번호: CIP2012005757)